文学百年
名家散文自选集

下次你路过

淡巴菰/著

民主与建设出版社
·北京·

©民主与建设出版社，2023

图书在版编目（CIP）数据

下次你路过 / 淡巴菰著. -- 北京：民主与建设出版社，2023.1

（文学百年：名家散文自选集 / 李继勇主编）

ISBN 978-7-5139-4099-3

Ⅰ.①下… Ⅱ.①淡… Ⅲ.①散文集—中国—当代 Ⅳ.①I267

中国国家版本馆CIP数据核字（2023）第019904号

下次你路过
XIACI NI LUGUO

著　　者	淡巴菰
责任编辑	廖晓莹
封面设计	宋双成
出版发行	民主与建设出版社有限责任公司
电　　话	（010）59417747　59419778
社　　址	北京市海淀区西三环中路10号望海楼E座7层
邮　　编	100142
印　　刷	三河市冠宏印刷装订有限公司
版　　次	2023年1月第1版
印　　次	2023年4月第1次印刷
开　　本	880 mm×1300 mm　1/32
印　　张	11.5
字　　数	201千字
书　　号	ISBN 978-7-5139-4099-3
定　　价	49.80元

注：如有印、装质量问题，请与出版社联系。

文学的暖意跨越西东（序）

詹福瑞

沉静的写作者

淡巴菰说她既不像有的作家对文学流派如数家珍，也不潜心研读名家鸿著以求牵引，她或应算个不按套路出牌的本能写作者。在我看来，她是有写作自觉的，凭脚踏大洋两岸的经历和一颗善感良知的心，蹚出了一条别致的文学小径。没有自觉，仅凭本能恐怕很难找到适合自己的路径。她又是一位沉静的写作者，出道近二十年来，有十二本书问世，在十来家有影响力的国家级文学期刊发表散文、小说，可谓小有所成。可她存在得寂然悄然。我分析这有两方面的缘由：首先是地理上的疏离——自2011年起，去国外就职的她远离了本土，自然和这里的文友与圈子相隔遥远。其次，也许是她连朋友圈都不发的内敛个性使然。淡巴菰是个删繁就简躲避热闹的人，不同于那些热衷于获奖排名的"写作为竞技者"，她宁愿和自己玩，码字之余，或出门上路，或读书摄影、侍花弄草。"萧红只活了三十多岁，什么奖也没获过吧？如今一些把名声运作得响亮、自称奖拿到手软的名家，有哪部作品能像她那薄薄的《呼兰河传》一样留存不衰？"这柔细的女子掷地有声。

有些同样寂寂无名的读者却在默默喜欢、寻找着淡巴菰的文字。"我看哭了！刚知道军人父亲离世的中国女人，在街头偶遇乞讨的美国大兵……这感动来得猝不及防却又让人无路可逃，这真是一篇必读！"这是我一个学生读到《我在洛杉矶遇见的那个人》（作家出版社）时在网上发布的心声。淡巴菰的读者除了大批的年轻人，更有银发族。我听说一位内蒙古的老教师在图书馆读到了她的书，便让孩子见淡巴菰的书就买，后来加了她微信，知道《瞧这群文化动物》《听说》《一念起，万水千山》《写给玄奘的情书》也是出自她手，只不过当年用的是本名李冰，便上孔夫子网一一购得，老人的留言简单又中肯："大洋两岸各色人等，你俯拾的全是温暖。"

淡巴菰的散文之所以给我们带来感动，是她的作品充满着温情，散发出暖意，写出了天地人间最根本的一点——世态人情。而这也许就是文学万世不会改变的根性。"在这脆弱的世界中一切有人性的而且只包含人性的东西都具有一种更加热烈的意义。"加缪说。无论什么国度、什么地域、什么民族，也无论什么文体、什么题材，或者变出什么花样，有此根性才能拥有更多人的认同。

念旧动因下的思考

据我所知，淡巴菰35岁那年，不甘心再当记者，是受了两位作家的"蛊惑"。一位写饥饿闻名的女作家读了她的文字后率真地写信给她："你的文笔非常独到。只当记者，多么可惜！"莫言和她对话后，欣然赠书题赞："笔下有灵气，果然是才女。"正是因为这些真诚的鼓励（或刺激），使其毅然辞职回家写小说。半年后完成她的第一部长篇小说《写给玄奘的情书》（文化艺术出版社）。其中《项链之痒》，先于长篇被《江南》刊发，很快由《小说月报》选用。这无疑是她从媒体人转型为作家的重要转折。

那年，她还在《北京文学》发表了两篇颇为好看的散文：《那个叫林赛的唐山妞儿》《有美人兮》。我认为它们是淡巴菰展露散文才华的重要篇目，也都是念旧动因下的真情之作——前者为一个相熟的实习生离开报社后在茫茫人海失联而写，一个自称找男友要"有钱，长得帅，性能力强"的洒脱"90后"姑娘跃然纸上。《有美人兮》是写与之相伴四载的美洲蜘蛛。"它总斯文地趴在那儿，如老僧入定，更静若处子。根根绒毛在天光下泛着粉色光泽，我竟直觉它是女的。美人儿，便成了它的新名字……在阳光下，颇有几分细腰蜂臀的柔美。"蜘蛛走后，她拒绝再找相似的来养。"我知道我其实不单是不舍这小虫，而是悲伤于一种陪伴的结束……那个注定与我相伴四载的美人儿，于我是独一无二的。"在这篇文章中，作者的天地观生命观可见一斑。

在以后的书写中，万物都能引起她专注的好奇与情感共鸣。"树是有性别的，漆树无论如何高大粗壮，那垂柳般的丝绦让人毫不怀疑它是阴性的；棕榈树没几个叶片，却将军一般挺拔高大直指天宇，那是男性无疑。"（《在洛杉矶等一场雨》序）她写阳台上那棵由随手丢弃的牛油果果核变成的小树。"算算，也该挂果当母亲了吧？我怀念与鳄梨有关的日子和散落天涯的朋友们。"（《与鳄梨有关的日子》）不因为我写你，我就是上帝；不因为我是人，彼是物，我就尊贵。我与世间的万物是相生相伴。伴侣般的倾诉，朋友般的对话，情人般的凝视。这种不因族类而疏离，不因种群而隔膜的思想，在淡巴菰早期散文中就有初露，一直延续到其异域写作的文章中，并得到放大滋生。

念旧的情愫似一片淡淡的轻烟薄雾笼罩着她的文字。她写故乡那些出土的文物："春天回去给父亲扫墓，临回北京，有着怀旧癖的我迫不及待地跑去参观。汉代的陶罐、陶俑、陶马，唐代的三彩罐、风字砚，宋代的彩罐，辽代的银壶，元代的四系瓷罐……每一件都令我叹息连连，不同于美国大都会博物馆和法国卢浮宫那些漂洋过海收藏集纳的文物，它们，都来自不远的十里八乡的土壤下面。因而这小小的地方博物馆,更像一个农家的耳房——石斧、弓箭、碗盆罐杵、佛造像、泥砚台,摆挂着的无非是些爷爷用过的劳动狩猎工具和奶奶每日给家人鼓捣三餐(如果那时人们吃三餐的话)的炊具,以及过年祭祖和孩子们习字的工具。"(《下次你路过,人间已无我》)这样的文字,只能出自一个念旧而又有着良善细腻性格之人的笔。念旧的情愫中显现出作者基于个体生命的认真思考。念旧既是一种情感记忆,似梦非梦,又是一种挥之不去的挂怀,如同酒之陈酿,不仅日久生文,还会日久生香,它应该是散文作者必备的质素。

客观人性的探寻

十年前,淡巴菰因从事文化交流去了美国。异国游走的经历拓宽了她的眼界,异域的人文风貌打开了她的心境。十几载记者的历练更让她学会了用客观的眼光打量周围的一切。她对世界的评判,越发跨越东西文化的界域,不让利益考量的喧嚣影响笔端的表达。

在此之前,我也读过不少作家异国游历的作品,固然不乏优秀之作,但也多为"到此一游"的篇什。淡巴菰沉潜到美国社会生活的诸多层面,与各色百姓交友往来,她记叙的美国生活林林总总，考驾照、看医生、过圣诞、租房子、种花草、自驾游、看球赛、探古迹……全是鲜活的生命细节。其深入本质的观察，带有艺术性的体会，都使她的文字极具在场感。正如小说家陈建功对她的新书《逃离洛杉矶，2020》（中国文联出版社）的评价："品读这部随笔，就像在美国人家的后院烧烤，缭绕着有滋有味的人间烟火。足不出户，我已和大洋彼岸的各色人等厮混成了朋友。"加缪说："绝对写实主义是绝对的神。"对散文来说，尤为重要。《烫嘴的口罩》写新冠疫情开始时西方的众生相：一位大爷去沃尔玛不戴口罩，被门口的保安拦在门口，他趁人不备，像足球运动员一样冲进商场。人高马大的保安左拦右阻，他左突右冲，发起三次进攻，终于闯到商场中心——犹如一场滑稽动作戏。而德国呢，一家医院的医护人员裸体出镜抗议缺乏基本的防护措施。全身赤条条的医生护士，只用听诊器、医用骷髅甚至卫生纸遮住私部。打出标语：我学会了如何缝合伤口，为什么现在我还要学会缝制口罩？——这几乎就是令人哭笑不得的默片了。她所展现的异域文化和社会生活，因不同于中国的新异特质而吸引读者，又因为异域文化与中国文化的"人同此心"而获得读者亲切之理解，作品由此而显现出独有魅力。其展示的广度与开掘的深度，据我的阅读视野，在同类题材中也并不多见。

淡巴菰写自美国的散文几乎没有风景游记，她总是关注人——她把来自不同国度、不同文化的人"合众为一",把呈现着丰富的文化品格和个性特征的美国人,活灵活现地描摹在读者面前。有帽子上别满徽章,"不是把食物上撒点糖,而是把糖上撒点食物"的美国老人(《发生在维加斯,就留给维加斯》);有挂着"本摊所有物品只能以标价成交,拒不讲价"的跳蚤市场小贩(《跳蚤市场上空的鹰》);有"黑着一张脸,肩膀半倚在门框上,一副无赖嘴脸"的不讲理包工头(《隐形的护佑》);有日子过得总是很拮据,"把挣来的钱都花在了两件事上:付房租,买书籍"的老书痴(《邂逅毛姆》)。

淡巴菰还把脚迈进美国的历史褶皱中,去寻找这个年轻国家的曾经。身为中国人,美国大地上与中国有关的故痕旧迹让她有着本能的亲切感。洛杉矶不仅有中国城,还有中国湾、中国湖,都是荒凉之所,她一一跑去亲睹记录。而她每次从客居的小城进洛杉矶都搭乘火车,非常偶然地听说那段狭长的必经隧道竟然是1875年由1500个中国人一镐一锹所挖。"手机信号消失,窗外瞬间成了黑夜,钻入隧道的火车像驶入了时间真空一般令人恍惚。我轻闭上眼,不再挂念我那断翅的蝴蝶,而想象自己身边正有那150年前的先民忽悠着擦肩而过,我真想对他们说:嘿,哥儿们,干得漂亮!"(《在洛杉矶隧道与先民擦肩而过》)

阴差阳错地走进中国历史的美国人她也不曾忽略。"而让我印象深刻的是他的目光，有点不食人间烟火的书生气，却又深邃高远，带着军人的果敢和诗人的梦幻，好像他在穿越红尘，打量着世界的终极未来。他那戴着肩章和胸徽的制服和他的过人军事才华一样令人瞠目。"（《小个子将军荷马·李》）写的是当年帮孙中山推翻帝制的美国军事天才荷马·李。他当年训练中国军人的鹰岩、他就读过的大学、他与孙中山为募捐彻夜长谈的小教堂……她用脚去寻访用心去解读。那个瘦小的不足一米六的驼背斜颈的李将军若泉下有知，一定会对这一百年后的仰慕者隔空微笑。

淡巴菰对世界永远充满孩子般的好奇。她喜欢穿梭在美国大街小巷，与邻里街坊甚至萍水相逢者聊天对话。《喜欢跳舞的哥伦比亚男孩》写一个上门安装玻璃窗的长得像瑞恩·高斯林的帅小伙，一个比她儿子不过略长几岁的非法移民。他边干活边展示魅力："我们哥伦比亚人喜欢跳舞。在地上、床上，哪儿都跳，我可以教你。我真的不错。"对这调皮却又是明显的挑逗，女作家并没有自觉受到冒犯而将他赶走，而是直接用一个母亲的担心将话题挑明："你这样随便，不怕染上性病？"她给他和同伴做了三明治当午餐，好奇又耐心地听他们讲那来自南美的生命故事——这个场景可以被看作一个女性化解危机的机智，或者是一个作家探究他人心灵轨迹的老到，但是我感受到的是她对待异质文化的平心静气。"淡巴菰的文字大气,透着背后做人的厚道。"不少读者就由这篇文字对她刮目相看。

这种几近精致的描写与深入挖掘,不仅只是因为作家遭遇了,探访了,留意了,更展现了作家秉持着人性视野,对差异报以善意的理解与包容。在疫情险恶和政治的缠斗乃至战争硝烟的弥漫中,在信息爆炸和大数据的控制下,人类,有时是某些族群,有时是某些个体,日愈被单向的信息所裹挟,进入自己的信息茧房,在缠绕中日陷偏狭,对非我族类的轻率否定和讨伐似乎成了不同文化背景下人类的常态思维。在世界向何处去,人类向何处去的喧嚣中,淡巴菰用平等悲悯的笔调展示了一个中国作家的情怀与境界。

以笔写心的记述

作家木心认可两位作家是由于他们"有心肠"。有心肠当然首指为人之良善。他说:"安徒生有这个东西。他用心肠写作。有金光,有美彩。一个饱经风霜、老谋深算的人。"他喜欢都德:"可说以心肠取胜。这个人一定好极了,可爱极了,模样温厚文静,敏感,擅记印象,细腻灵动。偶现讽刺,也很精巧。其实内心热烈,写出来却淡淡的,温温的,像在说

'喏,不过是这样啰',其实大有深意——也可说没有多大深意,所以很迷人。"

　　淡巴菰的文字之所以取胜,就因为她以笔写心。她的心和笔带温暖带火苗,不热烈,却让你隔着很远就感到了它的存在。她的爱和温暖没有拣择,从骨肉至亲到陌路人,她都用真情以对。《百合不死》写父亲与百合的两次相遇。父亲病重时,作者与侄子在寒冬徒步为父亲买回来的"最好的百合",到头来却一朵没开,像一条条饥饿而死的蚕因受冻蔫萎了。"花被扔掉。父亲被埋在了土下,滋养着他看不见的青了又黄的小草。我们都还活着,故作平静,过着没有他的日子。渐渐地,好像他离去导致的那个黑洞已经被庸常事物填补得越来越小了。"若干年后,她才有勇气再次买回一束百合,摆在离父亲遗像不远的书架上。"是感觉到主人殷殷的目光吗?它们像懂事的孩子,晚上也不眠不休,趁我睡觉的时候,一朵朵悄然次第盛放。客厅里弥漫着馥郁的香气,经过它们时那芬芳更浓,热烈地扑过来,给我一个最厚实最缠绵的拥抱。我不再担忧它们不开,而是忧心开得过快过猛,太早迎来令人沮丧的衰败。就像母亲,既期盼着孩子成长,又生怕他们太快长大。成长,意味着伤感无奈的分离。"盛放的百合与逝去的父亲,在现实中是偶然的聚合,却表达了生者对另一个世界的亲人绵厚的思念。

淡巴菰不是一个为爱呼号的社会活动者,而是自觉自愿的践行者。身为一个孩子的母亲,她刚到美国不久就认领资助了一个三岁的玻利维亚小孩泰勒——他的母亲死了,跟着父亲和姑姑生活。他父亲一个月的收入是19美元。她望着照片上孩子无辜无助的眼睛,心疼不已,打算一直资助到他大学毕业。没想到三年后,中间牵线的教堂叫停了她对泰勒的资助,理由是"他们搬到了另一个教区"。尽管从未谋面,淡巴菰一想到那个中断了给她寄蜡笔画的孩子就怅然若失:"我不是多么高尚。不过推己及人,如果那是我的儿子,我在地下岂能安心?"

《搁浅在沙滩上的那些鱼》记述的是她与洛杉矶一些无家可归者的生命交集。接送孩子上学的路上,吸引她目光的是那些站在路口的乞讨者。"正因为车流不快,过往行人不急着赶路,乞讨者喜欢在此流连碰运气。有时半天没有一块钱进项,有时一连接过几个好心人的救助。我看到隔着车窗施舍的人,往往脸上带着点难为情的小心翼翼,似乎生怕伤到了对方的自尊一般,在对方一迭声的God Bless You(上帝保佑你)致谢中,低头把车玻璃摇上。一次,我看到一位个子瘦小穿着洗白了的旧运动衫的年轻男子,都已经走过去了又匆匆折返,掏出一张揉皱了的纸币塞进电线杆下那个满脸风霜的中年男人手中,还拍拍他的肩膀笑着说了句什么。好像他帮助的只是一个表哥或邻家大叔，好像在说：'我虽然也没钱，但还是分一块给你，哥们儿，运气会好起来的，振作起来吧！'我永远忘不了他脸上那友善的温暖笑容，没有高高在上的施舍之态，没有悲天悯人的感觉良好，有的只是理解，我相信那笑容与安慰传递出的，是远比那一块钱还珍贵的东西。"——这样的文字不仅需要细致的观察，更离不了观察者对同类的悲悯与博爱。

淡巴菰说："对这个世界关注越久，我们对人性便越容易持怀疑、谨慎的态度，可当我面对单独的个体时，我永远会抱有本能的善意和同情，即便可能受到伤害。"

把生活艺术化的证明

在现代女性作家中，不乏对生活敏感而又善于表现的才女，比如萧红和张爱玲。她们善感细腻地体味生活，升华出自己的情感和思考，同时又具有足够独特的表达能力，因此而成大家。我很欣喜地看到了淡巴菰朝这一方向努力的潜能。

淡巴菰的写作才华显现为她对生活的高度敏锐，而这一敏锐又表现为她对生活似乎有天然的艺术化投入。古人所说的"感时花溅泪，恨别鸟惊心"，在淡巴菰的文字中真是俯拾皆是。她不仅把"艺术生活化"，而且已然把"生活艺术化"。否则她如何涉笔成趣，处处呈现人生感悟的鲜灵，怎样把文字变得如此具有诗意?

她极爱植物,写到它们便是栩栩如生地自然流淌。她写邻家紫楹花树"开得浓烈,最正宗的紫色,大面积涂抹在整个树冠上,衬着瓦蓝的天,像梵高的灵魂在空中执拗地挥霍颜料"。梵高灵魂的比喻,虚中见实,出人意表的新颖。"在山谷里幽居,却并不感觉时光怠慢。这南加州虽少雨,四季的更替却也鲜明。这不,几声春雷滚过,雨水以云朵为花洒,让山谷里的一切生灵冲了个痛快澡。一夜之间,春天不期而至了。廊前的风车茉莉蛇吐芯子一般把廊柱从头到脚攀缠得严实,枝条上嫩黄的叶芽比刚泡好的明前龙井还诱人,花没开,似乎香气已经四溢。街对面邻居家那株百岁樱花一扫冬日枯干面目,花团如雪似霞,在春风中起舞,累了倦了也不对兄弟姐妹牵肠挂肚,径直撒手坠落去亲近大地母亲。有些中途变卦,结伴飘落到主人的车上。第二天,城市里就多了一辆载着一车顶粉白花瓣的小红车,引得许多人驻足侧目。'我看见春天了!'一个踩着轮滑的少年说。"(《在时间的沙尘中起舞》)这轻快如春天圆舞曲的旋律,让我不由想起萧红写她祖父的后园,那一拍大树都会响的阳光灿烂的后园,让人过目不忘,浑身暖洋洋的,如置身其中。

淡巴菰喜爱植物应该来自她热爱大自然的天性,在自然面前,她不仅仅在观察,而是用心倾听,用灵魂感受。《哑巴蝈蝈》开场:"'蝈——蝈——蝈……'没有指挥,这合唱声浪却如此有弹性,动听一如丝线轻拂金箔,从我身后传来,渐行渐近,由轻柔变得强健。我愣怔了两秒,扭身回头看去,只见眼前金灿灿的一团,云朵一般,随着一辆自行车的前行飘然而至——那由上百只蝈蝈组成的流动乐队,正和谐欢快地唱着大自然的弦歌,它们带来的,似乎又不是歌声,而是一块散发着庄稼清香的碧绿田野。"此段描写真实地呈现出作者心灵之触觉的敏锐和细腻。下面的描写由动态转为静态:"我把它们挂在客厅向阳的窗子把手上。阳光斜照进来,洒在笼子和两个小家伙身上,它们一动不动,像两只翠玉雕出的案头清供。"只有一个真正喜爱自然,又会欣赏自然的人,才会把其中的一虫一草都写得如此传神。这可能与她喜爱摄影、有敏感的艺术构图也有关。

写景如此,写人更为精彩。《与鳄梨有关的日子》中让她吃到最美味的鳄梨的日本女子:"她坐在我对面,手背上几道黑色印第安纹饰让人不解其意,但衬着她细瘦的骨节和细腻的黄皮肤,透着几分神秘。与人交谈时,她的单眼皮下狭长的眼睛总是略带吃惊地瞪视着别人,有着因熬夜或吸烟过多的眼袋,扬起眉毛时便有明显的抬头纹,有几分风尘感。"《希尔顿的时光分享》中一位销售女郎:"如果在街头或酒吧遇到她,我会以为她是个电影明星或模特儿,最起码也是个靠晒时尚晒美好晒幸福而拥有几百上千万粉丝的网红。金发如缎子披散在肩头，明眸皓齿，笑容大方甜美，紧身的烟灰色连衣裙勾勒出完美身段，纤腰翘臀，让女人看了都不由艳羡。可她还真不是，她是希尔顿酒店的一位销售人员。'看，这是我儿子的照片！我怀他时42岁，我本以为我是最老的孕妇了，上个月突然听我们的邻居说她怀孕了，56岁！哈哈……你看她的惊讶表情！'迪诺坐在电脑桌那端，开心地用手指着我冲杰伊大笑，那眼神放松、友善，又带着些微不确定的审视。我知道她在营造一种轻松的气氛，却又谨慎地拿捏着分寸……"这都是小说的描摹笔法，而在淡巴菰的散文中随处即是。"话音未落，只听咕咚一声，我们闻声扭头望去，其中一位爷们儿已经仰面躺在了地上。其同桌酒友似乎也并不慌张，反倒微笑着七手八脚将其扶起，安顿在硬木板凳上，继续吃喝谈笑。从车间主任儿子的婚礼，到延长退休的传说，从先前的'大酒缸'，说到猪肉价的起落。出溜桌子的那位则面色潮红地坐着一声不吭，不知是因为羞愧，还是真的喝高了。"（《在僻巷小馆，把酒言欢》）作者惟妙惟肖地表现出这喜感十足的一幕，像黑白老电影一般推向遥远，然而却又如此之切近真实。淡巴菰钟情毛姆、福楼拜、哈代、马尔克斯，喜欢纪德、蒙田、马可·奥勒留，因为他们既有文学天才，也深具哲学思考和博爱之心。我发现她的散文确实受到了这些名垂青史的前人影响。

淡巴菰说她很幸运："之所以码字不辍，实在是享受用文字记录人生遭遇的风景。一百年后，即使，哪怕，只有一个人偶尔读到这些文字，想一想当时有人这样活过爱过写过，那就不枉我这些码字的时光。"如今，因采访搁浅在美国的她把每天的见闻经历都记录下来，被她命名为《梦里亦知身是客——客居美国笔记》，这生动有趣的40万字应当是另一本散文集的素材。同时她又开始过写小说的瘾，四部小中篇如有神助，奔涌而出，仍是东西背景交织下的情爱与人性，叙述从容优雅，读起来令人心碎又温暖，欲罢不能。《我想和你一起生活，在某个小镇》已经在《北京文学》2022年第12期发表。"写散文就像闲庭信步，记录寻常又奇葩的日子。写小说就像出门游走，总有些戏剧性的冲撞和火花串联，更有构思上的弹性。"无论写什么，我都相信，淡巴菰一直会做那个捡拾柴薪传递暖意的人。

下次你路过

目录

上辑　听风来自故园

在僻巷小馆，把酒言欢 / 2

百合不死 / 11

哑巴蝈蝈 / 17

那个叫林赛的唐山妞儿 / 37

有美人兮，不在东墙 / 48

贪恋儿菜 / 61

故乡是一块小小的胎记 / 67

奶奶和我的运动会 / 75

下次你路过，人间已无我 / 81

我从市井走过（三则）/ 86

大乔和小乔 / 111

当爱情淡为一碗米粉 / 119

下辑　等雨去往彼岸

与鳄梨有关的日子 / 126

真　珠 / 137

发生在维加斯，就留给维加斯 / 156

搁浅在沙滩上的那些鱼 / 174

在洛杉矶隧道与先民擦肩而过 / 186

看医生记 / 213

在时间的沙尘中起舞 / 238

知己就是soul mate / 266

回到洛杉矶 / 279

做一只快乐的跳蚤 / 293

消逝的《花鼓歌》 / 299

邂逅毛姆 / 316

小个子将军荷马·李 / 325

上辑

听风来自故园

在僻巷小馆，把酒言欢

来北京那年我三十岁。因为喜静不喜动，先后也就搬过了三次家——从石景山的鲁谷大街某国营厂宿舍，到游客熙熙攘攘的前门西大街，再到当年仍荒凉的南城玉泉营，最后落脚在毗邻百亩森林公园的奥运村。常听人赞叹首都的日新月异，于我，倒也体会得到，但远没"北京土著"那么强烈。直到那天，为赴饭局，到前门一带故地重游，徜徉于那古韵新风相间的建筑群，不由感叹当代的北京正在努力把传统和现代融汇。老字号与现代商铺比肩而立的街道边，青砖灰瓦的小巷里，随时出现的抽象摩登艺术雕塑、没有几个汉字的欧式店铺、民国风格的雕栏小楼，都让人恍惚迷惘，似乎坠入时间的迷宫，不知今夕何夕！

我当年居住了三年的前门西大街筒子楼仍矗立在那儿，敦实、厚道，不惊不惧。楼前粗大挺拔的白杨树也并未显出老态，虽然当年加班加点编稿码字的那个女子，已经生出了白发，过尽千帆。

前来小聚的，一位是我当年读书时的恩师，一位是后来在京结识的文友、谙熟旧京的小说家。疫情所致，我们已有两年多没见。稍有缓解，幽闭多时的心便蠢蠢欲动相约喝酒。此前我曾赴过几次聚会，有趣地发现无论主客，似乎都比从前赴约更准时，有的甚至来得更早。我欲见老友恩师的急切，或亦如此。

那个暮春的傍晚天色极好，空气也极佳。日头隐去，星星似乎与灯盏约好了同时亮起，天上地下遥相呼应，令人想起前人"天上的街市"的诗句。我沿路标走走停停，寻找那个早就耳闻过大名的小胡同，那家一直被文坛老友吹嘘过多次的爆肚店就坐落其中。一路上老字号饭馆不少，洋味儿十足的西餐厅更多。很快，我发现娉娉婷婷、妆容精致的女子和发色鲜亮的时尚少年都渐渐稀少了，来往经过的多是衣着普通、面貌庸常的市井百姓，我知道我离老北京的地气儿更近了。作为一位擅长写京味儿小说的作家，老文友胡同里间三教九流无所不涉，对爆肚老店的诸家更无不稔熟，甚至对各家肚仁、肚领、葫芦头之类的火候口味如数家珍。他选择聚会地点的前提当然是菜品。但这次穿过大半座城扎进深巷里的一聚，是不是也透露着对传统的留恋？他没说，我亦没问。

窄巷里的这家饭馆略有些江南风格，是所谓"一颗印"式的小楼。大堂不大，与厨房相连。顺着陡立的木梯走上去，发现这楼上更紧凑，仅摆放着五六张窄小的桌子，桌与桌之间，逼仄得只能侧身而过。我们进来时，已有八位一水儿平头的大汉占据了这楼上一小半地盘，看架势既像是一个班组的工友，又可能是胡同里一起长大变老的发小儿。他们严严实实围坐在拼起的两张桌子旁，酒酣耳热，聊得尽兴，不像在饭馆，倒像在谁的家里般自在。我想这就是台湾人所说的"苍蝇小馆"了，连上厕所也要走几十米到胡同居民区的公厕解决。外国人对外表简陋、吃食地道的小馆子也有个形象的叫法：A hole in the wall，开在墙上的一个洞。

这家爆肚店显然比墙上的洞大得多，虽然饭馆老板也兼掌勺。看到我老友这熟客领着朋友前来，他上前连声道歉，说自己的店面小，让大家挤在小桌上用餐实在不好意思。这年过六旬的汉子浓眉细眼，朴实而略显木讷，白衣白帽都如老店的招牌一样褪色发旧，丝毫不像在这皇城根已混得颇有名气的老北京，介绍拿手菜品时眼神也毫无半点嘚瑟，反而谦卑得像个北方小县城里的家常菜馆掌勺。老文友声称自己三十几年前从老板的父辈起就频频光顾，几易其址不离不弃，还曾专程采访撰文为这老字号呼号。

久违小聚，三个人显然都很兴奋。围坐的四方桌子比麻将桌还小，彼此隔得很近，无奈与邻桌离得也近。我们需大声嚷嚷、竖起耳朵，才能做到交流无阻。但听不清也无妨，大家眉眼间舒坦开心的笑，是最妥帖最自然的交心话。

"山有木兮木有枝，心悦君兮君不知。看到你们二位，我就忘了疫情啊！"恩师是桃李满天下的古典文学教授，听我赞他心情愉悦，眯着眼睛微笑着调侃。

邻桌的嘈杂聒噪，初听似乎不适，渐渐竟觉得有趣了。许是触景生情，小说家喝一口热茶，面容沉静地朗声接口道："街谈巷说，必有可采。击辕之歌，有应风雅。匹夫之思，未易轻弃也。"恩师立刻为他引述的曹子建之句击节而赞，说："你邀我们到这儿聚，原来是为了看人下菜对酒，发慷慨豪放之声啊！"

"那几个爷们儿坐那一个小时，就喝了四瓶白酒。还只有四人喝。"一个模样斯文的年轻店员给我们添茶时轻声道，话虽如此，脸上的神色却很平淡，似见怪不怪。话音未落，只听咕咚一声，我们闻声扭头望去，其中一位爷们儿已经仰面躺在了地上。其同桌酒友似乎也并不慌张，反倒微笑着七手八脚将其扶起，安顿在硬木板凳上，继续吃喝谈笑。从车间主任儿子的婚礼，到延长退休的传说，从先前的"大酒缸"，说到猪肉价的起落。出溜桌子的那位则面色潮红地坐着一声不吭，不知是因为羞愧，还是真的喝高了。

这喜感十足的一幕，像在黑白老电影中一般不真实，可是我们似乎不由自主跟着入了戏。

小说家悄声对恩师说:"读小说您都读不到这精彩!"恩师则微笑道:"喝酒也可以悟道呢。"小说家豪爽地给自己斟满,举起来说:"什么荣辱得失,人这一辈子有几个掏心掏肺的好哥们就够了。"

"来,咱们也干一杯,我敬老兄!我当年被贬谪,老兄是第一个穿了大半个城跑去请我喝酒安慰之人。那情分,我一辈子忘不了。"恩师举杯跟我们碰了一下,带头干了。明明是提起旧日伤疤,脸上却是释然淡然的笑意,一双研究李杜的眼睛弯弯的,像两只小蝌蚪。

小说家则继续逗他:"还提那事?教授,丢人啊!那次打车送你回家,车绕家门三次而不得入,你愣是不认得楼门了。最后还是你儿子接到电话出来,立在楼外当地标,才把你接了进去。"老友以文风诙谐著称,不肯放过调侃之乐。

"君子有道,也怕醉倒。醉倒就便宜了小说家啦。"恩师说罢,自己又笑了,这次把两只小蝌蚪都笑跑了。

小说家则说,教授啥都要升华,本人境界太低,捎带手记点故事骗钱罢了。

……

我们聊人生,叙家常,无须设定题目,谈话如花开水流,自然恬然。酒杯和茶杯一样,都是不大的玻璃杯。因酒量有限,我得不停地让酒杯茶杯在手中切换,一口五粮液,一杯高茉，再来一箸羊肉或爆肚。我这晚辈除了斟酒，看身边哥俩互相调侃斗嘴，实属有滋有味的人生一景。

我们三人其实都是外来者。老友居京最久，随父母从南方海边迁来时不过垂髫幼童，如今他是但凡读过当代中国文学作品的人都知晓喜爱的名家，目光和蔼笑容可亲，标志性的浓密白发立在头顶像燃烧的银色火苗。最初相识缘于我当年主持的一个报纸专栏，他新作问世，我前往采访对话。文章刊出前发给他审读，再转回我手，白纸黑字已是一片红色海洋——他勾勾抹抹几乎重新润色一遍。后来我们同坐火车去某沿海小城参加一个文学活动，主办方疏忽，把他与我们记者安排在了普通卧铺车厢，他亦不恼不惧对惊慌的慢怠者宽厚地一笑了之。凌晨时分我去上厕所，惊讶地看到坐在窄小过道里的他，就着昏暗的灯光在修改第二天的文学讲座稿："那小伙儿打鼾我睡不着，怕打扰大家我就出来坐会儿。你明天千万别提他打鼾这事！"

恩师来北京时还不到五十岁，正是运筹帷幄天降大任之际，如今退回书斋读书赋诗为乐。记得刚到京城漂泊的我，坐地铁倒公交，穿越了整个城市就我当时的硕士论文去请教导师。悉心指点完毕，已是午饭时分，他微笑着起身说要请他这京漂学生去"吃点好的"。餐毕分手道别，叫住正往公交车站走的我，他已经拦了一辆出租车，看我坐进去，麻利又自然地塞给司机一张百元大钞，挥一挥手，他转身微笑着大步离开。望着他的背影，那一瞬间，我不禁泪目——在北京这陌生巨大的钢筋水泥丛林，这亦师亦父的温暖似乎足以抵御最冰冷的冬天。

我如盲龟浮木，漂荡西东，工作换了几茬，住所搬了多次，爱情来了又去，只有这二位忘年挚友像静谧奔流的清泉，让我在最困顿无助的时候都会鼓起最后的勇气。他们又似不远不近的灯火，让我在时常迷路的世间有方向可辨。在我眼里，他们不仅是睿智的文人，还是大隐于市的士人，嬉笑哂嗔人间炎凉，通透的心底总留有一份高洁的真性情。

邻桌陡然间似乎安静了下来，一下倒让我们有些不适。三人不约而同望过去，却见一位面容干瘦者正双手掩面无声地哭呢。同桌另外七位都一脸说不得急不得的样子，火锅里蒸腾舞动的热气似乎具有魔法，让每个人都愣在那儿呆坐无语。

再过了片刻，出溜桌子的那位忽然发声了："算……算了，家家，都有……难念的经。"

一位红脸矮壮的汉子立起来，拿起椅背上的外衣说："今儿散了吧，各回各家。"他径自离桌下楼，经过我们这桌时居然向我们拱手作了个揖，"您三位担待。打搅啦！"也不待我们回话，他边掏钱包边下楼了。

我拿起酒瓶，发现早空了，老师自带的五粮液已经被我们喝得滴酒不剩。

"今天我结账啊。我挣得比你们俩多。"回过头来，恩师开始显摆，有几丝白发从染过的鬓角叛徒一般钻出来。

"你有钱？还真不一定比我有。"老友也不肯示弱，一头白发根根直立，像无数倔强的银针。

听着看着眼前这二位，我宁愿相信自己是在陪两个纯真的孩童过家家，好不容易摆脱家长的束缚，他们要自由尽兴地玩儿、敞开心扉地逗。

我再扭脸看隔壁那桌，不知何时已经空无一人，只有那桌椅板凳和残羹剩茶像还未燃尽的篝火，证明刚才确实有一帮人在此扎堆取暖。

"人生不过如此。"有此感叹者何止林语堂？另一位我喜欢的老人汪曾祺更高明："人生中的美好，大多不动声色。"与知己者坐于深巷小馆，无牵无挂，不遮不掩，把酒叙旧，岂非活着之真趣？

老友从披挂在椅背上的夹克口袋里摸出钱包，利索地起身下楼去结账，脚步之轻快，似不知病痛衰老为何物的小伙儿。中途停下，折回来，他又摸索那个随身带来的布袋，取出一个颜色绯红、做工精致的瓷制柿子（喻为事事如意），说送给饭馆主人以表达谢意。

"吾兄为人之周到敦厚，鲜有人可比。"恩师由衷感叹道。

夜色阑珊。回程路上依然车流如织。我睁大眼睛，想再次欣赏一下来时在二环路上不期然所见的几树粉白桃花。无奈，那令人惊艳的初绽春色，已经隐没在黑暗中。

百合不死

世间所有的花，都是可爱的。如果让我只能选择一束插在室内花瓶里，我会毫不犹豫地把手伸向百合花，无论是粉色、白色、黄色，皆喜。可是，近些年，我已经和百合花疏离得陌生且隔膜了。

我清晰记得，最后一次买百合花是在七年前，那个初春，我从洛杉矶飞回北京探望病重的父亲。与癌症抗争了八个年头的他，已经形销骨立，疼痛折磨得他连刷牙也要蹲在地上。这个当年在对越自卫反击战中用铮铮铁骨对抗枪林弹雨的军人，没有倒在前沿阵地，却被病魔击垮了。我们都无奈地明白，那个说再见的日子已经近在眼前了。医生也放弃了他，吗啡是他们唯一能给予的救赎与安慰剂。

父亲一辈子爱花草植物，但凡能出门走走，也会举着我淘汰的那个尼康相机对着小区花丛和树木拍个不停。屋里，更是像个小植物园，客厅卧室都是盆盆罐罐的开花不开花的植物。是预感到主人气数将尽吗？那个冬天，许多已经跟了父母多年的花草居然相继死掉了。望着那只剩下枯枝和黄土的破败景象，我决定去不远处的玉泉营花卉市场买束鲜花，给萧瑟的屋里带来点生机。

　　13岁的侄子主动与我同去。从草桥的家到花卉市场步行也不过二三十分钟，我们快步走着。春寒料峭，我们都把手插进口袋里，而不一会儿，又都走得出了汗。"姑姑，我昨天陪爷爷去医院开药，他舍不得打车，我们是坐公交车回来的。刚下车，我爷爷就找了个树坑蹲下吐了。医生说他吃的中药副作用太大，整个手掌都是黑的。医生还吓唬他，说不许他再吃什么偏方了。真的没办法救我爷爷了吗？"侄子的话让我心里难受极了，可在一个孩子面前，我还得表现出一切没那么糟糕的样子，故作轻松地安慰他："别太担心。也许突然就有特效药了，你知道，全世界都在想攻克癌症。"

　　买什么花，我知道根本不用问父母。他们从不挑剔。他们似乎也谦卑地相信自己的女儿远比他们懂得美。我们买了一束粉百合，挑了花苞最大最饱满的几枝。花贩都说，我们挑走了那天市场上最好的一把百合。我们仍像去时一样快步往回走着。只是，我捧着那束沉甸甸的花，侄子跟着，我们都沉默着，没再说话。

　　那束"最好的百合"，被插在花瓶里，最终一朵也没开。那鼓胀的花苞们像一条条饥饿而死的蚕，蔫萎了。它们没能挺过路上那半个小时的寒冷。

"多可惜了！那么好的花，活活冻死了。"父亲一脸惋惜，佝偻着，站在那儿，他已经比去年矮了一大截。他眼里充满怜惜，似乎那花的生命比他的还金贵，似乎他忘记了自己很快也将油尽灯枯。

不久，父亲走了。当时窗外一树桃花开得正绚烂。他不仅彻底卧床，还瘦得脱了相，五官和神态越发像他那早已在天上等他的父亲。他早没力气说话了，微微摆摆手，拒绝了母亲想搀扶他去窗前看一眼那美丽桃花的建议。

从那以后，我再也没买过百合花。甚至，每次看到它们，无论在洛杉矶，还是北京的花店，我都本能地躲避着，尽量不去把目光停驻在它们身上。它们好像是一根刺，一个伤疤，提醒我那个料峭的春日，那个对着一束花惋惜的父亲，都提前结束了生命路程的花和父亲。没人，和他们商量，或预告那悲伤无奈的宿命。

花被扔掉。父亲被埋在了土下，滋养着他看不见的青了又黄的小草。我们都还活着，故作平静，过着没有他的日子。渐渐地，好像他离去导致的那个黑洞已经被庸常事物填补得越来越小了。

一周前，我翻找驾照，在抽屉底部看到一个超市塑料袋裹着的东西，瘪瘪的硬硬的。解开那死死打着结的袋子，里面是互相扣合着的两个小镜框，翻开了，却是父亲的黑白照片。我那五官俊朗、神态英气的父亲，似乎一点没在意被如此冷落，仍淡然而谦卑地微笑着望着我。照片里的他穿着军装，四十出头的年纪。我知道那是他自己极喜欢的两张照片，某一年他曾专门骑车去照相馆让人把那一寸照片冲洗放大了，配了镜框摆在客厅柜子上。自他过世，弟弟似乎有些忌讳与父亲有关的旧物，能送人的送人，能卖掉的卖掉。母亲便知趣地把这老照片也收了起来。

看到父亲被这样憋屈地扣着关在抽屉里，我心里一阵疼痛。赶紧拿出来，擦干净，重新放在书架上。偶尔打扫除尘，或只是走过，我禁不住轻声呼唤他一声：爸爸！他只与我交换目光，微笑无语。

有时，我的心会咯噔一下，陡然疼几秒。有时，我只是望着他，唤他一声，然后走开，继续手头正做的事。我明白，这么多年来，父亲并未走远，他一直，在我的心底幽居。

春天又来了。花儿们如期赴约。从公园跑步后回家，踯躅着走进经常路过的那家花店，犹豫打量各路花神片刻，我突然上前，走近一堆百合花，粉色、白色、黄色。我选了黄色的两枝，各顶着四个花苞。"别看现在只开了一朵，其他花苞都会开。"女店主说。

天上飘起了细雨。我快步走着，尽量，不去想几年前的那趟买花之行。我只希望,这些花苞这次能绽放。

换水,剪枝,去多余的叶子。我把它们插进一个细口大肚瓷瓶,放在客厅的书架旁。读书写字间隙,我不时把书和笔记本放一边,默默地打量瓶中的花枝。是感觉到主人殷殷的目光吗?它们像懂事的孩子,晚上也不眠不休,趁我睡觉的时候,一朵朵悄然次第盛放。客厅里弥漫着馥郁的香气,经过它们时那芬芳更浓,热烈地扑过来,给我一个最厚实最缠绵的拥抱。我不再担忧它们不开,而是忧心开得过快过猛,太早迎来令人沮丧的衰败。就像母亲,既期盼着孩子成长,又生怕他们太快长大。成长,意味着伤感无奈的分离。

每天早晨,从卧室走进客厅,我会先跟它们打个招呼:"孩子们,早上好!"三朵,五朵,八朵。再一数,居然是九朵!有一个细小到我都没留意到的花苞,居然也奋力地开放了!父亲在书架上,正望向这一瓶铃铛一般挂满枝头的百合,那微笑仍是淡定而温暖的,似乎在说,不错。他一向是个寡言安静的谦谦君子。我突然顿悟般想到,要报答那个老人几年前的悲悯之心,这些花儿们原来是为父亲开的。

我感激得无以言表。这束世间最知心的百合花,它同时陪伴着这个世界的我和另一个世界的父亲。

像痴情女子不甘心地要抓住手中的爱情一样,我一面贪婪地享受着它们的每一分甜蜜,一面要想尽一切办法留住点痕迹。我俯身深呼吸，猫一样嗅闻每一朵花瓣，好让肺叶的每一个毛细血管都熏染上花香。我小心地触摸它们柔润的叶片，像触摸冬天第一场雪和新生婴儿的胎毛。我没完没了地对着它们拍摄，日光下，灯光下，甚至黑暗中。

更多的时候，面对着那纯洁脆弱的美，我摇头叹息——我们，谁也不能逆时光而行。如此无辜纯洁的美好，不过一周光景，垃圾桶就是唯一且最终的归宿！

《法华经》说：佛前有花，名优昙花，一千年出芽，一千年生苞，一千年开花，弹指即谢，刹那芳华。

世间万物，其实哪样可以久留？无论美丑垢净，不过弹指即谢。

忽然想起一个朋友去郊外踏青，眼高手低，拍了一组花红柳绿的照片，自知不尽如人意，配文云：你们尽力了，我也尽力了。足矣。

父亲尽力地活了，如这束尽力盛放的花。这也许，就当叫作圆满。

哑巴蝈蝈

1

"蝈——蝈——蝈……"没有指挥,这合唱声浪却如此有弹性,动听一如丝线轻拂金箔,从我身后传来,渐行渐近,由轻柔变得强健。

我愣怔了两秒,扭身回头看去,只见眼前金灿灿的一团,云朵一般,随着一辆自行车的前行飘然而至——那由上百只蝈蝈组成的流动乐队,正和谐欢快地唱着大自然的弦歌,它们带来的,似乎又不是歌声,而是一块散发着庄稼清香的碧绿田野。

看我驻足观望,那骑车的黑瘦汉子停下车,带几分期待地笑着望向我。那是辆普通的自行车,后座上支起了两根一米左右高的竹竿,那些笼子就是层层叠叠挂在这竹竿上的。也许是感觉到了突然的速度变化,一只只在那金色笼子里歌唱的小歌手都忽然噤声。但旋即，有几只鲁莽或迟钝的，又放开嗓子大声鸣唱那稔熟的旋律。

"二十块一只，三十块一对儿。"卖蝈蝈的这位不等我问就主动报价。

那是个五月的午后，我从北京回河北的小县城给父亲扫墓。父亲走了六年了，我当年不仅没能为他送葬，就连清明和祭日都鲜少有机会去拜祭他。反倒是在那小城生活的弟弟一家三口，从不落了给父亲送鲜花烧纸钱。

那天是父亲祭日，我们刚从墓地回到城里，弟弟两口子去停车，我和母亲慢慢往小区门口走。

"蝈蝈！"我有些兴奋地对母亲说，眼睛却继续望着那秫秸秆外皮编织成的金灿灿的蝈蝈笼。它们那么可爱，像一个个圆鼓鼓的婴儿的小拳头，又像八面开窗的小小城堡，每个后面都住着一个着绿衣白纱、腆着大肚子的袖珍国王。

"活不了多久的，还是别买了吧。"父亲走后，母亲特别舍得花钱往家买花，栀子、茉莉、山茶，尽管许多中途夭折，至少每次都是奔着好花常开的结局去的。可这蝈蝈，在她看来即使不出意外，寿命也不过几个月，干脆别劳神为好。

"在大城市买不到的。养两只听听叫声多好。"从卖者的口音判断，他是县城西部紫荆关一带山里人。那里的人说话舌头发直，不会发儿化音，管"二"叫"饿"。是我的家乡话已经不纯熟地道了吗？我有些纳闷他是如何看出我不是本乡本土的人的。

尽管漂洋过海走过世界许多地方，我打心底对中国的县城有一种故友般的亲近。它们就像一根根密密麻麻的血管，东西南北，阡陌纵横，网罗起中国的繁华都市与偏僻的毛细血管一般的乡村。我喜欢逛县城，即便交通混乱、尘土飞扬，即便那价格亲民的网红餐馆也不免饭菜粗糙、卫生可疑，我仍吃得香甜，睡得踏实。县城，有大城市往往缺乏的一样东西——地气，或者说，土地的气息。离农村近，县里的菜蔬瓜果是新采摘的；离农村近，鸡鸭鱼肉是刚宰杀的；离农村近，人们脸上的表情仍然是农业社会的——古朴实诚，即使狡黠都带着憨厚。

望着那人和那一笼笼的蝈蝈，我脑海里忽然闪现的是刚刚在墓地里探视过的父亲。父亲从部队到地方，一辈子跟写作打交道，虽然他从没出版过一部书。我记得当时在读大学，暑假回家，在宣传部门工作的父亲兴奋地告诉我，他写了一篇《蝈蝈儿唱响致富歌》的新闻，居然被某大报采用了。他很自豪地把那豆腐块文章剪贴在了他的笔记本里。

"您帮我挑两只吧。"说着我递给卖蝈蝈者三十块钱。我希冀这小小的蝈蝈鸣唱能把已经淡出我生命的乡野拉近些再近些，就像春天漫山遍野的不知名小花，夏天月光下一块有着圆滚滚果实的瓜地，秋天挂着灯笼一般橙黄柿子的山林，冬天一望无垠的雪野，它们是自然的使者，是我永远走不出的乡愁。

"挑俩欢实的！"我母亲不放心地叮嘱。

"没问题！"是因为做成一笔小小的生意吗？那汉子开心地笑了，以至鱼尾纹深深地堆在了眼角。我相信他还没我岁数大，但常年的田间劳作让他比实际年龄苍老许多。

"这不是二壮吗？金家庄的？"母亲先是迟疑后是坚定地望着那汉子说。

"哎呀！看我这眼神，三姑奶奶，我还真没认出你来。我是二壮！有二年没去看你老人家了。"二壮说着，脸上的笑纹和皱纹同时堆满了黑瘦的脸。

"你不是一直跑运输吗，怎么卖起了蝈蝈？"母亲与其说是好奇，不如说是忧心，即使对这七拐八绕的远房亲戚。

二壮把车梯支好，双手从那车把上解放出来，立在那儿苦笑着倒出了一肚子委屈。他跑了十来年长途，主要是运送石材去南方。起早贪黑，着实赚了点钱，不仅把房子翻盖一新，还把两个孩子送进了大学。没承想，三年前兴起了企业集资热潮，有外地资本介入本乡那个有着千年香火的庙会，政府领导都出席了热闹的揭幕仪式。百分之二十甚至三十的利息返还，让许多乡民把一辈子的积蓄都投了进去。二壮先试探着投了十万，还真如期得到了利息，尝到了甜头的他，不仅投入了跑车以来的所有积蓄，还以车为抵押去银行贷了款。"我有俩大学生要供，父母还都一身病……还是怪我，忒冒失咧。项目黄了，人家投资方卷铺盖走人了，可把我们这些小老百姓坑苦了。村里有好几个老人投进去了儿女孝敬的养老钱，出事后受不了打击，死了两个，听说有一个是喝农药自杀的。"

母亲和我都听得唏嘘连连。

我忽然有点心酸，想着是否再给他十块钱，可是又感觉真那样做似乎很矫情，有居高临下施舍的嫌疑。我揣在口袋里的手，终究还是没有伸出来。

二壮取出一把生着锈的剪刀，颇费了点劲儿才从那一团高挂的笼子中剪下两个，像剪断了两个音符，那歌声似乎陡然间弱了一些。

倒是母亲，侧过脸悄声跟我说："既是乡亲，就别在乎那十块钱了吧，你再给他十块。"

"这哪儿行？不要不要。按说这蝈蝈就应该送给你们，哪儿还能多收？"那十块钱在二壮和母亲之间来回拉扯着。最后他坚决地塞回了母亲衣服口袋。

我又问了几句蝈蝈的饮食习性后，拎着那两个金色的小拳头和母亲往家走。"他小时候我就见过，不过三两岁，长得欢眉大眼挺好看的。现在成了小老头了。唉，人哪！"母亲边说边叹息。

到家第一件事就是进厨房切了些胡萝卜条，从那只有筷子头大小的洞里塞进笼子。蝈蝈们先是惊慌地躲避着，两只前腿胡乱地挥着。很快，也许是嗅到了食物的气味，它们开始不客气地大啃这送上门来的美食，两只白色门牙快速运动着，鼓鼓的眼睛好像对一切都视而不见，反倒是头顶长长的触须机敏地探测着周围的环境。

我把它们挂在客厅向阳的窗子把手上。阳光斜照进来，洒在笼子和两个小家伙身上，它们一动不动，像两只翠玉雕出的案头清供。

吃晚饭时，母亲又说起二壮的遭遇。弟妹有些难为情地说："我没敢告诉你们，我爸爸就是这样的受害者之一。我和我哥给他的钱他都攒着，原先还打五毛一块的麻将，自从有了这高利息集资以来，他愣是戒了麻将和烟酒，可是那五万块钱彻底打了水漂儿，他一趟趟去找当时让他投资的人，我哥也替他出过面，都没要回来一分钱。人都跑了，去哪儿要？"我们听得又是一脸诧异，母亲大叹世道不公，欺负老实人。

虽然谁也没说什么，我知道屋里四个人都在留心静待那蝈蝈的叫声，可直到第二天早上，屋里安静得像没有它们一样。

"不会是有毛病的吧？二壮不是干这行的，他也不懂，你当时还不如自己挑两只大的呢。我看有一只特别弱，也就比蛐蛐大一点儿。"母亲虽看似有经验地抱怨我，那语气却是谨慎小心的。有人说，人老了，不管年轻时多么强势，会变得怕自己的孩子。尤其是父亲去世后，母亲似乎有意地把自己以前的锋芒都收敛了起来，不再像过去那样爱打主意。她越发专心称职地做个"糊涂"老太太。

弟弟一向心细，说这蝈蝈也许在适应新环境。一向有洁癖的弟妹则问我是否把萝卜洗干净了。

天气阴着，还下起了雨。不便出门，除了帮母亲做饭，我开始仔细观察平生第一次近距离接触的这小生灵。别看不叫，它们饭量不小，刚放进去的吃食，不管是水果还是蔬菜，不挑不拣，没一会儿就被两只大门牙啃食进胖胖的肚子。笼子下面的窗台上，则是食物残渣和粪便的混合雨点儿。

吃饱了，它们就趴在笼子里，禅定般地发呆。

我亦开始寻思，这两个蝈蝈明显是有问题啊！

两天后，在我准备离开家回北京的晚上，半夜里，我忽然听到了那金属音质的歌声："蝈——蝈——蝈……"

声调不高，时间也不长，不足一分钟的样子，然后就又是长时间的寂静。

早上吃饭，全家人似乎都有点兴奋，至少，蝈蝈会叫！

回北京的车程也不过一个半小时，这两位坐在副驾座位上的歌手，商量好了一般，谁都没吭一声。

2

"蝈蝈!"儿子正在家上网课,一年前他被美国一所大学录取了读研,因为疫情签证多次被拒,只能昼夜颠倒在家接受远程教育,被我弟弟戏称"最昂贵的函授大学"。

俯身凑近了,从镜片后打量那蝈蝈笼子片刻,他只说了句"看着挺傻"就又埋头继续钻研他的编程去了。

晚上,侄子下班回家,来不及换鞋,也兴奋地去客厅向南的窗边看蝈蝈。二十岁的他在省城读了个大专,不想回到小县城托关系找铁饭碗或者考公务员,便到了北京在一家全国连锁服装品牌的门店当导购。自小因为不爱读书,他父母一直担心他的前途。好在沾了中国高校都在扩招的光,他去读了个市场营销专科,快毕业时,正巧有几家企业去学校招销售人员,阳光帅气的他喜欢服装行业,顺利通过面试就来北京当起了导购。

我打心底喜欢侄子,虽然他自小不喜读书,却善解人意、情商极高。记得当年他才不过七八岁,暑假来北京住一夏天。每逢我那开始叛逆的儿子与我顶撞对峙,在中间斡旋平息战事的都是这小家伙。他的手法其实也很简单,不过是跑过来悄悄跟皱着眉头的姑姑说:"我哥知道错了,只是不好意思承认。姑姑原谅他吧。"又到一边跟生闷气的哥哥说:"我姑姑原谅你了,说只要你下次别再摔门顶嘴。哥你去跟她道个歉吧,我就常跟我妈道歉。"

"姑姑,这蝈蝈让我想起我爷爷。我记得上幼儿园时他去农村下乡,给我带回来一只,那笼子和这个一模一样。"侄子自小跟爷爷亲,读小学时每逢因为做不出简单的数学题被他气恼的父母责骂甚至掌掴,都是爷爷在一旁护着他。

"你们哥俩每人认养一只吧。"那晚吃过晚饭,俩孩子在厨房洗碗,我进去给蝈蝈切黄瓜条。那本来不小的厨房好像一下子很逼仄,看着身边两个身高都一米八的大小伙儿,我不由惊叹着时光的流逝——似乎只是一眨眼,那两个虎头虎脑有着一脸婴儿肥的小胖子,都已经长成了朝气蓬勃的青年。我爱他们,不仅因为他们是我的亲人,还因为这看似长在蜜罐里的孩子,心碎地和我一起经历了失亲之痛,甚至替我面对了死神的狰狞。听我母亲说,我父亲走的那天,哭得眼睛红肿的两个孩子在火葬场一块一块捡拾起(外)祖父火化后的遗骨。送葬那天,也是他们俩,一人打幡一人捧着骨灰盒,把他们挚爱的有血有肉的亲人送到另一个世界。似乎从那时起,这两个只有十几岁的孩子忽然长大成人。

不同于自小就浓眉大眼的儿子,我侄子小时很不起眼,像一块没长开的小枣核,冬天总穿一件碎皮子拼接成的夹克,我总笑他像一块滚动着的酱牛肉。如今他越发像年轻时好看俊雅的爷爷。他自小虽不善学业,却极富审美眼光,再不起眼的衣物,经他的手搭配,都显得格外有味道,是那种不事张扬的别致和悦目,难怪读中学时他就常被小姑娘递纸条写情书。

"让我哥先挑,剩下的归我。"侄子仍一如从前地懂事。儿子认领了挂红绳的,取名闹闹。侄子接受了另一只,取名周董,源自他最崇敬的歌手周杰伦,连他的微信头像一直都是周杰伦的各种照片。听我问起,他认真地说:"我佩服他,不光因为他有演技和音乐才华,还因为他特别敬业,几乎没有绯闻,是个对员工对家人有责任心的男人。"

侄子虽然是典型的北漂打工者,每天八小时迎来送往买或不买的客人,有时站得脚疼,非但不抱怨,还总是一脸快乐。他崇敬会写书的姑姑,甚至连洗脚水都不嫌弃:"姑姑你泡过脚的中药水别倒掉,我再加壶开水也泡泡。"他希望血压高的父亲戒掉烟酒,也跟我说:"姑姑你说说我爸,他听你的。"

在北京,我不时与熟识的文友相约聚会吃饭,偶尔会让儿子和侄子参加。在名作家面前,侄子亦不卑不亢,彬彬有礼,我看得出他很放松坦然地享受那样的时光。我难以想象,这就是那个当初来北京搞不清坐地铁的方向,还需要他哥去长途汽车站接的少年。

他不时跟我聊聊在店里的见闻与感受:"有些人穿得像有钱人,却素质很差,试一堆衣服和鞋子,扔在那儿扭头就离开。而有些人会放回盒子里或衣架上，还谢谢我们的服务。买不买其实并不是我们最在乎的，而是这些人的态度。每个人的劳动都应该受尊重。"他也跟我聊人生："目前我挺满足的，有工资收入，有宿舍可住，同事相处得很好，还能见识形形色色的人。我感觉这一年来我学到的东西不比在学校少。"他甚至还在网上结识了一个乌克兰女孩，两人不时借助词典打字分享各自的生活。"我并不想找外国女朋友，只不过希望了解一下这个世界上的人都怎么生活着。"他给我看过那女孩在冰天雪地里欢快地笑着的照片，很可爱的姑娘。

我告诉他美国有些人在零售店里做一辈子导购，因为具备了足够的专业知识，也非常受人尊重。

"我不想太多设计未来，想得太多太远反而容易焦虑。我现在能养活自己，把能做的做好，每一天都挺快乐。"他有时回来住，还会买上件打折的衣物或袜子、睡衣给我和他哥哥。

"我每当心情不好或焦虑不安时都会想想他。他的简单快乐挺让我减压的。"儿子实话实说，对这位小他四岁却碰巧出生在一天的弟弟，他一向亲如手足，自小到大，无论买个什么玩具，他都会买两件，无论弟弟在不在场。儿子这两年压力很大，连弟弟都看出来说他"沧桑"了不少。先是在国外读了本科回国，设想工作两年再读MBA，他投简历找到一个世界五百强的私企，早出晚归，几乎没有周末，每天早高峰的挤地铁更像梦魇一般恐怖:"得有工作人员在站台上推,才能勉强挤进地铁车厢,前胸后背都是人墙,倒省得担心站立不稳。有时实在挤不进去,我只能眼睁睁看着地铁离开,再等三趟才能挤进去。"压倒他的不是这些谋生的艰辛,而是公司的层层束缚和工作低效,尤其是唯领导为正确准绳的作风。好不容易一年合同到期,他辞职了,全力以赴考研。

通知书倒是来了,疫情也来了。学费交了,不仅签证面谈三番五次地被取消,美国彻底关闭了中国学生入境的大门。"真让人纠结,不上吧,好不容易考上了。上吧,只能在网上听课,一年半的学业,一天都没到过校园。学费还那么贵,我真感觉内疚,这么大岁数了还给家里添负担。"他本就不时冒出粉刺的脸上更是火疮不断。

看着他忧郁的表情,我只能若无其事地安慰:"我们不能掌控世界,却能调节自己面对世界的心态。你看弟弟,心理素质多好。跟你这在北京有房住有车开的人比,他只是漂在这儿,打工住宿舍,按销售业绩提成,一般人早就自卑或焦虑得不行了吧,可他那么快乐坦然地活着,这在我看来就是福气。"我与其说是安慰儿子,也在排解自己的压力——都说文学市场不景气,出书越来越难不说,一篇篇写出来的文字,找个报刊发表都似比登天还难。据说许多报刊都将平台当成了权力的象征,没有关系,很难发表。当然,如果作者是我的同事莫言自然另当别论。

"是啊。他有许多我应该学习的地方。虽然有时我让他擦地板还得哄着他,承诺请他吃点儿好的。他站一天店,其实也挺累的。"儿子看这世界的眼光越来越客观了。有时我说到不喜欢某个人的做派,他会抬头望着我说:"妈还是别那么想吧,只能徒生烦恼,你推荐给我看的《沉思录》里说过,不要轻易判断一个人。"

我非常欣慰,虽然两个孩子都是独生子,却像两只就着伴儿成长的树苗,彼此见证着人生路途上的阴晴雨雪。

许是习惯了都市日渐温暖的气候,蝈蝈的歌声明显地更勤了更亮了。有时甚至显得过于聒噪,让正在上课的儿子不胜其烦。经常是他正在上网课,那蝈蝈越发起劲地叫,让远在太平洋另一端的教授都听到了。"会叫的蚂蚱?那就是蟋蟀喽!"美国似乎没有蝈蝈,洋教授自以为是的解释让儿子哭笑不得。

我万没想到的是,那本来期待中的大自然的乡音竟成了扰民的噪声。两只蝈蝈先是被放在了客厅,过于高昂嘹亮的歌唱扰乱课堂纪律,被儿子放进了客卧,那是每周回来住一两次的侄子的卧室。某天早晨侄子推门出来吃早餐,眼睛红肿着:"姑姑,我几乎一宿没睡。它们叫了一晚上。"

唯一的阳台与我的卧室相连,对于睡眠一向困难的我,自然不敢与它们共处一室。于是,厨房,便成了这俩小虫子的栖身之所。

它们似乎不挑不拣,无论在哪儿,只要有口吃的,便要对得起主人的款待一般,从不偷懒地卖力鸣唱,其不休无止让我有时恍惚以为那是夏日的蝉鸣。

想起楼下遛鸟的大爷有时给鸟笼罩上一块布,我跟朋友在电话里聊重要的事情时,便也顺手给两只笼子上搭一块毛巾。开始似乎还有效,被黑暗罩住,它们停止了歌唱。可很快,似乎这伎俩被它们识破,只安静一会儿,便又自顾自地演唱,丝毫不在乎听众感受。

"要不咱们把它们放生了吧!楼下院子里的树林和灌木丛,至少不至于饿死。"晚上十点,儿子边给自己冲咖啡提神边提议道。

看它们俩在那么狭小的空间伸不开腿脚,我也不是没冒出过这个念头。可一想到树林里各种鸟雀,最直接的担心就是它们会不会成为猎物。如果真的被鸟儿啄食当作果腹美味,那可真算死于非命,我这主人责无旁贷。

憋屈就憋屈点吧,至少没有性命之虞。自古以来人类的生存法则不也是安全第一吗?

"姑姑,我有个重大发现——闹闹也许是个哑巴!那天我立在那儿仔细观察它们俩,看到只有周董的翅膀一颤一颤,叫声是它发出来的。闹闹只是安静地趴在那儿,翅膀挨着一动不动。"某天我下班回家,侄子上前兴奋地跟我汇报着。

为了证实闹闹没有被冤枉,儿子建议把它们分开放着。周董仍在厨房,闹闹被放进儿子卧室。果然,歌声除了从厨房传出来,其他房间都安静如常。

儿子忽然动了恻隐之心:"生为一只蝈蝈,也不过活几个月,却从不能开口叫……"他没再多说,只是每天喂食的时候,有意无意地挑水分最多的新鲜果蔬给它,还问我是否如果水分摄入不够也会影响蝈蝈的鸣叫。

3

两个月后,我要离开中国前往大洋彼岸采访。儿子要到上海去借读一学期课程。侄子平时住在店里提供的宿舍,只是偶尔上早班才到姑姑家里住一宿。家里马上就要成了空巢,两只小虫眼看着就没有了生存之所。

我问两个年轻人是否可以各自带一只去住宿舍。"那多孤单。别让它们分开吧!"两人异口同声地说。他们甚至开始商量跟谁去住能让蝈蝈得到最好的照顾。

"放我们家养着,保管比跟他们谁的生活质量都高!"Y姐是我多年好友,为人爽快仗义,典型的北京女子。她的先生是位斯文干净的读书人,有着江南书生气质的他不仅能讲一口地道英语，写一手不俗书法，还是有着数万粉丝的网红烘焙大师。

跟我这粗线条的主人相比，把两只蝈蝈放去这样的人家寄养，我相信木讷如虫子，也会感受到那无微不至的优待。

是为了让我和两个孩子放心吗，Y姐还建了个群，取名"蝈蝈儿之家"，不时发照片给大家看。那原本被果蔬汁液弄得污渍斑斑的笼子，在她的精心擦拭下，像去除了锈迹的首饰，已经又恢复到了金色的光泽。为了加强营养，除了新鲜多汁的水果，她还不时给它们喂蛋黄。

偶尔我们通话，听到那"蝈——蝈——蝈"的背景音乐，我竟然有几分想念这两只远在故国的小虫。

"确实有一只从来不叫，我先生说可能是先天的发育问题。不过它们俩至少就个伴儿。只是那笼子太小，显得太憋屈，我让我先生给它做个盒子。"Y姐的观察更加确定了一点——闹闹其实一点儿也不闹，它是一只哑巴蝈蝈。

秋天到了，Y姐把蝈蝈从阳台移到了客厅，放在总开着的台灯旁边，为的是让它们得到更多温暖。

我和俩孩子彻底放心了，各自忙于谋生似乎鲜有时间去为蝈蝈担忧。

儿子除了点灯熬油、昼夜颠倒着上网课，还苦学备考特许金融分析师。考期临近，突然接到通知说因为疫情考试取消！

侄子当导购的店关门了——因为疫情没有生意，公司倒闭了。他打算去学汽车维修，喜欢车的他很佩服二手车专家："人家用手一摸，就知道那车漆是不是补喷过的。"

天越来越凉了，母亲说她已经穿上棉服了，还说某天她又碰到了二壮，蹬着三轮卖核桃呢。

就在那天，Y姐在群里发一条长信息：今天早上给蝈蝈打扫卫生的时候，发现最近叫声细细的蝈蝈不幸去世了。我心里很难受，在我这里养了两个半月了，每天都能听到它动听的蝉鸣。它们让我感受着大自然的气息，此刻，也让我感受到了动物界小小生命落幕的悲哀。我说怎么今天突然那么不舒服呢，本该上班的我留在家里不想出门了，还是为它添了一块胡萝卜。

儿子说他中间回北京还专门去阿姨家看了看蝈蝈："去的时候看到它俩我还打趣说还活着呢？真没了，心里还是挺难过的。"

我急切地打电话过去，Y姐说其实早在半个月前就发现这蝈蝈叫声微弱了许多，到最后偶尔才叫一声，不是在唱歌，而像在哀叹大限之至。"几天前，它几乎不进食了，得把蛋黄和瓜肉放在它嘴边，它才吃几口。"

"周董死了？让阿姨把它埋在花盆里或树底下好不好？"侄子没发表评论，只私信给我。可我想象得出他的沮丧，他只是不希望别人分担他的难过。他正在北京东郊一个汽配城当学徒。儿子去看过他，拍了一张他的工作照，以前那总是穿戴有品位的青年，如今每天都是一身油脂麻花的工装，好在他脸上那青春的阳光气息不减。他的微信头像仍是周杰伦。

  我安慰大家说，一切生命都会有尽头，不必太伤心。它们与我们共处一室的日子时，我们善待它们就足够了。另外，好在闹闹还活着，也许它的缺陷成全了它的长寿——对于人类来说，话多伤气。那几乎从不停歇的鸣叫，对于小小的蝈蝈来说，是否也会消耗体力影响寿命？

  Y姐的先生特意做了一个半只抽屉大小的木盒子，上面罩了一层纱网，独居的闹闹终于有了一个可以舒展身体的新居。视频里的它比以前瘦小了，那翠绿的身体背部已经变成黑褐色，像二壮皱裂的手背。它也许新奇于突然变得阔大的世界，四条细长的腿缓缓地在盒壁上攀爬，蹭着木头竟然发出很响的嚓嚓声。

  过了一段时间，我在群里问：蝈蝈还好吗？

  Y姐答：还在呢。如果有什么状况，我会通报的。最近我们在中午的时候把它放阳台上晒太阳。可能它也是老了，吃得少了。

  她女儿，一位文静少言的女孩子，几乎从不在群里发声，也说话了："蝈蝈儿没那么有活力了。虽然它还活着，但现在吃饭都得递到嘴边,看着也挺可怜的。"

我记得这孩子曾跟我说起过她那慈爱的姥姥:"我姥姥咽气的时候,我正在医院往她病房赶。我得穿过长长的走廊经过其他病房。有一瞬间,我明明看到我姥姥了,在一个病房临门口的床上坐着呢,她望见我经过。我也望见了她。可是我知道那不是姥姥的病房号,只走了不远,进到我姥姥的房间,看到躺在床上的她,我妈说姥姥刚咽气。"我知道,这是又一个看到过死亡、长着孩子身体的大人。

十一月的最后一天,Y姐去山东出差。她先生发了一条信息在群里:"闹闹基本躺下了。"随后是一段视频:歪躺在一层柔软纸巾上的蝈蝈,两条前臂仍抱着一块胡萝卜,与其说是在啃食,更像是在舔那上面的水分。

"把它扶起来呀,它眼神不好了,得把吃的放在跟前。喂点儿香蕉和蛋黄那些软的食物。"Y姐人在旅途,却仍遥控指挥。

看着那苟延残喘的小小生命,我没再留言。

其实,不完美的我们都是不同形状的哑巴蝈蝈——接受着上天赐予的不完美,盲龟浮木一般,漂在命运之河中,默默地在有限的空间活过有限的时间,有多少是自己能够做主的呢?

把这俩蝈蝈的故事讲给我的美国房东杰伊听,告诉他周杰伦的英文名字也叫杰伊。他是个单纯善良的理工男,睁大灰蓝色的眼睛若有所思地说:"我是不会给我的孩子养这个当宠物的,才活几个月就死掉,不是太残忍了吗?尤其是对于小孩子来说。"

我说经历和见证死亡也未必一定是坏事。知道死之必然,反而会更珍惜生之可贵。他想想点了点头,嘴里却说了声"不"。

那个叫林赛的唐山妞儿

1

"我是林赛在北京时的同事,她离京去上海后失去联系了,我一直试图找到她。如果您认识她,请代转此意。如果我真打错了就不打扰,谢谢。"

"不好意思,我真的不认识她,我姓石,抱歉。"

"没关系,打扰了。"

以上是我与一位素不相识的上海女孩的短信往来。

我的寻找林赛之路彻底没了线索。

林赛是我在京城某报当编辑时认识的,那是2003年,"非典"肆虐之年。

那天我正在报社编稿,一个戴米白色鸭舌帽的女孩径直走到我身边,并在我对面找了个空椅子坐下。我抬眼随意打量了她一眼,第一印象便是,这是个自小营养充足、不懂得忧愁为何物的女孩，蜜色的皮肤，微黑，却光滑细腻，饱满的身材，微胖，却弹力实足。眼睛很大，黑棕色的瞳孔因为放松而显得很亮，一双眉毛却被修剪得细弯，透着与年龄不相称的成熟，那是有大好青春作底的自信，是收放自如的妩媚。

聊起来才知道她是新来的实习生，唐山人，竟来自河北我的大学校园，而且还是同一个系！老乡兼校友，于是一下近了许多。初来乍到的她也表现出很兴奋，跟我这位学姐明显地要比跟其他编辑亲近许多，就连去食堂吃饭也跟我挤在一块儿。

我有些选题就派她去采写，事先还帮她做些功课。每次她都能很准时合格地完成，尤其是采访作家海岩那篇消息，得到了海岩本人的赞许，还被多家网站转载。

"孺子可教啊，没给咱们学校丢人。"有时我跟她开玩笑。

"我这块朽木还仰仗学姐刀工了得。"她笑起来很灿烂，很双的眼皮有几分欧洲大妞的范儿。

有时候不忙，平台上人不多，她会笑着跟我讲对部门其他人的看法，其中她最不喜欢的是那位40多岁的女主任。"成天板着一张脸，端着劲儿，一副政工干部模样，看到她我心里就冷得哆嗦。你打招呼她也不正眼看你，就鼻孔哼一声，她老公是不是有外遇啊？要不就是她儿时家境不好很缺钱，要不怎么跟这世界有仇……""别瞎说，人家可是名校毕业的呢，谁像你，不求上进。""可是我那天躲楼道里去抽烟，分明听见她在旮旯里跟人恶狠狠地说半个版少了五千块不登，我听他们几个老记者都说她太黑，把部门的版面都当成她的自留地上收费稿。张洁出新书《无字》的新闻今天各大报都发了，就咱的版漏了，记者白采访半天……"

"你就做好自己的事，别的少掺和。"

"我知道，可我就是看不惯她那种自私嘴脸。怎么不让你当主任呢，大家都那么尊重你，又是部门老人。"

"少贫。我只会干活儿不会当官。"

一次某时尚杂志社通知我参加活动，其实就是某奢侈品的新品发布会，为了能吸引更多媒体人前往助阵，说会在结束后举行抽奖。那位主编是位老大姐，理应去捧场，可我当天确实要编版走不开，看到在一边无聊玩游戏的林赛，便问她是否愿意去。"也好，反正写了稿也上不去，那个死八婆……两张票我都带着，万一运气好呢。"

两小时后，电话里传来她兴奋的声音："冰姐你说是不是运气来了挡不住啊，咱们有张票居然被抽中了一等奖，猜猜是什么？暇步士的腕表一块……好漂亮啊，湖蓝色的表带，带日历的仿钻表盘，就连包装盒都很酷。哎，说好了，表归你，盒儿给我留着吧。"她在路上走着，加上兴奋，说话都上气不接下气的。

"非典"疫情加剧，林赛租住的小区被隔离了，她无处可居,我便收留了她。当晚,她背着一大包瓶瓶罐罐搬进了我位于和平门的一居室。

只有一张大床,只好共睡同寝。

她开始倒还自觉,烟瘾上来了也跑到厕所去。

可后来我才发现,她的存在实在让我本就成问题的睡眠雪上加霜。

当时林赛有个男友在东北某校读书,她给我看过照片,极帅的男孩。我多次故意质问她:"就你,找到这么帅的男友,凭什么?"她总大笑说自己在男友眼中也很有魅力啊,并坦言她正考虑是否要与他分手。

"凭什么?人家哪儿不好,虽然身上有日本血统(男友的奶奶是日本侵华时遗留下来的日本人),那不意味着将来你们有了小孩也会是个高智商的宝宝吗?"

"哎,好姐姐,谁会去想那么遥远的事,要孩子,你还是先等本宝宝长大吧。我们都交往三年了,不新鲜了,没什么意思了……"

"我就不懂你了,当年宁愿期末补考也要逃课跑到那冰天雪地的地儿去,只为给他过个生日,如今却说没意思就分手。你倒给我说说,你找男朋友的标准是什么?"

"标准?我没想过,以前我全靠感觉,看着顺眼。将来吗?社会上的男人,还是得实际点吧,长得帅,有经济基础,性能力要强。这三条,怎么样?哈哈……"

"真不害臊!"

"别打我,我说的是心里话呀!"

正因为这段感情的纠结,每到晚上两人电话不断。感觉得到那男孩的极力挽回与痛苦挣扎,我都为他难过了,可林赛似乎并不为所动,反而像个姐姐在开导小弟,"相信我,你一定会遇到另外一个喜欢的女孩。咱长得那么帅,又是名校,小女孩看了都流口水啊!"

深更半夜,你来我往。后来看我面有不悦,她改为发短信,虽然比之煲电话粥动静要小很多,但哔哔的按键声就响在耳旁,亦可听得如雷贯耳。

谈恋爱总没错,何况独自漂在北京的单身女性。可是……

"你不能影响别人休息呀!老这样是不是有点过分?"有两次我亦板出女主任式的脸孔。

刚好报社有另外一个贾姓女实习生找合租,林赛打听到了,自觉地搬了过去住。

2

我们仍只在报社见面,她丝毫没有芥蒂,仍是大大咧咧地穿她似乎天生就该穿的奇装异服,抹着蓝得发青的眼影。

"哎,今天在路上碰到一熟龄帅哥,好让人心动哦……"

"那又怎样,素不相识的陌路人。"

"咳,熟人总是从生人开始的嘛,我跟他搭话了。"

"啊,你说什么?没把人吓着吧。"

正说话间,阴沉着脸的女主任低头快步走了进来,一屋子正说笑的人都噤声。

"大家都反映版面不够,写的稿子总上不去,这样长期下去会影响你们在座的收入,所以从明天起,实习生的稿子一律要与记者合署名才能刊登……"她语速极快地威严宣布。

不久,我通过一个朋友介绍某少年读物主编给林赛,他答应接收她实习。饭后主编要求去三里屯酒吧街找个地儿喝两杯,昏暗的灯光下,那年届不惑的主编色眯眯的眼神把我们吓得落荒而逃。

出来我跟林赛开玩笑,"你不是喜欢熟龄男士吗,怎么还说人家恶心?不就是把手搭你肩上了。"

"嘀,就那副纵欲过度的臭皮囊,倒贴我个主编我都不当……"她一边补妆一边做呕吐状。

报社的工作是不干了,她便四处投简历,并上网搜索。好像一直没什么进展,其间倒是她父亲从唐山开车过来看她,带了一箱新鲜皮皮虾来,她跑到和平门分给我一半。"冰姐我又打算搬家了,我实在受不了那小贾了,她三天两头带不同的男人回来，虽各住一室，但那动静儿，哎哟不跟你说了，你这老封建更受不了。她那床单，你没见都脏得看不出花色了还不换洗一下，我实在恶心……"

我在犹豫是否还让她回我那儿，但一想到那夜不能寐的手机声音，就发怵。她大概看出了我的顾虑，"我找了家中介，明天去看房，有合适的我再搬，你放心，林大侠不会冻死街头的，再说这伟大的首都多温暖啊！对了，我刚找了个时尚杂志的活儿，帮编辑去各大牌借衣服，摆好造型让摄影师拍照。"

此后有一段时间没有她的消息。我只当她很忙，也没太在意。转眼秋天了，某天突然接到她发来的短信：冰姐，我上周来上海了，在网上认识了一个男友，他在新加坡搞建筑设计。我目前在找工作，妥了会告诉你，这是我新手机号。

此后便无过多联系，半年后某天，她突然发信息说第二天她与男友回唐山见她父母，路过北京，如我有空可以见面，说她要结婚了。

第二天我刚好接待从重庆来的两位老师，便未能见成。

随后我也换了几次工作，为适应新岗位忙碌奔波，走在街头与活力女孩相遇，不时会想起那远在上海的林赛，不由想，"妞儿，你过得好吗？"

发过一次短信，却未收到回音。

一晃到了奥运年，我新注册的文化公司也开张了，好多项目都需要人手，时不时，脑子里会浮现出那个发育良好快乐简单如一根饱满的麦穗的女孩。

那天又翻出手机里存的那个号码，打过去，无人接听。一会儿，有人回过信息来：你是谁？

我是你的学姐啊，你好吗林赛？

对方便是沉默。

难道真能彻底失去联系吗？

家里订了份都市报，平时我极少浏览报纸边栏上的豆腐块都市新闻，那天却突然发现有一篇小文的署名是：本报记者林赛。难道这小家伙又回到北京来做新闻了？我没换手机啊，她怎么不找我呢？

激动之下赶紧给报社拨电话，总机小姐很客气地问我是要爆料还是有什么纠错，我说我是林赛失联很久的朋友，一直在找她。对方说她并不认识林赛，可能是新来的员工，毕竟报社有好几百人。"能提供她的手机号给我吗，我直接打给她。""抱歉不行，我可以帮您跟她核实一下，如果她认识您，允许我提供号码我再告诉您。"

一会儿电话回过来了。"我查过了，您是要找林雪芬吗？林赛是她写稿时的笔名。"

……

3

这个信息年代,一个大活人找另一个大活人难道就找不到吗?

几天后我不死心再次拨打那个上海手机,仍无人接听。

这次倒是有人回拨了过来。

"你是谁?"一个女孩低低的声音,我却听不出是否林赛。

"林赛吗?怎么你的电话一直不通了?"

"你怎么知道这个号码的?你有什么事?"对方的口气似乎更加警觉。

"我找林赛,这是她的电话号码吗?"

"你打错了!"对方极快地挂断了。

再重新查看手机号码,明明没错啊。

于是便有了文首的短信对话。

石沉大海,这个词太精妙了。

这世间有那么多人,他们化身为邻居同事出租司机售货员保安……每天出现在你周围,你与他们丝毫不会发生任何私人式关联,甚至有些让你避之不能,他们都好端端在那儿,较劲般与你同生共死。而有些人,你明明在意记挂的,却被时间之手空间之腕轻转翻覆间,石沉大海,永不可重逢。儿时我在重庆，与一位叫秦文的女孩素好，都在部队大院出入，上学亦同路，她高我三年级，长得极美丽动人，记得夏天的早晨，两人背着书包慢悠悠走在上学路上，有蜻蜓三三两两飞过，"我们云南老家管蜻蜓叫蚂螂，你们河北呢？""啊，我们那儿也这么叫呢！""是吗？那蚂蚁呢？蚂蚁叫什么？""叫蚍蜉！""是，蚍蜉，我们那儿也是！"晨光下，两个年轻的女孩为这一发现兴奋地叫起来，惹得前面的路人回头直看。秦文后来考上了同济大学，两年后我亦随父亲离了军营回河北，二十年过去了，其间再无联系，可是分明，梦里多少次，出现她那张熟悉的脸，永远年轻，友善，清纯如茉莉花朵……

　　与一个朋友讲到此中无奈与伤感，他推荐上寻人网上试试，"如今可是网络时代，我看到有媒体报道有人通过网络找到失散亲人的消息……"

　　结果满怀希望扑到电脑前，赫然眼前的不是110寻人的页面就是种种离家出走者的面目可怖的照片……

　　为什么在网络如此发达的今天，在为婚嫁牵线搭桥的网站如此之多的世界，没有一个网站将这本可化解的无奈与遗憾降到最小呢，比如开个网名就叫"你知道我在找你吗"的网站，会圆多少人只能放弃掉的梦？毕竟，人不只需要丈夫，妻子，父母，儿女，他们是生命之树上那不可缺少的粗壮枝干，可是，某个黄昏，倦了累了，你坐在树下抬眼望去，每一片叶子，不都有其动人之处吗？

这种无奈某天却被荣格化解掉了。

一个黄昏窝在沙发上看《荣格自传》，他提到在非洲考察时，火车在悬崖间穿行，在一块峻峭岩石上，一个黑褐色人一动不动地站着，倚着一根长矛，俯瞰着火车，他身旁高高耸立着烛台形的仙人掌。"这一景象迷住了我，画面尽管全然陌生，却带来了一种极为强烈的似曾相识感……似乎我早就认识这个黑色肤色的人，而他等待我已经有五千年之久……我只知道，千万年来，他的世界一直是我的世界。"

谁说不是呢，有些人之所以存在，之所以阴差阳错地被时间之浪在某个时分推送到你身边，然后如一粒沙坠入无垠之海，永不再现，其意义就是在夜不能寐时供你怀想，在后无来者时供你感叹。这已足够了。你们，是互相忘不掉的两粒沙，被命运的风偶尔吹送到一起，分离是因为，你们已经完成了相遇的使命。

林赛，我说得对吗？

有美人兮，不在东墙

本是草长莺飞的春日，北京再逢黄沙大风天。闭门不出，是唯一作为。给书架除尘，忽然发现一排鲁迅文集后面一个橘色的小方纸盒子。好奇地打开，我才惊呼一声：美人儿！端着望着那具小小的壳，随即心头一紧，哀从中来，我难过得摇头叹息。

它离开的季节正是这玉兰盛开的季节。一晃，十年了！

盒底，是一张折叠整齐的白纸，上面是我一向羞于示人的笨拙字迹：美人儿于2009年8月蜕壳。7日晨发现，疑为6日夜间所蜕。一年前的8月它亦蜕壳一次，不如此次完整。蜕壳后的它较往常瘦弱，背部颜色却绯红鲜润，洁净如出浴美人。

这被我唤为美人儿者，是陪伴我四年的宠物蜘蛛。沏了一杯茶，坐在电脑前，我不由翻找出那篇写给美人儿的文字《有美人兮》，曾发表于《北京文学》，后又收录于名为《人间久别不成悲》的书中——与周汝昌、柏杨、史铁生等逝者一起被我追思。有美人兮，见之不忘……无奈佳人兮，不在东墙。

1

"姑姑居然叫它美人儿！"那年，七岁的侄子初来我家，看到阳台上塑料笼子里那正爬动的八足虫子惊叫道。旁边儿立着的是他的奶奶，我年过六十的母亲，虽早已接受了女儿饲养怪物当宠物的事实，闻声仍故作不屑地哼了一声，一脸夸张的嫌恶，但那嫌恶明明又透着笑意。侄子不知，到处去找野生杂草并猫腰驼背地为美人儿找吃的，也是这位不以为然的奶奶和她老伴儿——我刚从一场肿瘤手术中恢复过来的父亲。

这是一只蜘蛛，七八公分长，肚子有成人的中指肚大，全身棕粉色，尤其是头至肚子之间，那粉色渐变成了玫红。如果是在阳光下，从头到脚根根竖起的白粉色绒毛，颇有几分细腰蜂臀的柔美。

我曾好奇上网搜索，知道这俗称红玫瑰的蜘蛛原产于南美洲，与它的37000多个同类族人相比，它性格温和，不具攻击性，是最适宜家养的宠物蛛。寿命可达12年。

"你喜欢蜘蛛？那我回头送你一只红玫瑰，敢养吗？"那年春天，在内蒙古库布齐沙漠采风，一个与我同车的朋友看到我戴着蜘蛛胸针，还放生了一只不知怎么落进一袋苹果里的蜘蛛，便一脸坏笑地发问。

两个月后他开车到我楼下，副驾驶座上的塑料盒里，赫然趴着一只一动不动的蜘蛛。

"要喂它蚂蚱和油葫芦,身下的土最好保持潮湿。一周喂两次食就够了。记住,它只吃活食。"主人简洁地介绍着,一边观察我的表情。

"没问题……我还想知道……"我在犹豫是否会被他嘲笑。

"你说吧,有什么不放心?它没什么毒性,你如果要拿出来把玩也可以,但不要用手去抓它挤它,而是伸进去,几根手指托住它肚子,轻轻托出来。"这是个好脾气的男人。

"它几岁了?是否也有个名字呢?"他的温和给了我勇气,便还是问了这明显有小女人气的问题。

"啊,当然有,我们叫它小红,我老婆芳名小红。一岁了,活个十来年没问题。"他笑道。

于是,我,成了小红的新主人。

当然,对于小红的到来,我那一生都颇有主见的父母非常不以为然,"完全是吃饱了撑的",这是他们借新成员对我的共同表态。那吃饱了的所指不是冲着小红的大胖肚子,而是指责我这没事找事之人。

可是第二天,我下班回家,分明看到笼子里添了好几只翠绿的蚂蚱。

饭后,母亲坐在沙发上边看电视边往膝盖上抹药膏。

"怎么了？"

"还说呢，为了逮几个蚂蚱，我们坐了十几站公交车，都快到大兴了，才在一片草地上跪着爬着逮到这些。这小区里的草坪别看跟毯子似的又绿又密，连个蚂蚱影子都休想看到。这快奥运会了，到处都是绿地花坛，可干净得蚂蚱都不生了。"

"妈腿不好，以后这活儿让我爸干吧。"

"你爸，他手重，逮了两个到家都死了。你不是说它不吃死东西吗？"

"老妈辛苦了，不过也别抱怨啦，您给它喂食这是在行善啊，要不它饿死了，不是少了个生灵吗？"我嬉皮笑脸道。

"你是慈悲为怀，可那些蚂蚱难道就该死？人家活得好好的被逮来当蜘蛛的口粮，它们就不是生命了？"我妈向来头脑清晰讲话颇有逻辑。

"这是生物链吧，况且蚂蚱太多。"我不知该如何应对便以此作答。

天热起来了，晚饭后趁黄昏凉爽，我们三个人经常下楼散步。有时我会拎着美人儿。小红是不想叫了，跟了我，失去了原名的意义不说，小红小红的，还有点没个性。盯着它看时，它总斯文地趴在那儿，如老僧入定，更静如处子。根根绒毛在天光下泛着粉色光泽，我竟直觉它是女的。美人儿，便成了它的新名字。

"这是什么呀？妈呀，那么大，是蜘蛛吗？""它吃什么？咬人不？""快离远点儿，有毒吧？"总有人会好奇地嘀咕，胆大的便凑上来看，胆小的刚看清楚便往后躲，仿佛我手里是一枚不用引爆就能炸响的危险品。

"以后你少把它拿出去。"二老开始下令，他们一辈子都习惯了活在大同的色彩中，这种引人注目实在让他们不喜欢。于是，向北的阳台一堆花盆的空当，就成了美人儿的固定空间。

2

转眼到了国庆节，送父母回老家，因为想不到谁适合照料美人儿，便带上它同路，好在是自驾。

家里是四合院，有两棵被果实压弯了枝条的柿子树和一架葡萄，没事我便让美人儿在树干上爬行。

"看着点儿，小心鸟儿吃了它。"母亲进进出出地忙着，这个家是让她心安的根据地，一张报纸一根尼龙绳都收得井井有条。

邻居们照例大惊小怪一番。"哼，还不是她闲得没事干，养这么个丑东西。"母亲仍是不屑地解释，"它吃蚂蚱和蛐蛐儿，你说也怪，它吃东西从不让人看见……"这后半句话明明透着熟识。父亲则每天到外面遛他那条三岁的高大黑贝,逮蚂蚱的活儿被小侄子自告奋勇承担了。

七天长假,笼子里的蚂蚱被换了两拨,居然一直都活着进去活着被拿出来。"美人儿不吃饭了,它是不是绝食了?"侄子学习一般,却很善于观察,他盯着笼子嚷道,同时还不无担心,"姑姑,是不是北京的蚂蚱和咱们这儿的不一样啊?它嫌这儿的不好吃吗?"

晚饭后,一家人都围到窗台边看它。

"是不是你老让它爬树把它累着了?"拍电视的弟弟成天东奔西走,每天累个要死,这是他由己及虫的发散思维。

"兴许是秋天太燥上火了,这季节性的变化不光是人有吧。"弟妹是保险公司的职员,最近接收的医疗理赔比较多。

"我看就是你一天到晚跟人瞎显摆,来人太多把它吓着了,哼,以前它挺有规律的。"父亲背着手,声音洪亮,为政府工作了一辈子,口气透着不容置疑的权威。

"再往土里多洒点水,可能是渴了上火了。"母亲边说边去接水。

这笼中物仍是不买账,一副要把牢底坐穿的固执,就连敲打它的塑料房顶,亦懒得动一下窝回应。

长假结束,携美人儿回京。路上下车休息,我也将车玻璃摇下个缝,为了能让它呼吸。看着仍一动不动的它,仿佛感觉它比以前明显瘦小了。可不要有什么好歹呀，毕竟跟了我半年了，比起之前养过的成天往床上钻弄得一世界猫毛的猫，比起大小便不能自理且黏人需要你遛的狗，不声不响的美人儿实在是可爱多了——不给人添麻烦，本身便透着自尊。这，是我极欣赏的品格。

天凉了，蚂蚱越来越难找，便换成蛐蛐儿。过两天再看，笼子里平添了几具无辜的尸体。莫非……它想异性了？秋天是它的发情期？

这可是个难题。且不说去哪儿找个年貌相当的配偶，这位红玫瑰究竟是男是女我也只能凭空臆想啊。

又过了两天，美人儿仍是一动不动静若处子。身下那潮湿的泥土上结了厚厚的一层白色蛛丝。

周末，我出差去南方，临出门，往泥土上洒了水，又放进去好不容易逮到的两只蛐蛐儿。希望它能恢复胃口。

半个多月回来，进门第一件事就是冲进阳台端起盒子来仔细打量，它缩在一角，长长的腿也蜷起来了，而非如往常四平八稳地伸展开。该不会是已经……急切地用手指弹了下盒子外壁，它前两条腿受惊吓般动了动，随即如沉睡般纹丝不动。

给它还叫小红时的主人打电话，却被声讯告知"您拨叫的号码不存在"。

上百度输入"蜘蛛 冬眠"搜索，网页上说有些蜘蛛是要冬眠的，有些不需要。即使需要，冬眠期多长也不同，有的说两个月，有的说三个月。

仍是无解。我倒不担心它冬眠，只是何时会醒来要吃食实在是很重要的问题，否则以我这粗心之人，千万别忽略它的要求而生生饿死它吧。这么想着，越发愧疚，我怎么这么无知？头一次，我发现作为文科生的百无一用。

3

冬至，春节，春分。美人儿一动不动。爸妈有时打电话来，总是东拉西扯上一会儿，快挂线时看似不经意地冒出来一句："它吃东西了吗？不行你去网上查查。"爸爸对网络的信任缘于他的荨麻疹，去了多家医院吃了多种药都无效，最后他偶尔从网上找到一种小药片，吃了居然好了。

直到那天早上。睁开眼，起身拉开窗帘，极好的春天的太阳照进室内，金灿灿地铺了一抹到书架上，啊！那像蜘蛛侠一般爬到盒子壁上的不是美人儿吗？它终于醒过来了？在这暮春的早晨！远远看去，以那圆鼓鼓的肚子为中心，辐射出八条长腿，像极一朵干净而安静的枯菊！

一边刷牙一边想是否要去官园的花鸟鱼虫市场，早打听到那儿有面包虫可买，还听说蜘蛛是吃面包虫的。"今天是

"2008年3月5日,农历正月二十八,今天是中国传统的惊蛰节气……"收音机正播新闻,惊蛰!屈指算来,自去年国庆节,它整整睡了五个月零五天!

没顾上吃早饭,我直奔官园市场去买面包虫。在一个直径约一米的圆形竹席上,是密密麻麻正互相挤压蠕动着的成千上万的肉虫,有密集恐惧症的人看了一定会晕倒。

与卖虫夫妻搭讪半天,问他们都是什么动物会吃面包虫。

"变色龙,小龟,鸟儿,都吃。"那女人干脆的回答透着不耐烦。

"那蜘蛛呢,它吃吗?"我热切地问,顾不上计较态度,谁让咱是外行呢?

"也吃吧,也吃。来您要什么?看看这对波斯猫?刚出生半个月……"她扭身去迎新主顾。

"有养蜘蛛的人来买这种虫子吗?"我仍不放心。

"有人买!好啦您回家自己试试去吧。要是你家的蜘蛛不吃我也没办法啦!"两块钱一小碗,她麻利地倒进一个小塑料袋。

我拎着往店外疾走。"哎哟瞧瞧两块钱挣的!费那么多嘴皮子,还不够费劲的呢!"许是那猫没卖出去,两夫妻显然对我更加不满,有意提高了嘀咕的音量。

终于,幸好,拜托,我的美人儿开始吃东西了,醒来后的第二天，放进去的虫子少了一条！

打电话给家里，侄子代表了所有人的心声：好家伙，五个多月，美人儿真了不起！要是我，五天就蔫了。

夏天到来前，面包虫就成了美人儿的主食，通常是三天一两只，仍是每天不事声张地静止在那儿做修炼状，仍是在所有眼睛注视不到的时刻，悄悄完成进食排便锻炼等一系列必需之生理活动。

为了维持面包虫的生命，我从超市买来面包，隔两天就撒上一层碎的面包渣，隔一周要把虫子们从盛放的塑料瓶中倒出来，清理下面黑黑的一层虫便。

相对于收拾猫狗的秽物，这实在是干净得多了。

待虫子快被吃完时，美人儿又绝食了。自六月中开始，一周不吃不喝。丢进去的虫子，虽不像活的蚂蚱蛐蛐容易死掉，几天下来也都蔫得气息奄奄了。

难道它嫌口粮单一吃烦了不成？

去青岛采访水上奥运场馆，回来已是一周后，凑到笼子前大吃一惊：居然看到的是一堆零碎的蜘蛛腿，再看，又发现它的棕褐色的肚皮！心顿时被揪到了嗓子眼儿，笼子虽有透气栅栏，究竟是什么能让美人儿遭此毒手？

手脚一下凉了。再顺着泥土搜寻，才发现那土堆一角凹下去了一块，有一个圆圆的东西正微微蠕动着，再一看，却是美人儿的屁股！用手敲打盒壁，它慢慢回到了泥面上，全身从每根绒毛到每寸皮肤都如被洗过澡一般，干净粉嫩，如新生的婴儿。恍然大悟，原来，它是要蜕壳儿的！

冬眠，蜕壳，这些多少年前在原始森林中就具备的本能，经过了多少地质变化，多少寒暑风雨，延续到了今天。如此一个小小生命，有它自己与众不同的生存法则，即使在远离了自然的环境下，也固守不移，让我感慨万千！

而我辈所谓万物之长，除了食色之性，又有多少东西是被如此固执地保留了下来的？

"蜘蛛又不能与你交流，养它有什么用？"这是一位多年养狗的朋友的疑问。

作为有幸能存活至今并同时生存在这个世界上的两个物种，能够同居一室而相安无事，能够默默相对而不离不弃，岂非和谐默契？

"有美人兮，见之不忘。"

岂非幸事？！

2011年春天，我离开北京前往国外赴任。美人儿是不能同行的。临行把房间的钥匙与它一并托付给我最信赖的朋友老方。当然，除了半小碗面包虫，我又千叮咛万嘱咐了那可以买到这虫子的去处，具体到靠近哪个入口第多少号摊位。"放心吧，虫命关天，我自会小心。"我知道作为某学术权威杂志主编的老方是缜密细致之人，又足具耐心与爱心，比我这主人更靠谱。

世间没有万无一失的事。两个月后的某天，老方在电话里非常内疚地说，他发现美人儿情况不妙，不吃不喝也不动弹，甚至他小心用手指去触碰它也静止不动。"事实上，自从你走后，它就再也没吃过一条虫子。我放五条进笼子，过几天怕不鲜活了又换五条，至今一条都没少过。恐怕……"一向老练沉稳的老方，此时像个小学生一般不安。我自是着急，却又不想给他太多压力，便劝他说也许过几天美人儿就又活蹦乱跳了，毕竟虫子的世界咱人类知道得有限。再过了一周，老方说很抱歉，他确定美人儿走了。"我把它埋了，就在小区花园那棵丁香树下，它不是去年春天还爬过那树吗？你还为它和那正开的玉兰花拍了照片，就那儿。"谢了老方，故作淡然地安慰了在一旁听到消息后难过的儿子。我回到自己房间，泪水扑簌簌落下来。

我知道我其实不单是不舍这小虫子，而是悲伤于一种陪伴的结束。世间充满险恶不测，人类自私狡诈，能找到一种从来就无害的物种其实是何其之难！它甚至不同于猫狗类宠物，它不需要你花钱，它不需要回报，它甚至不需要关注，只是静静地在那儿。你要它陪，它就在那儿。无论去哪儿，只要你带它,它绝不添加一丝一毫麻烦。我从不期望它与我有任何交流,只要是安静地在那儿,与我相安无事。在我累了倦了烦了,我望它一眼,它就像个生命的记号,如树上一块不知从何时结在那儿的疤,就那么默然地存在着。不同的是,它是有呼吸的生命。它活在它自己的世界里,也活在我的世界里。无辜,不争。这,是多少物种都不可企及的美。

有朋友建议我再去花鸟鱼虫市场买一个。我谢绝了。因为那个注定与我相伴四载的美人儿,于我是独一无二的。

贪恋儿菜

都说少不入川,意思是四川物丰水秀,年轻人容易堕入安逸境地而没了斗志。命运似乎希望我逆言而行,十岁那年,随父母从河北平原移居一个竹林山丘环绕的名叫来凤的小镇,当时重庆还不是直辖市,这小镇属于四川。六年时光,我不仅学会了一口地道雄放的四川话,还入乡随俗,养成了无辣不欢的口味,我小小的肠胃,尤其对那天府之国的两样菜蔬格外受用:侧耳根、儿菜。

侧耳根就是鱼腥草,细长白嫩的茎端两片叶子像一边紫一边绿的小小耳朵,坡阡上,地头边,这野菜就像北方的荠菜、马齿苋,自然天然地无处不在。洗干净,切几刀,拌入辣椒油和一点盐巴,不用其他菜就可以让我胃口大开,吃两碗米饭。

相比较于侧耳根,儿菜似乎高大上许多,至少,是正经蔬菜。学名抱子芥,十字花科芸薹属芥菜种的一个变种,"起源于中国,是我国特有的蔬菜作物。在四川、重庆当地俗称儿菜,别名角儿菜、芽芽菜、抱儿菜等"。抱子芥是以膨大的茎和腋芽为食用器官,粗大的根部上,环绕相抱着一个个翠绿的芽苞,如同无数孩子把当娘的围在中间,故名"儿菜"。

每到冬天,翡翠绿中泛着瓷白的儿菜上市,水嫩鲜亮,鼓胀得如肥猪崽的脚丫巴。像好看的人都不需要过分装扮就美出风姿一般,但凡真正美味的蔬菜也都不需任何繁复的烹煮。儿菜可荤可素。切片,加入几刀腊肉大火同炒,三五分钟出锅,咸香过瘾;素啖亦佳,只需丢进水中滚开,关火焖两分钟,盛入大海碗中,旁边配以一碟辣椒和花椒油,少许生抽,蘸食之,味道清甜香辣,吞咽时,舌根处体会到几乎察觉不到的微苦。实在妙不可言!放眼四周,似乎没有任何其他蔬菜可替代。

20世纪80年代末,我高考前夕,举家又迁回北方,依依告别朋友师长,从此那第二故乡便只萦绕在梦里。包括那侧耳根和儿菜,也成了徘徊不去的物质依据。

世事难料,漂在北京的我单身多年,兜兜转转,由当年在四川读中学时的同学牵线,我与班里一位仍单身的男生开始书信电话往来。飞去相见,正值儿菜上市,其父母亦是我当年的老师,看我不喜鱼肉,每天饭桌上有儿菜就吃得心满意足,老人脸上的皱纹和笑容一样愉悦舒坦,至少这女子好养活好伺候。从重庆飞回北京,我的托运行李箱内无他,却沉甸甸塞满了十几斤儿菜。不幸的是,我那行李被航空公司漏运,隔了几天才到，那被延误了旅程的儿菜已经烂掉多半，那口花费了我不少银子的新秀丽箱子，至今仍有斑斑黄绿色污渍。

白吃了人家一周儿菜，感情无果而终。现在每每回忆那段时光，最令我心暖的是二位老人一大早去菜市场为我买儿菜的记忆。两位慈祥的老人不急不缓，走走停停，货比若干家后拎回一竹篮最新鲜的儿菜，洗净，煮好，上桌，笑眯眯地看我蘸着辣椒油扮演饕餮之徒。那光景，美好温暖，像一个人童年才会有的梦。

后来我去了异国他乡，一走就是四载，当然，再也没见过儿菜的影踪。侧耳根倒是在某华人超市偶遇过一次，没有叶子，一团白白的草根一般封在塑料盒里，像塑料绳，又像中药铺的草药，干瘪得没有一丝水分，我丝毫没兴趣一试来慰乡愁。

两年前，已经在河北小县城安享退休生活的母亲，突然兴奋地告诉我，她在楼下超市居然买到了儿菜！其兴奋之情不亚于听说我弟媳生了大胖儿子。

今年，我在北京的超市也发现了它的踪影。也是极精细地包装在小盒里，上面覆盖着塑料膜，和秋葵一样，俨然是贵重蔬菜之列。十几块钱不足一斤，但好在新鲜。不同于我母亲在美国时把什么商品都乘以七，然后得出一个贵得吓人的人民币物价，相反，我在国内购物喜欢把一切除以七，得出一个非常

"低廉"的美元价格，脑里飞快对比一下美国物价，立马坦然，惊呼便宜，然后毫不犹豫买下。

很快，我发现了一个更便捷地直购各地土特产的网站。尽管一向只关心潮牌服装的侄子儿子辈对其评价不高，我非常有成就感地拼团购得了一箱箱南方菜蔬：不仅儿菜、藜蒿、茭白、鲜藕，连海南岛的红薯、东北的糯玉米、迁西的板栗、青岛的鲈鱼虾仁，都在轻点手机后从四面八方飞速赶来，让我的餐桌丰富得近乎奢侈。

这世间万物都在改变，许多变得面目依然内容全非。令我欣慰的是那儿菜的清香没变，即使在这病毒笼罩地球的时期。

当然被黑心商家蒙骗的经历也不少。先是牛尾腥臊恶臭根本不是牛尾，继而一箱砂糖橘有一半是烂的。试着交涉，其过程让人气愤得怀疑人性，痛苦得质疑人生。对方先是亲啊宝贝啊敷衍，然后就突然变脸，说出"要想白吃就直说"这样的脏话。我往往气得心跳加剧，浑身哆嗦。

"他们这不仅是坑人钱发黑心财，而是明显地挑战人的智商挑战社会道义。他们不就想欺骗那些怕麻烦不愿较真儿的人吗？"我不止一次气愤地跟朋友诉说，像个可怜又无能的祥林嫂。

当然我知道商家良莠不齐，不能一棍子打死。我仍没停止网购，也从没间断了团购儿菜。有时供货好又快，有的则慢而差，有一次，是因为即将过季了吗？一箱儿菜都细瘦干瘪，从胖猪脚丫全变成了鸡爪子。但我看在对儿菜本身的热爱上，无条件接受。直到几天前，一纸箱子在雨后到达，不仅箱子和里面垫的报纸都湿透了，每个儿菜表皮也都得了癣疥一般，烂得东一块西一块。

我抱怨着拍照，打算留言给商家要求退款，然后全都丢进垃圾箱。文友老G来访喝茶，听到我的抱怨，瞄了一眼那堆菜，说也就是受了雨，烂也只在表皮，削一下还可以吃吧。

"其实这些商家也不容易，尤其是地头直销的农民，五斤二三十块钱，运费还包括在内。有多少赚头？"老友花白的头发似乎和他的温厚性格一样，永远透着善意包容。

"可是黑心商家如果没人较真儿，不就更肆无忌惮？"我说。

"首先，这世界的多样性决定了人的面目、人性的多样，坦然接受这一点就不会气愤。另外，多行不义必自毙。那卖假牛尾的早晚会出事。可这卖儿菜的，显然是低利润，也非本意欺诈，遇上坏天气才质量受损，如果凑合能吃，就不用退货了吧。"

我依言做了。那儿菜果然内里还很新鲜。

哲人说，与恶龙缠斗过久，自身亦成为恶龙；凝视深渊过久，深渊将回以凝视。此言极是。有多少人一边愤愤于他人的尔虞我诈,一边被拽进庸俗的深渊,不知不觉沦为自己不齿的同谋?看尽他人贪婪虚伪,仍不怀疑人性,保持善良,确实比锱铢必较,显示"聪明"更难能可贵。

就像那古罗马皇帝奥勒留一千多年前就告诉我们的:宽容是正义的一部分。一个人最终的原则就是合乎理性地活着,"心里没有溃烂、脓肿和伤疤,心地纯净地做社会的一分子"。

我愿努力。

故乡是一块小小的胎记

故乡之于作家，就像脐带之于婴儿。哪个作家笔尖最初流淌出的文字缺少了故土营养的滋润？美国作家威廉·福克纳说，他那邮票大小的故乡是值得好好描写的。鲁迅的绍兴、沈从文的湘西则是中国文人故乡情结的佐证。

故乡，于我就像一块小小的胎记。这胎记似乎与生俱来，无人时，低头审视，它似乎不够体面，甚至让我窘迫难堪——作为革命老区，它刚脱贫不久。可它又让我由衷自豪——那悠久的历史根脉，那亘古未断的文化积淀，是那些单凭经济发达而豪横的地方所不可企及的。

我的故乡有一个先天容易被记住的优势，名字简单好听：易县。相比较，福克纳的"约克纳帕塔法县"就复杂得像蛛网，令记忆不好的人想记住也犯难。

当年初到美国，打量周围其他远离故土的人，隔着千山万水，回望家乡，我不禁蓦然惊觉——原来正是那片土地和上面的风物，像渗透进骨血里的基因一样，塑造了独一无二的我们。即便缺陷很多，漏洞百出，与自己希冀的完美相差十万八千里，却固执地与我们不离不弃，从出生到死亡。故乡又如一张铺天盖地的网，牵牵绊绊，任你跑到天涯海角都走不出去。

我读小学时，就听祖父自豪地告诉我，易县，古称易州，早在秦朝时就存在了。巍巍太行山，汤汤易水河，燕赵自古多慷慨悲歌之士。长大后我知道了，风萧萧兮易水寒的义士荆轲正是从这块土地踏上了充当刺客的不归路。宁死不屈的五位抗日英雄也正是在易县的狼牙山纵身一跃。民风淳朴、为人厚道的易县，默默传承着祖先的基因，几千年来在这块古老的土地上繁衍生息。尽管离北京不过一小时车程，易县总有一种活在历史中的幽古之情。

回故乡的好处很多，除了可以吃到在异乡时日思夜想的家乡饭菜，你还随时可能结识到散发着故乡气息的朋友。你们明明没有血缘关系，可一方水土养一方人，同乡人那打断骨头连着筋的无须言说的亲密，像暗夜中的花香，看不到摸不着，你却真切地感觉到，它就在那儿，让你莫名地踏实、心安。

文坡是我父亲多年前的手下，亦是称我为姐的文友。五年前父亲去世时我人在海外，是文坡忙前跑后帮我弟弟一起料理后事。听说我回乡为父亲扫墓，他兴奋地说一定要聚聚。一晃多年未见面，他又因糖尿病折磨视力模糊，看到我，立在那儿安静微笑着，一身玄色中式布衣裤，仍然是个黧黑又干净的书生模样。我再走近些，相距不过两米，他仍不敢上前相认。我不禁陡然心酸。在我眼里，他一向是集狷介和厚道为一体的人。他总在写作，没出大名；总在做小买卖，从没赚到钱。最近几年蹲在那个叫碾子沟的偏远小山村扶贫，不过小小的科级干部，他却像为所有人顶着那块天，起早贪黑，只想着如何让贫困户甩掉那个"穷"字。

我们俩隔着茶几对坐喝茶。我打量着那冷清的茶室，听他说是朋友开的，兼卖一些本地产的工艺品，本来生意就不好，加上疫情更是无人登门。他指着其中一个架子上的绞胎瓷瓶说："那些东西是我的，姐喜欢可以随便拿。"我说不需要，但有兴趣认识他说要介绍给我的两位朋友。说话间，一位蓄着关羽一样浓密美髯的敦实男子走进来，文坡凭着对方的熟悉身形一下辨认出来者是谁："这是永旺，一位专门帮农民致富的合作社带头人。他让易县一百多个偏僻山村有了网络，用上了云数据脱贫致富。他最近刚又保护起来一批上千年的古柿树。"

都是易县人，话题自然离不开易县。永旺先是做沉默寡言状，表情真诚肃穆地望着听着我们闲聊，在判定我也是自己人后，果断打开了话匣子，读书颇多的他完全就是一个易县通，且记忆超群："易县是多么好的一块风水宝地呀，现有469个行政村，千年以上的古村占37%，建于汉代以前的就有75个……要不当年皇帝怎么会把陵寝选在易县？……我现在的梦想？就是让农民的好产品和城市人的餐桌对接。为耕者谋利，为食者造福。不久我们村民的小米、玉米楂、鸡蛋、蜂蜜就可以在北京二环内的集市上销售了。"

"姐你不知道，就为这看着简单的一小步，他费了多少力气和周折！"文坡打断他，微笑着给每个人倒茶，他一手握壶，把头低下，脸几乎凑到桌面，才不至于把茶倒在那本就极小的紫砂杯子外。

一壶肉桂喝得正好，进来一位神秘的戴墨镜男子，他算命先生一般矜持打量着我，只说了"久仰"二字就微笑无语落座。他原来就是刚才文坡提及过的学儒，出版的作品被翻译成英文的报告文学作家，也刚从北京回来家乡度假。人如其名，他果然文气儒雅，摘掉墨镜后，我发现他的眼皮很双，眼睛很少眨动，那眼神是思索大于雄辩的。"刚写完一部电视剧剧本《大禹》，节后开拍。目前着手鼓捣《南水北调》……我寻思是不是因为小时候家门口有条小溪？走出大山后我一辈子都在跟水打交道？"他说话慢悠悠的，似乎每个字都不是说出来而是写出来的，看似水波不兴，却又非常耐心寻味。

午饭，文坡请我们到尘土飞扬的国道边一个苍蝇小馆去吃涮羊肉，理由是那儿的肉新鲜地道。果然，不仅羊肉极鲜，各种蔬菜也清香可口，四人吃得肚圆，才二百块钱。一直为我们端茶倒水的是个脸红润得像山里红的小姑娘，她腼腆略带害羞的笑不由得让我叹息：多少都市女子费尽心机整容美肤，岂不知在这山花一般淳朴温暖的笑容面前，她们那看似完美的塑料脸实在令人假得倒胃口啊。

饭后永旺不肯再回去坐着喝茶，自动请缨驾车拉着大家直奔万里长城中的重要一关——紫荆关。"亲近一下咱真正的易县山水！"他轻车熟路，在狭窄的山间小路上如武林高手一般辗转腾挪，左侧不时有车相会，右侧就是突出的巨石。看他面不改色心不跳左转右绕，我这标准女司机心跳着佩服不已。

紫荆关和居庸关、倒马关合称为内三关，自古便是进出太行山的交通要冲。这块自战国时期就有人居住的地方向来是兵家必争之地。隔车窗望着尚是春寒料峭的风景，我们有一搭没一搭闲聊着，很快就到了半山腰一处人家。说是人家，却没有院墙，只有几间土坯灰瓦的旧房立在那儿，四周山岩环绕，更显得低矮瑟缩。"您家今天蒸窝头了吗？咱给城里来的人尝点新鲜。没有？没事。"他熟络地跟一个面容慈祥的大娘为我要吃的。大娘家的蜂蜜、粉条都是永旺找销路。

褐色的墙，灰色的瓦，枯草在瓦顶上随风摇曳，那简陋的老屋像栉风沐雨的老人，弯着腰却不垮不塌固执地立在那儿。眼前的一切让我不由暗自唏嘘，抚摸着那囤一人高的黄白玉米棒子和沟壑深深的石头碾子,似乎时光倒流,我又回到了儿时与爷爷奶奶在那个小村庄的岁月,身边同行的这几位,亦都是两小无猜的儿时玩伴。人们怀旧,也许只是因为可以借机假想回到从前罢了。普鲁斯特说,他愿意相信那个古老的部落传说,人死之后的灵魂会被拘禁在某些看起来低端的生命上面,或是一棵树,或是一块石头,或是一头野兽。那被截获的灵魂,有时——并不总是,在若干年后偶遇某个能听懂它呼唤的有缘人,魔法即刻解除,灵魂得到释放,再次回归人类。我情愿这世间真有那不期然的灵魂呼唤,在这一时刻,这个地点。那样,我就可以和我的先人唠唠五千年的家常了。

快到山顶,再次停车,我们沿一条山径慢慢走着。空气清凛甘冽,梨树花苞仍坚实地闭着,唯一盛开的是风车茉莉一般乳白色的小花,如刚才那位小姑娘一样纯朴可爱,在山崖边这儿一丛那儿一堆,开得烂漫无邪。有兄长之风的学儒看我急切地想知道这植物究竟是何物,换了好几个方位才在高处一土堆上寻到足够强的手机信号,查到这花儿的芳名:溲疏。我们都轻声反复念着这名字,文坡说下次相逢就应当以此名为接头暗号。像几个回到童年的孩子,我们撸榆钱,观瀑布,与偶遇的不善言谈的村妇聊上几句。"因为核桃卖不出去,村民曾经砍伐了许多核桃树只为了有柴烧。这和杀鸡取卵无异,可也是被逼无奈。现在不用了,我们在网上就找到了销路。"望着身边几位那和山石一样淳朴的身影,我忽然明白了我为什么感觉他们那么亲切——故乡因为他们的存在而依然是故乡!

黄昏未至,一行人已经在学儒弟弟家围桌而坐,黏稠的棒楂粥,香甜的土鸡蛋,清口的拌香椿,让我胃口大开。"看,多豁亮!五间大瓦房是新农村标配。"永旺随时记得给我普及常识。

一山有四季,十里不同天。刚才山里瀑布边,气温不过十来摄氏度,只穿着衬衣的我瑟瑟发抖。中途飘起了细雨,更让人想到冬天的萧瑟。而餐后立在院子里,望着方正的小院几畦刚吐出嫩绿叶片的莴苣、菠菜,打量着枝头刚发芽的槐树、铁棍一般枯立着的枣树,想起北京城里已经凋落了的花儿们,我似乎再次成了时光的穿越者。

归途,仍如来时一般看山看树看溪水。山石嶙峋巍峨,不宽的水泥路如灰白色飘带逶迤其间,我想象着烽火四起的远古,铁甲马骑在此狭路相逢惨烈厮杀的场景。眼前的空寂让那一切都像从未发生一般不可思议,倒是不时看到鲜红的两个巨字:防火。"我儿时感觉这些石头和大山如此可恶、可厌,因为它们挡住了外面的世界。可现在,我回来看到它们,是那么可爱可亲!"学儒慢悠悠地道。他把怀旧之情化作灵感缪斯,写了许多有关故乡的诗句。

车至山脚,一行人忽然间都沉默了。我们都知道,短短的十几年或几十年后,我们都毫无悬念地灰飞烟灭,这高山巨石、古树小溪依然明净如故、淡定如初。功名利禄,连此刻的记忆,都和几千年前的烽火一样,会像没发生般被忽略不计。

但有一点我愿意相信,这片土地将会继续上演它的独特传奇,因为那上面古往今来、前赴后继的人。

奶奶和我的运动会

　　我每次来美国采访，都住在老约翰夫妇家。最主要的原因除了他们这对年过七旬的老人宽厚温和，还由于他们家那株三个人搂抱不过来的大漆树。树皮皱裂着像上百岁老人的脚后跟，那柠黄带绿的枝条却柔软得像姑娘的发丝，柳条一般垂下来，又像一团浓绿的云荫护着那不大的二层小木房子。树下，有个不大却方正的草坪，总像刚剃过的平头一样让人有躺下用身体触摸它的冲动。

　　"如今的孩子跟谁都不亲了，从身体到灵魂都被游戏吸走了。我们小时候，不论爱不爱读书，至少都爱运动。学校不仅有体育课，还必须得通过考试，那是算学分的。可现在的学校！"那天早晨，我们照例坐在前廊下吃早饭，老约翰呷了口咖啡慢悠悠地说，边拍了拍亨特圆滚滚的肩。亨特今年八岁，正趴在我瑜伽球上滚着玩。他是约翰的外孙，却已经在外祖父母家住了五年有余了，因为他的爸妈都是瘾君子，自中学时就吸食大麻，工作找了丢，丢了找，孩子生了三个，又没能力养。和中国的父母一样,退了休的老约翰夫妇不忍袖手旁观,"领养"了亨特,除了一日三餐,还往返学校接送读书,当起了满头银发的父母。

"我记得肯尼迪总统曾颁发过体育健身计划,强制要求全民健身。那天我路过亨特学校,看到有孩子在上体育课。除了有几个在玩篮球,多数都蹲在墙根儿玩手机!"约翰太太叫莉莎,慈祥得像最温顺的绵羊。

"你们中国人重视体育锻炼吗?据说自战后中国人的身高增加了不少,除了经济发展营养足够了,我猜可能锻炼也有关。"约翰退休前是报社编辑,比较关心世界。

我告诉他们我们不仅在学校有体育课,和他们以前的要求一样,还要达标,不及格还要补考。而且,学校还组织学生们参加运动会,不论有没有体育天赋,不论是否未来要以运动为职业,重在参与。一般一年一度,有时还分春秋两季。每次全校停课举办运动会,学生们走出教室,在操场上参加各类比赛,从跳高跳远到长跑短跑,非常热闹。

"听着很有趣!你参加什么项目?"俩老人几乎同时望向我,好奇地问。

我微笑着说,我参加过好几次运动会,但最难忘的是第一次,当时我也就亨特那么大。听到提他的名字,一向腼腆害羞的胖小子亨特也停止和那球较劲,侧着脸望着我。

我便讲起了那段尘封了四十多年的旧事。

我的童年是在华北平原的一个小村子度过的。当时父母和弟弟生活在遥远的四川某个军营。隔着千山万水，在八九岁的我眼里，同一个屋檐下的奶奶似乎更像是我的妈妈，虽然她当时已经60岁了。

奶奶和爷爷都是抗战胜利前就入党的老党员，虽然她识字不多，十几岁就传递情报抗日救国。新中国成立后和爷爷都在县城镇委会当领导，但他们更喜欢乡间的生活，便双双主动要求回到了我爷爷出生的小村子当农民。自我记事起，我就记得但凡不是农忙季节，那三间土坯房里从来没断过村民，往往是晚饭后，或三两个或单独一人，坐在炕沿上，喝着那个搪瓷的茶缸家里的茶。那茶缸已经被茶垢蒙得看不到一点白色，茶叶也不过是些土褐色的茶叶末儿。他们来家里总有委屈要诉，总有公平要讨，因为爷爷是村支书，奶奶是妇女会主任。

我奶奶宽脑门大眼睛，头发剪得很齐，抿在耳朵后面。听说她年轻时是出了名的好看，虽然个头不高，也没裹过足。当年在区里做干部的我爷爷，梗着脖子非要娶她。奶奶的父母不同意，可拗不过二人情投意合。于是大美人王玉珍就那么嫁给了小眼儿李。

奶奶一共生了七个孩子，可只活了四个：我的父亲和三个姑姑。最小的姑姑只比我大三岁。

20世纪70年代的中国农村，日子并不好过。奶奶不是个嘴甜的人，可我小小的心里似乎感觉到她心疼我。比如，一天晚上我们去村委会看全村唯一的电视，坐在小马扎上，我忽然哭了。因为电视上一个小男孩和姐姐在舞台上朗诵诗，我忽然那么想念我在远方的弟弟！"我们大雁哪，流什么眼泪？真是娇女泪多。"奶奶说着，把我揽进怀里，还用粗糙的大手抹着我脸上的泪水。

还有一次，邻居家的女孩小丰说要去隔村的营房商店买手绢，让我结伴同去。奶奶给了我两毛钱，还叮嘱我千万别丢了。令我们失望的是，那手绢卖完了。回到家，我把那四个五分钱一枚的钢镚儿压在了炕席下。结果过了几天再掀开席子看时，那下面除了一层薄薄的谷草，那钱已经没了。

事后查出来，是我当时读中学的二姑偷着拿去用了。自然她被我奶奶一顿狠骂，说她太可恶，居然欺负身边没娘的孩子。

我七岁那年，和小姑姑一起去邻村读小学。也正是那一年，我知道了什么是运动会。我喜欢跑，跑得也似乎比小伙伴们快，便报了名。"你连双跑步的鞋都没有怎么跑赢？别人都买了新鞋，那叫运动鞋！"小丰有些为我着急。

我只好跟奶奶求援。"哪儿有那钱呀？又不是年底，猪还没卖呢呀。"奶奶边让我跟着她往猪栏那抬着泔水桶边说。

虽然我还小,可知道圈里的猪和那几只鸡是家里最主要的收入来源。鸡蛋除了换酱油醋,能攒下的都被奶奶扠着篮子送到了二十里外的太姥爷家。她是个孝女。

我看着脚上那家做的布鞋,左脚大脚趾虽然还没露出来,却已经豁开了一道口子。那是冬闲时奶奶纳鞋底剪鞋帮给我缝的。"奶奶没事,我就穿这鞋也能跑。"我说。

"我那懂事的大雁啊。"奶奶叹息着,往猪槽里倒了一瓢泔水,那双大眼睛显得既无奈又难过。

那是个阳光晴好的秋日。我穿着平时上学时一模一样的衣服去了学校。我没想到居然有几个同学的家长也在那儿,嘻嘻哈哈说笑着,站在那儿似乎在等着运动会开始。学校操场不大,全五个年级的学生和老师加一起也就一百多人。我却突然感到很孤独,我的父母呢?我的亲人呢?那几个穿着新球鞋的同学双脚白得扎眼。班主任走过来,问大家准备好了没有,我忽然小声说,我不想跑了,我知道自己的声音有点哽咽。

"别打退堂鼓呀,临时不跑就叫弃权。这可不好。"老师似乎察觉到什么,他低头望了我的脚一眼,便没再说下去。

"王主任,你怎么来了?看你孙女跑?"两个妇女说着,并笑着望向我。

我扭头发现,那不是奶奶吗?可能是走得急,宽宽的额头都有汗水,打湿了几绺头发。

她手里有一个发黄的布包袱。

"快来试试合脚不？我让村西头的二栓刚捎回来的，他今天起早去进饲料了。我给了他一副雁的鞋底纸样，比着买应该差不了。"这一切奶奶似乎并未跟我说话，而是跟那几个媳妇在说。

那天的比赛获没获奖我已经丝毫不记得了。那双我平生第一双运动鞋却永远印在我的脑海里。

那是奶奶和我的运动会。

故事听完了，约翰夫妇都轻叹了口气。莉莎把亨特拉近，亲吻了一下他的额头，然后望着我，又望向天空说："你奶奶此时一定在天上微笑呢。"

第二天一早，笑声从树下传来，透过窗户，我看到老约翰和小亨特在草坪上跑步呢。

下次你路过，人间已无我

　　许是年岁渐长，越发喜欢把目光停驻在老物件上。一张老桌椅，一个旧碗碟，一扇油漆剥落的门，一道石砌的墙……在我的意识之眼中，它们早已不是东西本身，而是时间流逝后的影子，是过往岁月的载体。

　　河北易县是我的故乡。早在七八千年前，我们的先民就已经生活在这块被称为易州的古老土地上。即便现在，四邻八乡的村民进城仍会说"去趟易州"。有着如此悠久历史的县城有一个博物馆，便一点儿也不奇怪，虽然刚开不久，虽然规模不大。春天回去给父亲扫墓，临回北京，有着怀旧癖的我迫不及待地跑去参观。汉代的陶罐、陶俑、陶马，唐代的三彩罐、风字砚，宋代的彩罐，辽代的银壶，元代的四系瓷罐……每一件都令我叹息连连，不同于美国大都会博物馆和法国卢浮宫那些漂洋过海收藏集纳的文物，它们，都来自不远的十里八乡的土壤下面。因而这小小的地方博物馆，更像一个农家的耳房——石斧、弓箭、碗盆罐杵、佛造像、泥砚台，摆挂着的无非是些爷爷用过的劳动狩猎工具和奶奶每日给家人鼓捣三餐（如果那时人们吃三餐的话）的炊具，以及过年祭祖和孩子们习字的工具。

然而，有一尊罗汉三彩像却是例外，远远望见，其散发的恢宏气势着实惊到了我，那色彩之炫目，那造像神态之自然，可不是农耕文明的百姓物件，让我老远地看着以为自己是在洛杉矶的盖蒂美术馆。待走近细观，我立即扫兴万分，不用看说明，我就知道那是件仿品。

第一次听闻易县辽代三彩等身罗汉像是在一个极短的视频中，画家陈丹青表情凝重悲痛，说及这散藏于世界几大博物馆的稀世之宝：

易县辽代三彩等身罗汉像原位于县城西北五十华里八佛洼睒子洞内，一共16尊，至少毁坏了3尊。目前，可查的存世罗汉像收藏在世界各地博物馆中，共10尊。据说其中有8尊均为20世纪初，经由一位德国收藏家（文物贩子）帕金斯基之手运到海外。

"我80年代还曾在山下看到过一个破旧颓败的土石搭的棚子，据说当年有个道士模样的人曾在那儿守护着，以防传教士或西方打着考察名义前往的人继续觊觎破坏。"故乡友人文坡说他儿时也曾听过民间关于这座被百姓称为恶魔山（峨眉山之误音）的小山和山下曾经有相当规模寺庙的传说，"峨眉晚钟,是古易州十景之一,可见当时那山下寺庙的盛景"。为何十六尊真人大小、工艺非凡的彩绘瓷像会被安放在海拔五百米高、基本无路可通的半山腰山洞内?有人说是中国历史上的灭佛运动导致僧人藏佛像于偏僻处,有人说是躲避战乱,毕竟易州古地一直为中原和北部胡人政权交替统治之地。还有人说是供山下寺院僧人修行参佛所用。由于相关记载不多,一直无解。就连它们的制造年份也是半世纪前才被西方确定为950年至1050年。

梁思成在留学美国期间,曾经亲眼看到过美国宾夕法尼亚大学考古学及人类学博物馆收藏的那尊易县三彩罗汉像。在其《中国雕塑史》中,梁思成写道:"其貌皆似真容,其衣褶亦甚写实。或容态雍容,或蹙眉作恳切状,要之皆各有个性,不徒为空泛虚缈之神像。其妙肖可与罗马造像比。皆由对于平时神情精细观察造成之肖像也。不唯容貌也,即其身体之结构,衣服之披垂,莫不以写实为主;其第三量之观察至精微,故成忠实表现,不亚于意大利文艺复兴时最精作品也。"

我在手机上现场对比网上的图片,很容易看出眼前这尊是仿制的美国纳尔逊艾金斯艺术馆收藏版。"这假东西在这儿与其说是荣耀,更不如说是伤疤。"参观者寥寥,然而其中一位如此心痛的评说,让我不由得赞同。

外流文物应该回归到本国吗?这是我在美国修世界艺术史

时老师给的一个论文题目。盖蒂博物馆馆长曾送我一本他的专著，态度极明朗：文物不仅属于某一个国家某一个民族，而且是全人类文明的共同遗产，即使以不文明手段获得（如拿破仑搜刮掠夺埃及文物）……因为它们应该被保留在有条件保护和供世界人民分享参观的地方，而不是留在战争频仍即使不被外族所获也很可能被本族裔所毁的本土。有些文物在朝代更替中沦落到私人之手，成为某家某户的"祖产"。学界有不少人赞同他的观点。而有相当多的民众则痛恨这种"富人言论"——难道穷苦落后的国家就得眼睁睁把祖宗留下的遗产拱手相让给富有国家"保存"吗？

人类是如此聪明，创造了数不胜数的艺术珍宝。可人类又如此愚昧，为一己之私宁可亲手毁掉它们。从中国的圆明园，到叙利亚阿勒颇的大清真寺，从王羲之《兰亭集序》到古埃及法老的权杖……

如果说历经战乱仍然存留于世即为成功，那些被偷盗掠夺买卖的文物，也算小幸运。可如果没有占有欲之下的偷盗掠夺买卖，也就没有那么多毁损的大不幸，就像易县那十六尊罗汉像，盗运当时就毁坏三尊！

我和朋友约好，下次回去一定拜访那罗汉像的故居——睒子洞。只是还没去，我似乎已经听到罗汉们在异国他乡的叹息：下次你路过，人间已无我。

好在，地球是一个村了。我们是否可以苦笑一下，只当被邻居拿去替我们供养"人类的共同珍宝"了。但愿那当年连欺带骗"买走"它们的人，已经去他的上帝面前忏悔过了。

我从市井走过（三则）

1

一位极偶然认识的私企老板三番五次找到我，说想与我"合作"。"你写写我吧，自中国出现民营企业至今，我一直在这个圈子里摸爬滚打。为什么找你？你当过记者，让我有倾诉的欲望，我特别想把这些年自己的经历遭遇，包括怎么跟同行竞争，怎么跟同事斗争，怎么跟政府磨嘴皮子耍心眼……不发表都行，我就是想说出来写出来，也算一个记录。"

当时适逢新书出版，出于礼貌，我送给了他一本。

"我前几天出差住宾馆，临睡前让秘书给我念了几章，写得真不错。咱俩将来可得好好唠唠嗑儿，你就是我的知己啊。"他的情真意切还真让我有点小小的感动。我年轻时在某党报做过记者，跑农村口，不时下乡采访，企业家也见过不少，但像这样坦率的还真不多见。刚好我正在找下一部书的选题，便琢磨也许这人还真有故事可写。

一周后，这位内蒙古老板再次来北京找某个部委拉项目。当晚让秘书约我第二天一早在他所住的宾馆见面，说要跟我谈"合作的具体事宜"。

待我到得他房间，坐了不足五分钟，他提议让我和两位手下陪同一起去趟城北，说那儿有一家荷兰生物技术公司，可能与他们合作，解决把楮树幼苗降解成猪饲料的技术难题。看我有些犹豫，那老板客气又不容置疑地说："你也了解一下我是怎么工作的，走吧！"

就这样，半小时后，我们坐在了那家合资公司的会客室。一起观看PPT，中午一行人还在人家那儿蹭了个工作餐。这位据说资产过亿的老板长得一点儿也没有老板派头，反而瘦小枯干，甚至有点面黄肌瘦，且饭量比谁都大。

之后一行人离开，老板又发话说要往南城继续与另一拨人谈。

坐在那儿看双方云山雾罩，而老板一直不提合作的事，我感觉这一切越发有些不着边际，决定告辞回家。

晚上接到朋友老方电话，聊我刚写完的一篇访谈。我便有些懊恼地讲起当天的无趣经历。做了一辈子权威学术杂志主编的老方一向刚直清高："跟这种人你打什么镲？白浪费了一天，听着就不靠谱。趁早打住吧！"

春节期间，我回河北老家陪母亲过年，又接到那老板信息，说他要来北京，想跟我继续谈合作。我告知说，人在外地，如今微信很方便，视频或电话也不是不可以聊。

"那哪儿如见面好？你回来前告诉我，我立即飞过去见你。"他的霸气带着点真诚。我听了说，那就再约吧。

几天后，老板发来一堆微信会议纪要，不是他们搞的牦牛饲养基地，就是一帮操着内蒙古口音的男人在瓮声瓮气地开会。

我看了设置评论。

他突然发来一条信息。

"你是个很感性的女作家。我感觉你不缺情不缺性，但你缺爱。"

我看得脖子都红了，倒不是害羞，而是感到受了侮辱——这种挑逗也太肆无忌惮了。

我正来回在客厅走着，还没想好如何应对，对方居然打过电话来。

"哥们儿你别多想啊，我只是拿你当中性朋友，聊聊天。我也希望互相了解对方的生活，这样对你写我也更有好处。"他似乎知道过分了，挽回式地想表达自己的诚恳。

"做中性朋友当然最好。但我现在至少可以明确一点，我不可能与你有任何私人感情上的关系。我什么也不缺。如果你真想合作，请不要掺杂任何一点儿非分之想。"说这话时，我感觉自己的手臂都有些哆嗦发麻，我知道自己仍然气愤难平。记得那次跟这位老板去谈合作时，路上坐在车里，他曾有意地表示对上班族的遗憾和同情："一个月一万块钱，在北京怎么活呀？"我当时心直口快地说："我感觉活得很快乐呀。您知道即使没有家财万贯，有许多精神上的享受是光拥有金钱的人想象不到的。"他半信半疑地打量着我，没接话。但我感觉得出，他看来是以有钱就是力量没钱就是失败来打量这个世界的，也是用金钱的多寡来判断划分身边的人的。

即使知道面前是位俗人，我亦不想计较。毕竟双方只是合作一本书，而非找知己谈对象。

过了半个月我回到北京，要开始计划一年的事务，究竟是否要写这位内蒙古老板是第一件要决定的事，便主动打了电话给对方。

"我最近正在等着要签一个重要的协议，走不开。你来内蒙古一趟吧。周五下午来，周日回去。机票我让秘书给你订。"他说。

我有些动心，说考虑一下。

"他一直催着你回京，说随时可以来跟你谈合作。如今又找理由不来了让你去。显然心不诚，不去。这人明摆着心术不正，对你有非分之想，你明知是火坑还往前凑！"老方再次给我泼冷水。

我知道男人倾向于从性的角度来看待分析男女之间的问题，当然，这世界上也不乏认为所有男人都想占她"便宜"的女人。而我总希望打破这样的惯性思维，比如，这老板也许只是性情中人，并没有恶意。再说，他所做的一切确实是中国民营企业从萌芽到发展的脉络，也许真有些记录的社会意义。

但既然合同也没签，老方的话也不无道理，我还真不想贸然前往，便推说那周不能离开北京。

"理由？"他发来两个字问。

"我先生也要出差。"我回道。

"我不信。"对方发过来三个字。

这样的对话让我再次感觉不舒服——这显然不是企业家和作者之间的谈话语气。

我决定投入新的工作，不再纠结于这档事。

将近一个月后，某天那老板突然发起了电话轰炸，又是微信留言又是发起语音通话，看我没回应没接听，又打手机，说他决定当天下午飞北京，只为见我谈一会儿写书的事，第二天一早就得飞回内蒙古。

我答应他可以见面，并建议说，既然他到达已是晚上七点半，我家离机场不远，他可在我家附近找个酒店住下，我们可以在大堂聊一会儿，也方便他一早赶飞机。

老板同意，让我找个酒店，他让秘书预订。

几分钟后，我给他和秘书分别发过去那酒店地图和位置。二人告知收到。

当晚近八点，老板打来电话说落地了正往那酒店赶，并说出租司机告知还需要半小时到达："在酒店碰头，不见不散。"

我决定出发的当口，老方突然打来电话说他正经过我家小区，让我五分钟后下楼取一下新出的刊物，上面有我那篇访谈。

整个北京城在夜间就是一个超大停车场。夜色中眼神不好的我好不容易找到路边老方那打着双闪的帕萨特。钻进去坐在副驾驶座上，谢了他就问能否顺路把我放在某酒店门口，反正他要经过那里。

"不早就跟你说不要理他吗？你怎么还抱有幻想要浪费时间呀？这大晚上的，你太不可理喻了，幼稚而固执！"由于那是禁停区，老方边开车边咆哮，我似乎看得到他周身那燃烧的火苗，"我把你放在你小区的西门，你下去，回家！我不会再把你当朋友了，一会儿就拉黑你！"说话间，已经停车，我立在那儿还没反应过来，他已经砰地把车门拉上，绝尘而去。

可人家毕竟打着飞的来了呀，我就因此而不去见面吗？我立在那儿哭笑不得，好像自己置身于电影中的场景。这一切，太夸张了！

叫滴滴？手机显示前边有二十七个人排队等候。好在门口来了一辆公交车，我之前查过地图，知道到那酒店只需要十站地。木然地上车，一边回味着老方的怒气与自己的不争气，这戏剧性的冲突让我有些傻了，到站了才惊觉。

下车看手机，看到老板的信息："我已经到达中关村一家酒店了，你赶到这儿来吧。"下边是一个地理位置的截图。

我先是怀疑自己的眼睛，仔细核实无误，立即感觉血往上涌，出离愤怒了。"你怎么可以如此出尔反尔不守信用？你其实早就没打算去让我找的酒店，却一直不告诉我。我都到了，你又告知在另一处见面。我在回家路上了！"我似乎听到自己的声音怪异地颤抖着，像是另一个人。

那一瞬间我仿佛才理解了老方刚才的愤怒，万分后悔最初没听从他的建议。这人，原来，真的，不靠谱！

我平生最痛恨不守信之人，没想到在这样的一个时刻，这最后的一根稻草如此冰凉地压了上来。

"你这人太不善解人意了。你应该去机场接我，我们在那附近谈，这样也不影响我晚上休息。"他居然还大言不惭地发来这样的信息指责我。

"抱歉我不适合与您合作，请另请高明吧。"不想再听到那令我恶心的腔调，我机械地回复道。

"你以为我还会跟你合作吗？翻脸比翻书还快……"他还

在继续反击，像一只喷着墨水的八爪鱼。

我气得浑身直哆嗦，毫不迟疑地在微信拉黑了他。

像吃了苍蝇一般，回到家我直想大哭一场。

在电梯里，我给老方发信息道歉，才发现他竟然已经真的把我拉黑了。

第二天一早，手机上一条短信息，是那老板，说他希望还是见一面，毕竟"合作不成朋友在"。我没再理会，把对方手机号也设置了屏蔽。

生活永远比小说更富有戏剧性，谁说不是？

谁对谁错？孰赢孰输？

也许只有风霜日月知道，故事将如何在星空下分三个版本演绎流传。

我不再去想这个人和这件事。

一晃五年过去了。

我去内蒙古的库布齐参加一个国际沙漠论坛。论坛很成功，结束后在主办方的带领下来宾参观他们的治沙成果展。在荒无人烟让人感觉有些凄清的沙土路上，我们竟看到一个挂着小卖部招牌的铁棚子。同行的上海小姑娘嚷着让停一下车，她下去买几瓶矿泉水。因为喝不惯沙漠里的地下水，她已经腹泻好几天了。

我也下车跟进去，没什么要买，完全是出于好奇。看到那小卖部的主人时，我惊得赶紧溜了出来——那人竟然和那被我拉黑的内蒙古老板长得一模一样，只是黑瘦了一些，脸上原本那底气十足的神态没了，取而代之的是虎落平阳的不甘心和忍耐。

"这小卖部的主人怎么看着眼熟？"我回到座位问车上陪同的当地工作人员。

"他可曾是个人物！可两年前资金链断了，把所有企业都卖了都还不清贷款。后来祸不单行，他老婆，已经是第四任了，得了癌症。送到国外的儿子一向挥霍无度，家里都这样了也不回来帮他爹，泡上了个美国妞等着结婚拿绿卡……"那面色平和的小伙子安静地说着，在我听来却如惊雷震耳。

"后来我们董事长看他可怜，又曾打过交道，问怎么能帮他。他说只要是没本的买卖他都可以……就把这沙漠沿途的旧棚子开成了小卖部。原先这些棚子是沙漠绿化时栽树的工人歇脚放树苗的地方，他卖些内蒙古特产，多是不容易变质的干货……你认识他？"

"我认错了，像我以前认识的一个人。"我淡然一笑，闭上了嘴。车开动了，我仍没忍住，扭头往回又看了一眼那在阳光下显得越发斑驳的铁棚子。

2

叮哐,叮哐!每天天不亮,这密麻麻的有节奏的声音便准时敲穿耳膜,不急不缓,如细箩筛沙,却执着任性,天经地义般悬在空中。

"这群凿米虫,又开始了!"系着睡衣扣子的母亲站在西窗边往外望,她失眠多年,每晚靠服安定入睡。来我这儿三个月了,正逢小区二期楼盘在建,这不请自来挥之不去的噪声,如故乡原野上的蝗虫,跟踪而至,且泛滥成灾。

玻璃已是双层,无计可施。窗子只能在夜晚打开换气,否则数米之隔,虽有隔尘网,那无处不落脚的尘土只需片刻工夫就会勇猛神速地占据室内每寸地盘。

"我说,这么大噪声和污染,你们还按原价收费是否不合理?"趁物业来收费,一辈子有板有眼的父亲认真理论。

"那没办法,先来入住的就得付出点代价啊,您买得早,房价还便宜呢不是?忍忍呗,再过半年就好了。"穿制服的男人笑眯眯的,收钱开票,麻利干净,让你感觉把这也当成烦恼的人是可耻的。

有不堪其苦的邻居打电话给城市管理广播电台。听说还真有人来查了,可测量结果说未超出限值,尚不能算噪声,也就不了了之。

"哎,也就几个月,它总有盖完了的时候,这不都十楼了?"早晨喝着豆浆,父亲安慰打着哈欠的我和母亲。

"你别说,这楼盖得还真结实,全是这么粗的钢筋和水泥浇筑的,在咱们下边可没这么下料的楼。"母亲腿疼,每日活动半径极小,凭窗而立,见证了二期楼房的施工全程。小工们谁偷懒谁勤力她都盯得一清二楚,我开玩笑说,那包工头应该聘她为工程监理。

一场秋雨,碧绿的草坪像一盘被谁撒了盐煮过焖烂了的青菜,一夜之间就泛黄了。二期终于封顶了。

不久,叫号,开盘,楼价高出以前的近一倍。得到消息的老住户怨气似乎消减了不少。

小区来来往往的人明显多了起来,都是扶老携幼来看新居的新面孔,都是急于给自己安个窝的无房户,脸上挂着苦尽甘来的喜悦。

第一场雪伴随着二期欢迎新业主入住的鞭炮来凑热闹。

一辆麦壳黄色旧卡车不知何时固定在了二期与老楼之间的路边,只要你望出去,它总在那儿,似乎长在地上一般。从它上面有时空荡有时填满了装修废料的变化来看,它又是进进出出的。

"那是两口子,廊坊人。专门来小区收废品的。人家可是沾二期的光,赚了钱了,光是各户拆下来不要的暖气片,他就收了好几车，崭新的，才十块钱一组，跟白捡有什么区别？"父亲背着手往下望着，早做了充分的调研。我暗想幸亏当年我装修时父亲不在场，否则，我那也是几乎白手相送的暖气片也许还贴墙靠着呢。据说，有的开发商干脆把暖气接口露在那儿，供业主入住前自己买喜欢的安装，反正自带的价廉物不美的黑家伙也没人待见。

在楼下也时常见到那对男女。男的四十来岁，精瘦黧黑，浓眉小眼，从没有笑容，不声不响地过秤算账递钱。女的腰身粗壮，深眉大眼且肤色同样黑，两腿叉开站在车上，拎提成捆的废品多是她的活儿。没废品上门时男人就蹲在车边一声不吭地翻看收来的旧报纸杂志，从不闲着的女人会翻找各楼道口的垃圾箱，从里面不时捡出些纸箱破盆。

"你吃了不？"面熟了，有时迎面经过，她会突兀又略带难为情地跟人搭话，厚唇里正嚼着的烧饼渣纷纷掉在脖子上。

我虽也嗯啊答应着，却挤不出她那样的突如其来的笑脸。只见她掀开垃圾箱盖子，往下探着头，最大幅度地伸缩双臂，像个觅食的母鸡般东翻西找，把垃圾弄得四处都是，包括卫生巾、安全套等挑战人眼球之物，而一些明明装在袋里的液体往往在此时奔溢而出，刺激人的嗅觉。

一次刚认识的男友来家里玩，正好碰上他俩蹲在路边吃烙饼卷大葱，嘴角都挂着两抹黄酱，许是站了一天累了，两人都脱了鞋袜透气，那咸臭污浊之气扑面而来，却丝毫不影响二人明显不错的胃口，脸上挂着收获小憩的满足放松。

"回来了？"女人冲我打招呼，边下意识地把脚往鞋里钻。那笑仍是试探性的，甚至心虚的，仿佛他们每天在这儿占了城里人的便宜。

"你们小区物业费多少钱一平方米？"打着爱马仕领带的海归低声问我。

"两块四啊。"我答。

"啊哦，有点贵了。"他掩鼻皱眉道，同时还不经意般扶了下他那好看的小黑框眼镜。

可我能去教训人家吗？说这样太不像话破坏小区环境还有损本人在男友心中的形象？……后来几次经过，话到嘴边，我都咽了下去。

"昨天才好笑，人家有一户新买来了盆发财树，太沉搬不动，先放在路边上去叫人，回来一看没了，再一找那树被连根拔起扔在垃圾箱里了，那瓷盆被那胖女人当废品收车上了，把人家给气得……"边收拾阳台上的旧报纸旧杂志，母亲边向我学着。

"还有那男的，对着没人的墙旮旯就小便，我在楼上都看见好几回了。"父亲看着报，哭笑不得地摇头。

"他俩怎么是女的干重活，男的倒干轻活呢？"我一直好奇。

"打扫卫生那女人与这两口子是老乡。她说那男的有心脏病，还做过手术，在老家地里的活也是那女的干。"母亲早等着我发问般，及时回答道。

快过小年了，家家户户都有一堆旧物要清理，那辆麦壳黄的旧卡车有时一天要进出三四趟才能应付这些在此地多余的物品。

"真省劲儿，都用不着吆喝。在咱们老家，收废品的用高音喇叭广播一天，也收不满半车。你瞧他这生意好的，都是送上门儿来的。怪不得那天听那从不开腔的男人哼小曲儿呢。"母亲感叹着，恨不得自己变成那车的主人似的。我开玩笑说要不她跟我爸也弄一个摊儿。

"他们也不容易，一天站到晚，下雨刮风都缩在楼道口，还不能走远了，怕有人来找不着人。大中午的就啃俩干馒头就咸鸭蛋，那天还是打扫卫生的女人，给他们倒了杯热水。"父亲总有看到事物两面性的好习惯。

那个午后，除尘净室结束，阳台上已然有两堆捆好的书报小山。"咱也给他们做点贡献。"父亲拎着就要下楼。

"你别闪了腰。"母亲担心。

"这点斤两算什么，横竖超不过20斤。"父亲拎了一下，也有些犹豫，他毕竟春天刚做了场手术。

"咱不是有健康秤吗？称称大概有多少，不行就叫他上来搬，对门那天就叫他上来收的。"母亲出主意。

称重结果是两捆一共18公斤。

"你去上班吧，别管了。"母亲看我着急走，怕我嫌他们啰唆赶紧道。

下班回来阳台果然清爽了许多，显得屋子都大了不少。

"卖了？"我边喝排骨汤边问。

"卖了。还说呢，那两口子真鬼，居然用假秤！"父亲皱眉道。

可看母亲带笑的神情，分明不像吃了亏的。

"我们搬下去，让他过秤，他说一共15公斤，还点着秤星让我们看，还真是呢。我们以为自己在家称错了。你爸说不对吧，我们可是在家称过的。他媳妇一听，才又从麻袋里掏出另一杆秤来，再一称，果然是18公斤！你说说他们多可气。"母亲绘声绘色地讲述着。

再以后，家里的废纸旧书消失得总是很快，似乎验证那对夫妻是否用真秤也是件有意思的事。每次，父母都先在那台称人体重的秤上称好，再提下去。

"他还敢用假秤吗？"我问。

"还敢？每次见我们去了，他都会主动拿出那真秤，还不忘逗一句：又称好了来的吧？"父亲笑着说，显然有些接受他小小的把戏了。

"那对别的人呢？还都用假秤？"我不禁追问。

"谁知道……他用就用吧，我有时也想当众戳穿他，可想想他也不容易……"父亲这讲原则的人突然有些害羞，是因为放弃了原则还是每次逼得人家用真秤，显出自己锱铢必较的小气？

"我就不相信给所有人他都用假秤，要不他准备一把真秤干啥？难道只为咱们家？他就是看人下菜碟，你看穿了他就改，看不穿他就糊弄。"母亲反倒显得很冷静。

有时闲来没事，就站在窗前往下望，果然！南楼那对时髦小夫妻拎着一堆纸箱来了，两人显然正热乎，穿着款式相同的黑白情侣衫，勾肩搭背跟长在一块儿似的，过秤点钱走人。我似乎看清那往车上归置纸箱的女人，脸上又浮现出一抹心虚的笑意。

新楼下来一对烫着卷发的中年妇女，像是姐妹俩，衣着普通，却都有着刀子一般的犀利眼神。二人抬着捆旧书。不知是以前被拆穿过，还是担心来者不善，那女人厚道地笑着，直接从麻袋里拿出另一杆秤。

"你可别小看那男的，扫卫生的女人说在他们三里五村，这家伙可是出了名的脑瓜子开窍，别看种不了地，早些年磨饲料，倒花生米，卖家具，开小吃部，啥都干过，折腾半天欠下了一屁股账，总翻不了身，这两年开始来北京收废品，才算好过些了。"母亲看来有些受我当记者的职业影响。

"这年头只要不懒，就有奔头儿，说不定人家就该时来运转了。"父亲总结道。

"都是当妈的啊，那女的想孩子想的什么似的，一回我见她非追着喂二号楼一个小男孩烤红薯，说长得虎头虎脑的喜人，像她老家老三，人家那保姆立马沉下脸拉着孩子绕道走了……"母亲感叹着，语气亦颇有同情。

"我说怎么老望见那女人对着钱夹子出神，有时还像是抹眼泪。那天去卖废品，掏钱给我时才见他们那破钱夹子里有一张都摸脏了的照片，像是几个小孩合影。"父亲若有所思。

"扫卫生的女人说他们在北京待不长，想快点攒够钱还账就回家，北京再大再好，终归不是自己的。也快啊，生意这么好。"母亲一向比较乐观。

转眼第二年清明了，父母回故乡去扫墓。临行匆忙，收拾好的一捆报纸没来得及卖，好在不太大，搁在阳台也不很碍事，便没去理会。

一个月以后，旧纸箱纸袋、鞋盒包装盒已经让人下不去脚。要到阳台那头打开储物柜拿东西得小心翼翼蹚着前行。

随即想到父母在的重要，谁说老人没有独特用处？至少……让我拉下脸皮去跟一个收废品的计较秤的真假，有点儿难。再说，就算我指责他的秤有问题，他如果看我年轻又是女人，撒泼耍横说他的秤就这样你爱卖不卖，那又怎么收场？狼狈地拎回来？我总不能说我父母就是每次在家称好了才来卖的，他们可以做证之类的傻话吧？

可是，为什么明明知道有诈还自投罗网？我是否等于在纵容他们作假？要知道我可是讲原则的人哪。

可是，这一堆一共才卖几块钱？至于吗？

如一个商人权衡利害下了决心要出货一般，决定去卖给他。可往下一望，居然那生在地上的麦壳黄旧卡车没有了！

一连数日都没有，空空的，那块地方显得有点儿多余。

那天下班遇到扫卫生的女人，说他们走了些天了，回老家种那点儿地去了，农忙完了再回来。

垃圾箱突然好像不够使了，许多废品都塞不进去而又清理不及时，被人随手丢在箱外空地上。来来去去便忍不住张望一下，那旧卡车仍然没有影子。

阳台上的东西已经杂乱得影响了室内的整洁，便想，那人要在，不要钱，让他上来清理干净我就知足了。

有老人用买菜的小拉车运送废品往小区大门走，问他们去哪儿处理，答案是两站外的一个回收点。想想便怵了。

穿裙子的季节到了。

那天下班回来，走至楼下，赫然发现垃圾箱边一个熟悉的粗壮身影，不是那女人是谁？她似乎瘦了一圈儿，往日撑得浑圆的衣服泄了气般瘪在那儿。见了我，正伸手往垃圾箱里伸的手迟疑了一秒，目光有些犹豫了一下，仿佛习惯的招呼被什么吞了回去。几个月光景，她好像一下老了许多。这种苍老反倒让人判断出她的实际年龄并不太大，顶多三十多点。

可是那卡车呢？

仍旧是那片停车的空地上，站在那儿无精打采等买卖的男人嘴里居然叼了根烟，身边孤零零地缩着一辆三轮板车，车并未装满。

新楼装修大潮过去了，也许用不着这大道具了。我想。

"哎呀你说好端端的，这人不知什么时候就撞上霉运，啥都别怨，没用！"扫卫生的女人正蹲在墙角擦地砖上的口香糖，与谁家保姆粗声大气地感叹。

"那小孩也真是，不管不顾横穿马路，撞断了腿没丢了命，输血又染上了艾滋病，这不是讨债鬼是什么？一个收废品的能有多少钱！"小保姆一脸不平。"早知道这样，当年还不如不收养他。"

"那娃的父母多少年前去南方打工再也没回来过，娃的爷爷奶奶最后也丢下孙子走了。这两口子人穷心眼儿却好，在村子里又只隔着一堵墙，不忍心看着不管，就喊他过去添了双筷子呗。"

"可如今他们咋办？辛苦一年赚来的钱不说，那辆车也卖了……"

我家的阳台从此再也没有堆积如山的废品了。

每个月他们上门来清理一次，免费拿走我堆放在阳台上的旧书废报。

至于他们那秤，是两把还是一把，似乎已经没人关心了。

3

我有对朋友夫妇都是北京的大学教授。自我们两家的孩子穿开裆裤起，他们一家三口就与我家由近邻而相知，同住一栋公寓楼五六年，直到我离开去了北京。几年后，他们二人也都相继考博进京并找工作留下，孩子们也都长成了帅哥美女出国留学。我们两家虽然住在北京一南一北，往来并不很多，但在这熙来攘往的京城之地，逢年过节偶尔小聚，仍是乡亲一般的亲近与熟稔。就连他们的节俭，都让我有种面对手足的亲切。有一年我开车回故乡小城，还帮他们拉回来一车旧棉被旧鞋子。

在我眼里，瘦小的女主人似乎生来就带着微笑，秋冬穿着带花的夹长袍，伶牙俐齿，敏捷干练，古典文学功底深厚的她还是虔诚的佛教徒。家里除了几柜子的书香，就是缭绕不绝的香火气。

男主人姓孙，说话有些微口吃，大眼睛高鼻梁，年轻时是个好看的男子。不像妻子热衷于或四处讲学挣外快，或坐公交车去郊区的寺庙结识佛教中人，他喜欢烹饪，喝几口小酒，脸微红着，用带山东口音的普通话热情招呼客人，眼神和笑容都带着几分害羞。因此，不大的家里又添了油烟气。只是我某次去洗手间，误入厨房，其脏污油腻，让我差点把刚进食的那点儿饭菜呕吐出来。这二位的卫生标准让我心生同情，恨不得卷袖子帮他们做个彻底大扫除。

有时候，人有些明显的小毛病似乎更可爱，更让人相处轻松。在一起我们不用遮掩，家人一般地聊过去的我们，聊孩子，聊看不透参不尽的虚无世界，聊丑恶的社会与美好的文章。

女主人不仅是家里的主心骨，还是外国留学生家长群的群主，大有一呼百应之气场。博士，信佛，大学教授，女儿在美国。她似乎比任何人都拥有当意见领袖的资格。我甚至一度把她当成我一直在小心翼翼探究的信仰层面的支柱，但凡有些困惑不解，见了面少不得请教一番。她就像一个流动的人间寺庙，让我愿意相信她的信仰是可靠的，是有希望的。

某天，他们分了大房子要搬家了，请我去家里吃涮羊肉。一出电梯是三户共享的一条过道。一个塑料旧鞋架煞风景地被摆放在墙边。"在这里换鞋。这是公共区域，我们有权利占用一块儿……"而我打量整个楼层，除了他家这个放满了破旧脏鞋的架子，其余两户门外都干净清爽，没任何杂物。

听我夸赞那130平方米的宽敞新居，她说："要是老孙也像我一样虔诚，我们本可以求得更大的一套房子。可惜他心不够诚……"我听了一愣，信仰的一角似乎塌了，连我这浅陋之人都知道，信仰不应该和功利相连啊。

压抑着心中的不解，勉强用碗沿带着污渍油腻的碗吃了几口，我有些失落地离开。没有像往常一样坐着聊上半天。

在地铁里，望着熙来攘往的陌生人，我心中有股说不出的怅惘。那两个心灵洁净的人呢？

数月未联系。某天我正在家与一个客人聊天，发现手机上一条微信，来自老孙。

"你怎么样？"

"还好。"我回复。

过一会儿，他又发来信息。

"淡巴菰是何意？"

有朋友在侧，不好多解释。就匆忙回了一个笑脸，并答："没特殊意思，只是个笔名，来自英语Tobacco的音译。"

过了五分钟，朋友道别离去。

我再发信息过去："你们还好吗？"

却显示发送失败,显示——我还不是对方好友!

我心一沉,明白自己被对方拉黑了。就像你本隔着一扇虚掩的门轻松地与人聊天,对方突然砰一声把门一摔,关得死死的,且再也不会为你打开,因为你是被贴了封条的朋友,连陌生人都不如。

思忖是因为他嫌我怠慢了他的信息吗?

可我们二十年的友情就因此而不算数了?

第二天,我截图给他太太,希望得到一个解释,或者说是安慰。

"我也常被别人拉黑,有时是对方不小心误操作。老孙这人你还不知道,笨手笨脚的。你不用太在意啊。"这样的回复自然让我意难平。直接电话打过去给她。

"我也拉黑过讨厌的人,我知道,那需要一定的操作,可不是偶然碰一个键就会做到的。他就因为我回复他信息不及时,就认为我有意冒犯他的尊严了吗?"我与其说是要个说法,不如说是不肯相信人性竟如此之脆弱。我们是成年人啊。

"我回头问问他吧。过几天咱俩聊一下。不理他。"对方仍是不急不慌地微笑,仍是温柔而有底气的口吻。

过了几日,我接到她信息:"他说本想关心一下你的,你却似乎很冷淡。"

我又不能忍耐,直接打电话给她,尽管她说在理发。

"他这人心智不够,甚至很愚蠢,所以从来不知道怎么跟人相处,也伤到了许多人,甚至单位都不想去了,尤其是人多了开会,他总躲着不去。前些日子,我一个师弟来北京,我们见面吃饭后互相留了微信,偶尔聊几句。没想到他悄悄给人家打电话把对方痛骂一顿,再也不许与我来往。你说我这脸丢大了不是?他就是这么一个笨人,像小孩子一样幼稚……"

"心智不够的人很多,可并不意味着可以轻易地去伤害别人。是因为太自卑吗?处处先从恶处揣测对方,所以才动不动就先发制人,伤人不利己。我一直认为他是厚道人。尤其跟你这学佛之人在一个屋檐下,他怎么可能是这样的人?"

"也不能说他多坏,还是心智不够。"毕竟是夫妻,听得出,她还在袒护他。

"照你这么说,小奸小坏都是心智不够?非要关在监牢里的罪犯才是心智足够却十恶不赦吗?"

"唉,你是不知道他干的那些比拉黑你要差劲得多的事。你相信吗,他居然还曾找了个情人,一个在我们老家小县城卖狗皮膏药的女人。你说气不气死我呀。我要跟他离婚,他又不离。我早咨询过律师了,我还真是离不起这婚。首先他不离,我们就得耗三年,然后涉及财产分割。这房子是我单位分给我的,可若离婚我得按市价给他一半的钱,好几百万我拿得出来吗?可是真在一起过日子,实在是搞得我身心俱疲。我女儿寒假回来都跟我哭，让我一定跟他离婚，要不她都看不起我……"顾不得身边理发员咔嚓咔嚓挥动剪子的声音，她开始竹筒倒豆子，自揭伤疤。我听得目瞪口呆，比看到狗血电视剧还诧异。

"就这么瞎过吧，都五十岁的人了。我早就不相信什么爱情了。年轻的时候也没发现他这样，现在恨得牙根儿痒痒有什么办法？他就像膏药贴在我身上了。除了在人前表现得一家其乐融融，我又能如何？这都是业，是佛在修炼我考验我。我就继续修吧……"

"你跟他好好谈谈吧，也许他还有救，让他自我反省一下，或看看心理医生。"反倒轮到我来开导她了。

"软硬都试过了，没用。他总疑神疑鬼，感觉这世界上别人都看不起他，都在背后算计他……"

一个小时过去了。

挂断电话。我一边震惊于这突然揭开的家丑，一边猛然发现自己竟如释重负，丝毫感觉不到被拉黑之伤害。

看来，有时候认清他人之卑微窘迫，反倒让自己变得坦然甚至宽容，就像站在岸边看人从阴沟里出来，踩着一双脏污的鞋。这样想着，我摸出手机，打算给那位拉黑我的老友发个好友请求。

大乔和小乔

那一年,她们俩一起从北方的小县城考进了省城的大学。同乡迎新会上,几个高年级的男生趁着几瓶啤酒下肚,起哄说她俩应该叫大乔小乔,不仅长得好看,还长得太像。

她俩虽曾在一个中学就读,但以前并不认识。大乔自小被父母娇宠,享受被那些荷尔蒙旺盛的男生追,成绩平平的她,复读了两次才被大学录取。她报考的是英语系,因为她喜欢被瞩目,想着将来当个翻译会是多么风光无限。小两岁的小乔是家里的长女,不仅自小就学习名列前茅,寒暑假还去打工补贴家用。

这两个女子在稍微了解她们的人眼里似乎并非同类,可四年大学时光过去了,两人竟成了闺密。大乔所在的宿舍在南院儿,小乔的在北院儿。逢周末大乔常过来找她,二人一同去食堂打饭吃,然后去操场走路聊天,似乎总有说不完的话,总是快熄灯了才分开。小乔同屋的女生都不喜欢大乔,嫌她棱角分明讲话刻薄。比如,她说她哥长得瘦小枯干尖嘴猴腮,"演孙悟空不用化妆"。说某个女同乡八面玲珑四处讨好是现代版薛宝钗（小乔室友却都喜欢她）。小乔当然知道她这性格，可仍由衷拿她当好朋友，因为她真实不装，正直得有点傻和愣。

小乔爱读书，专业是图书馆学。埋头于书本的她头两年都是奖学金的获得者，直到第三年她恋爱了，男友在南方，书信往来是唯一谈情说爱的途径。把大量的时间用来写日记和情书，成绩下降到了中游，小乔并不以为意。毕竟，那是世间每个女子都最投入的初恋。

大乔也有一个在外地读大学的男友，近在北京，不时来看她，送给她当时很让女生眼馋的口红和香水。可毕业前夕，大小乔都成了落单的凤凰。小乔男友听了他妈的话选择分手，视儿子为命根子和皇太子的老太太很有远见地认为，未来的儿媳一定要精挑细选，哪儿能这样自由凑合，那可不是小孩过家家活尿泥儿。再者，刚拿到本科学历就考虑婚姻对儿子事业不利："如今大学生多得跟树叶一样，我儿子得读研，混得人五人六，想嫁给他的人还不大把？"

不同于小乔的被分手，大乔是主动挥剑斩情丝的那位，理由让小乔既理解又不解。那男生来看大乔，通常都住在学校招待所。那天二人出去看了夜场电影回来，进楼碰到打扫卫生的老人往外拖拽垃圾，也不知怎么擦肩而过时就把污物蹭到了帅哥的西服上。"他居然张嘴就骂人家不长眼。不就一身西服吗，买得起还洗不起吗？太过分了！"

毕业了，她们很幸运地都找到了工作。想与书为友的小乔因为文笔好进了报社当记者，她认真啃了一年的厚厚图书分类法从来没派上过用场。外贸不景气，大乔也没能去当风光的翻译，而是托关系进了许多人抢破头的银行，被安排在前台做现金存取业务。她的性格仍和在校园时一样见棱见角，不时跟小乔发牢骚，"年终酒会上，自认为有姿色的女同事都主动去邀领导跳舞，看着她们赔笑赔得嘴都咧大了我就恶心。有个部门经理请我跳，我说对不起我不会！"她付出的代价也是有目共睹的——三年过去了，同时入职的人都被调到了楼上坐办公室，她仍在玻璃窗后埋头点钞。有两次钱少了对不上账，她还自掏腰包赔了二百块钱。要知道当时的月工资不过三百块。

小乔经介绍认识了后来的老公。对方稳重、成熟，没任何不良嗜好，也没任何有趣爱好。除了平时上下班，周末去父母家，所有的时间就是斜靠在沙发上看足球赛或买彩票。小乔曾提出去郊外走走，或去看场电影，他都没兴趣。但她知道他是喜欢她的，也会给她一个安稳的家。相处了一年，他说自己快三十了，结婚吧，单身汉不容易受组织重视，对提拔不利。明知他并非梦想中的那个丈夫，一直有不安全漂泊感的小乔仍是点了头。

很快，儿子降生了。小乔在这个城市算有了自己真正的家。

大乔仍是在并不多的候选男友中挑着拣着。她一如既往喜欢长得好看的男人,"没错,好看不能当饭吃,可醒来睁眼看着,至少心里舒坦。"有个长得像日本偶像剧男主角的同事曾跟她一度往来密切,游泳、打球、滑冰、爬山。最后她仍是放弃了。"我才知道他比我小半岁。我不会找比我哪怕小一天的男人。"从小受尽父亲宠爱的她自知有点恋父情结,她以为年长的男人才会让她有安全感,尤其父亲去世后,她的世界似乎永远缺了一角。

小乔的家便成了大乔每个周末去投奔的窝。小乔的父母退休了,便把外孙接了过去照看。周末了,两个女人便做饭、聊天。聊故乡小城,聊大学的记忆,更多的是聊现在单位的诸多不如意。"你还记得那个细眉细眼瓜子脸的小F吧?业务很一般的她已经是信贷科副科长了。某天我们经理有急事去找行长请示,敲了一下门没等应就推开进去了,你猜怎么着,行长倒是坐在老板椅上呢,小F也在,坐在行长大腿上!"两人单位离得不远,大乔有时请小乔骑车过去吃午餐,银行食堂的饭菜比报社好得多。小乔因而也识得了几位大乔的同事。

这个有着悠久历史的古城像一条时而混浊时而清冽的河,她们是两条游弋其中的小鱼,想逃离就得变成鸟飞走。可是她们不知道那翅膀从哪儿长出来。

偶尔两人也逛街,不去大路货商场,而是小门小店。许多时候不买只看，因为实在遇不到什么不买不甘心的东西。"听说过吗？如果你所在的地方没有让你特别想拥有而不可得的东西了，就说明这个地方不值得再待下去了。"小乔边擦眼镜边说，自结婚后她已经放弃戴隐形眼镜了。大乔说她理解那就意味着没有打拼的动力了。不像小乔认为各种颜色都有其美，大乔对颜色的偏爱也和她的性格一样绝对鲜明，特别钟爱绿色。有次独自闲逛碰到橄榄绿的针织背心，毫不犹豫买下两件，趁午餐时塞进小乔包里，笑着说不用试她穿上也会好看，谁让她是小乔呢。

小乔对自己本来喜欢的报社工作也渐渐产生了疑惑。看到同办公室的老同事们一杯茶一张报就是一天的日子，她不时心生恐惧，似乎看到了老之将至，自己也就这样日复一日混完了一生。而那些许多人视为活着动力的所谓提拔晋级，她是自知没份儿的。跟丈夫说，他只笑笑，仍把目光回到手中的报纸上说一句，"大家不都这么过吗？"

有时大乔周末过来晚了就留宿一夜。两个女人睡在大床上，男人也乐得去客房看他的足球报和彩票。"咱们就这样过一辈子吗？"小乔说。那晚她们去影院看了《廊桥遗梦》，二人都哭得眼睛红肿——从那个为了不破坏家人的庸常生活而放弃了人生中最后一次爱情的中年女人身上，她们似乎都看到了自己的影子，绝望，不甘，可又能如何？大乔那年已经三十了。小姑独处,职场暗淡。她有几分怀念那日剧偶像男,可人家已经移民去了日本投奔兄嫂。她后来又经人介绍认识了一位某央企帅哥,年貌都相当,兴趣也相投,那段时间她来小乔家的次数明显减少。小乔知道她是快乐的,相信喜讯不远了。不料某天突然接到大乔带着哭腔的电话:"你快来一趟我宿舍吧!"见面才知道那帅哥提出分手,理由很简单直白,"我忘不了前女友。她为了事业嫁给了一个有权势的男人。即便我曾那么鄙视她,可我知道在心底我仍爱着她。我没法忘记她。对不起。"大乔托小乔替她见他最后一面,把一个纸袋交给他,里面是一张他喜欢的喜多郎的CD和一条她亲手织的灰色羊毛围巾。三天后就是他的生日。

日子水般流走。一晃又是三年,小乔的儿子都上学了。大乔仍是形单影只。直到某个冬天的晚上。

"给我找几件衣服!我晚上和人见面,就在你家附近的宾馆咖啡厅。"当时还没流行手机,这是大乔给小乔的BP机留的言。

脱下工作服穿着小乔的黑皮夹克,脖子上系一条橙黄真丝围巾的大乔骑车匆匆离开赴约,晚饭也没吃一口。不足一个小时她就回来了,一脸沮丧不屑:"根本不行,长得太丑了。还是美国留学博士,土得掉渣!"小乔才知道白天一个老客户去银行办业务,打听到大乔单身,便主动给他刚从海外回来探亲的小舅子牵线。

小乔劝她不要总以貌取人,既是洋博士,即便不是帅哥,气质也不会差,甚至有可能是个才华横溢且有趣的人。

"你不用劝她。我相信这次会成。"小乔的老公反倒冷眼旁观,颇为自信地说。

几天后,大乔打来电话,说他们二人已经去省民政厅办了结婚手续。"我把自己给打发了。"口气有点悻悻然,说对方假期已满马上得赶回美国,承诺给大乔发邀请信赴美陪读。

"至少,让我们单位那帮蝇营狗苟的人看看,我不用巴结逢迎也是可以找到光明出路的。无论如何,我要跳出这个乌烟瘴气的泥潭了!"那男人小乔倒是见过一面,她暗自佩服大乔的勇气,那谢顶豁牙的中年华侨岂止是丑,简直是猥琐!

知道说什么都没用了,她唯一的话既像是说给大乔又像是说给自己听:走一步说一步吧。

半年后手续办妥,大乔临走前去小乔家道别。二人照例睡在那张大床上絮絮叨叨。夜凉如水,小乔望向窗外,半轮月亮悬在夜色中,像空了一半的心。"等我走了,就没人和你这样聊天到半夜了。我会给你写信。"夜半无人私语时。想到这句诗,小乔好像跳到了几十年后回望这一幕,不由无助地叹了口气。人生就像盲龟浮木,除了随波逐流,谁能有多大的力量与命运抗争?

大乔也翻身过去，不再说话。那一夜，她们都失眠了。

晨起小乔去洗漱，看到大乔刚用过的牙刷还湿漉漉的，心里陡然一酸。那两只刷牙杯一粉一绿，从她有了这个家就立在那儿，一人一只。从今往后，其中一只就再也不会有人去碰触。

如今大乔已经在美国25年了，与性无能又变态的丈夫离婚后独自生活无儿无女。当着会计的她衣食倒是无忧，在郊区买了带院子的小房子，偶尔在网上结识个男友。"看看电影吃吃饭也不寂寞。结婚？免谈。"疫情来了，她更是深居简出，在家后院种菜侍弄花草。

小乔也离开了报社，南下去了深圳，开了一家网络公司。和大乔不时视频聊会儿天，两人脸上都有了细碎的蛛网，只是谁也不提岁月那两个字。

某天公司新来的实习生看着手中的三国剧本问她大乔小乔究竟是何许人也？小乔愣了一下，笑笑说："不过和你我一样，芸芸众生中的两个女子罢了。"

当爱情淡为一碗米粉

　　他们是昔日情侣，25年前彼此的初恋。如今都漂在北京。他事业有成，是某世界500强企业中方负责人，运筹帷幄，踌躇满志。她是自写自话的非畅销书作家。自然，罗敷有夫，使君有妇。

　　他主动约见面，给了她时间地点：下午五点，后海某酒吧。

　　她一向守时，赴约总是准点或提前到达。想起年轻时候的自己，一抹微笑不禁浮现嘴角。那时的他们都在异地求学，寒暑假都回到故乡小城，那是他们心心念念的相聚时光。回首往事，一切都淡得像融化了的冰棍儿。她只记得自己当时心里似乎总揣着一团火，单薄瘦小如纸片的人，或顶着烈日，或冒着严寒，把二八大自行车骑得飞快，只为了能和他早一秒见面，相处的时间长一秒。

　　那个傻傻的姑娘，她现在似乎才学会了做个旁观者，发自内心地疼惜她，而不像当时总感觉自己做得不够好。"我想抱抱那个时候的我。"她在日记里写。

从他微信发过来的链接看，那酒吧人气还不错。他是用着英文名字的老板，这样的场所自然熟稔。没有情分成为夫妻，做个互相交心的朋友也很好，毕竟，相互都是当年青春岁月的见证人。大学同学聚会，已经有人永远缺席了。

这样想着，她心里是愉悦温暖的。三点洗漱换衣，四点不到下楼。按图索骥，穿梭过游客往来的沿湖窄街，差十分五点，她已经站在那酒吧门口。

掏出手机，核实门牌号码。确认无疑。隔窗望去，冷清萧条，甚至土气，丝毫没有酒吧的气氛。

她踱步走近湖堤看景。秋阳斜挂，轻舟荡漾，垂柳如发丝随风飘动。"昔我往矣，杨柳依依。今我来思，雨雪霏霏。"她有意无意淡忘了那些与他在一起时的细节，却固执地记得这句曾引用给他的诗。因为是异地恋，又没流行手机微信，一封封手写的信是守护爱情的唯一手段。

他当年像个公子哥儿，不事稼穑，五谷不辨。她是长女，读书之余打工帮助父母持家。如果有前世，她幻想他是小王爷她是婢女。上辈子欠了他一般，她就痴迷那份伺候他的满足。

他看她一眼，用那享受的目光，那一秒，她就像沐浴在爱的天堂。

她甚至不介意他母亲的公开反对。理由当然很简单，每个母亲都认为儿子是完美的，除了公主没人配得上。

她已学会了安慰自己：有多少真爱是没有风雨的？在她眼里，有冲突的感情关系带来的戏剧性，是身处风和日丽的情侣体会不到的惊心动魄和冒险刺激。

结局却让她灰心。他听从了他母亲的要求，分手。

彼此并未彻底断音信。总有七七八八的人在中间传递熟人的生命动态。不久前他看到她大学同学聚会视频，发微信给她："你那么美好，当年的我怎么会幼稚到放手？！"

差五分五点。她又踱回酒吧门口。没有他的身影，也没有信息。再次查看手机，确定那个约定就是今天。

她发了条信息：我到了，你预订位子了吗？还是等你一起进去？

五点过五分，才接到他回复：没预订，你先进去坐吧。

里面的情形比从外面打量还糟糕，不洁的台布，堆放在角落里的杂物，居然，没有冷气，闷热窒息。选了二楼，走上去才发现并没有临水的座位，且更热。快快地走下来。看墙上的大钟，五点一刻。仍是没他的影子。

只有两女一男无精打采地坐在那儿，既像初相识，又像在谈分手。在他们打量的目光下，她拣了靠窗的座位坐下，点了杯水，边看酒水单。她怀疑自己今天是否应该来。

"对不起，我迟到了。公司开会拖延了。"他居然骑着共享单车来的。依然高大挺拔，多了中年男子的沉着冷静。"这里我也没来过，在网上找的，不太好就换一家，走吧！"并没落座的他，似乎也感觉到了这环境有些扫兴。

幸亏我没点酒水。她悻悻地想着，却没有抱怨，那是有亲密关系的男女才有的相互特权。故作淡定地微笑着随他走出来。路过吧台，歉意地跟酒保说了句抱歉。

"不如直接去吃饭吧！"他提议。依旧习惯了拿主意做决定，眼神游移却克制，并没多打量她。

庆云楼的招牌就在几步之外。有一手好厨艺的她早听说那里的越南菜很地道。

二人进去，选位做好。隔壁一桌显然是一家三口香港人，粤语浓重地在交谈，桌上是满满的饮食男女的最爱，尤其一罐庆云楼招牌秘制烧肉，让家的温暖弥漫在菜香中。

价位固然不低。108元。米粉也要60元一碗。

她知道他不会让她埋单，便故意轻松，嚷着说要尝尝米粉是否正宗。

没想到他接口道："好，一人一碗米粉吧。"似乎生怕显得小气，他故作高声地追问："碗很大吗？少给我放些粉，多了我吃不了。"

看服务员站在那并没马上离开，又快速道："来个凉菜吧，你挑。"

她低头打量菜单，发现一小盘白菜海蜇都不便宜，忙打开另一本鲁菜菜系的菜单。

看到菠菜花生米的图片,她说这个不错嘛。

服务员正待落笔,他打住道:"大拌菜吧!"

她扫了一眼,好吃不好吃在其次,至少比菠菜花生米便宜5块。

"菠菜花生米不要了吗?"服务员有些故意似的问。

"不要了!"他径直答复,看也没看她一眼。她微笑着垂眼专注地喝着那免费的白开水。她知道,她没有生气的权利和必要。只是脑海里仍浮现出他第一次约她去郊外骑行的一幕:坐在白杨树林里,小溪边,他一边用铝饭盒煮方便面荷包蛋给她吃,一边发誓说未来带她吃遍天下美食。

米粉上来了。没几根,淹没在一碗清汤寡水中。

邻桌仍在津津有味地吃喝着说笑着。听不懂。即使远离家乡,她却感觉他们的天伦之乐是那么踏实切近,让她陡然心酸。

假装轻松,假装不介意。她用手机给两大碗米粉拍照,他正低头喝汤的脸也入镜了。

十分钟不到六点。他们已经结束了晚餐走出来。

是有些愧疚?他主动请她找个酒吧喝一杯。坐定,他先声明自己不喝酒精饮品。"那你约后海干吗?"一个声音又在挠着她的神经。那因客人寥寥显得无聊和不耐烦的白胖服务员眼里似乎也有同样的问号。

她点了长岛冰茶。他要了柚子茶。

她的冰茶像喝可乐,似乎没放一滴朗姆酒。他的则是漱口杯大小的瓷杯,里面一片柚子兑白开水。

有一对年轻人在台上弹吉他唱歌。仍是乡村卡拉OK厅的布置,仍是寥寥的客人。

"先付酒水费。140元!"服务员冷声道。

"我来。"他似乎还期待她会抢单,有些过于主动地侧身掏钱包。她略微愣了一下,随即换上若无其事的神态。

走到地铁站,道别离开。

两天后她收到他二姐的问候。两个女人自她谈恋爱时起就惺惺相惜,虽生活轨迹不同,却有个共同点——都不为他的母亲所喜欢。

她发了那两碗米粉的照片过去。半夜,二姐回复:他真抠门儿!

她无语,只回复一个笑脸。手里摩挲着那枚心形的珊瑚项链坠,泪水仍是流了下来。那是当年读大三的他省吃俭用攒钱买给她的第一份礼物。

爱情过后,剩下的情分之薄,也不过一碗米粉。她欣慰自己知道得不晚。

下辑 等雨去往彼岸

与鳄梨有关的日子

1

初尝鳄梨,是十年前。在当时的我眼里,它简约如艺术品一般的姿色远胜于作为食物的口感。

然而后来,我由衷地爱上了它。

那个春天,闷在空中十二个小时后,在灰黄如雾的暮色中,我生平第一次从北京降落在洛杉矶。从机场往市里赶,这个我要工作生活四年的地方有些令人失望。在高速上往两侧望去,一切都显得那么萧条单调,低矮的建筑,老旧的电线杆,触目惊心的涂鸦。有首歌叫《南加州从来不下雨》,是由于气候干旱吗?一切似乎都缺乏生机,不多的绿色都来自那光秃笔直的棕榈树,象征性地在头上顶着些扇形叶片。

人到了公寓,心仍像在飞机上悬着一般空落落的,我决定去楼下的超市逛逛。同事告诉我过了街有三个超市,针对不同族裔的饮食习惯：美国的、韩国的、墨西哥的。因为都不大，我每个都走了一圈，发现一种奇怪的水果不水果、蔬菜不蔬菜的东西，而且像土豆西红柿一样散乱地堆在那儿，显然是家常食材。那东西长得形状像梨，皮或绿或青或棕（后来我还看到茄子紫的），标签上写着：avocado。原来这就是大名鼎鼎的鳄梨，中国人通俗的叫法是牛油果，我猜原因可能和鸡油菌的得名相似，都因其色泽接近鸡油或牛油。当然，似牛油的并非这果子的外皮，而是果肉。那外皮则更适合鳄梨这个西方也叫的名字：alligator pear——有着鳄鱼皮的梨。鳄梨这个名字我之前还是听说过的，缘于某种护手霜，据说是加了鳄梨油。

看到有几个人仔细又在行地挑着选着，我好奇地问一位貌似和善的韩国老太太这挑选的诀窍。"这个太硬，不熟，不好。这个太软，烂了，不好。不硬不软的这个，非常好！"她的英语显然有限，口音极重却尽力地想帮助我，旁边两位小男孩可能是她的孙辈，嘻嘻地笑着他们祖母的韩式英语。那一带是韩国城，我估计老太太平时基本说韩语。

可能是怕我理解有误，老太太仗义地把她挑好放进塑料袋里的两个递给我。99美分1个。

回到公寓便迫不及待地切开一个。像许多次切开水果时我都会被惊艳到一样，这鳄梨的外形是那么富有艺术美感——它让我联想到切开的一枚带壳的煮鸡蛋，只不过蛋白部分是乳黄色的果肉,蛋黄部分是黑褐色的圆润饱满的果核。而那将这一切包围起来的一圈深色的线条就是果皮(或蛋壳)。

用小勺轻挖下去,其质地丝滑细腻如黄油,放入口中品味,却远没看起来那么诱人。它既没水果或甜或酸让味蕾与内心俱满足的滋味,也没蔬菜那似乎与生俱来的植物的芬芳。没错,像对待一勺冰激凌一样细细咂摸,它确实有一股若有似无的清爽,可很快,口中便有一种肥腻之感,是肥油和肥皂混在一起的可疑。你要立在那儿愣几秒,理性地调动大脑功能,告诉自己这是特别健康、特别受欢迎的鳄梨,继而,你咽下这一口,身体直接给大脑的反馈是,你确定吞下的是食物?

"太便宜了,才一美元一个,国内都十几二十块,还没什么供你软硬拿捏的可能!"北京的一位姐姐是健康美食达人,说她现在吃上瘾了,一天没吃就感觉自己没完成养生任务。"我看电视上采访吕丽萍,那皮肤好得跟演葛玲时一样。她的护肤秘诀就是吃水果,尤其是牛油果,撒一点盐。你试试!"

加了盐确实有了咸味,却仍让人没太多食欲。

2

不久我去公寓附近的一所韩国人开的大学读夜间英语班。这所只有几间教室的国际英语学校被一些当地人称为"野鸡大学"：目标人群是那些想以学生身份在美国逗留的外国人。一百多美元一小时课，注册一两个学期，至少可以保留学生签证。而且晚上授课，方便学生们白天去打工。

我参加的那个高级班有十个学生，来自九个国家，除了一位俄罗斯女孩，其他全是黑人和亚裔人。他们都很年轻、安静，眼神像长着没有根的水草一般飘忽。

几位老师也是穷人，一位黑白混色的女士超胖，总穿着袒胸露背的肥大花裙子，立在那儿，像撑着一个待晾干的小蚊帐。一位有着金色短卷发的白男人，自豪地说他只在99美分店买衣服鞋袜："傻子才会去梅西百货公司花冤枉钱。"

那天晚上我们正稀稀拉拉地坐在教室，有些无趣地继续纠缠已经讲了好几课的中国初中学生的语法。一个纤瘦的女孩面无表情地走进来，肩上挎着缀着长流苏的包，手里端着一个大锡箔纸盒子。"你好，千子，那部电影拍完啦？我想你了。"卷毛老师像被打了鸡血般兴奋起来，与其说是因为来了学生，倒不如说是因为来了吃的。他一边嗅着纸盒里那蒜香味的烤面包，一边在衣襟上搓着两只红手。

后来我才知道千子是日本人，在这里已经上了一年半的课。单身的她从不谈自己的家人，却举着手机轮番让人看她的宝宝——从日本转机带来的那只名叫本杰明的黑猫。她没有全职工作，为了糊口四处接一些化妆类的活，从为新娘化妆盘头到鬼片里青面獠牙的怪物，她都化。一小时五美元，因为没有身份，比加州规定的最低工资要便宜一半儿多。但即便如此，有活干就值得庆祝，即使不能来上课。

她坐在我对面，手背上几道黑色印第安纹饰让人不解其意，但衬着她细瘦的骨节和细腻的黄皮肤，透着几分神秘。与人交谈时，她的单眼皮下狭长的眼睛总是略带吃惊地瞪视着别人，有着因熬夜或吸烟过多的眼袋，扬起眉毛时便有明显的抬头纹，有几分风尘感。

千子人缘不错，因为时不时总带些吃食来。那天除了蒜香烤面包，她还带来了一小玻璃盒切成厚片的鳄梨和十来把一次性塑料小叉。早就饿得没精打采的老师第一个上前拿起一块面包，叉起两片那黄中带绿的鳄梨就要放上去。"稍等，你蘸一下这个。"说着千子又变魔术一般把一个小瓷盒打开，里面是调好的芥末与生抽汁。看着老师一边大嚼一边赞不绝口，我也如法炮制尝了一口。果然美味，那简单的料汁似乎给本来淡而无味的果肉注入了灵魂，丰腴而鲜美，大有吃生鱼片之感。

从此，这吃法就成了我的不二选择。我相信鳄梨在许多美国家庭都和西红柿一样是常备之物，不仅因为它是所谓健康食物，还因为它真是超级不贵。99美分三个在许多食品店是常有的事。我好奇地在网上搜索这食材，惊讶地发现居然在地球上已存在了上百万年。它在全世界每年的产量竟达720万吨，有

230万吨产自墨西哥（在其中一个名为科克斯卡特兰的山洞里，考古学家发现了一粒果核，那是迄今为止最老的鳄梨物证——9000年至10000年之前），而墨西哥76%的鳄梨都免税出口到它的近邻美国。所以位于美墨边界的加州更是近水楼台享受着远低于东部城市如纽约、波士顿的价格。

3

我从没想到在洛杉矶生活的一大不便是理发——西方人的发廊倒是不少，是因为中国人发质偏硬吗？尝试了几家写着男女不限的理发店，每次都抱着碰运气的心情前往，顶着让我哭笑不得的头发离开。一位华人朋友给我介绍了小胡和他在华人区蒙特利公园市的理发小店。那店真像一只小麻雀，只有两张椅子，一帘之隔还兼作他们夫妇的卧室。洗发的两个水池子旁边有一个小却干净的灶台，算是厨房。二人来自东北，靠这小小理发店谋生已经三年了，顾客自然多是华人。小胡长得像费玉清，留着精心打理的蓬松及肩发型，只不过他眼睛更大，透着良善。他太太小敏长得很壮实，来之前是某个乡村中学老师。小胡的手艺很合我的心意，且收费低廉（别人都收25美元，他只收20美元）。一来二去，我跟他们熟悉了，几乎每个月都去光顾。有时头发并不长，却也宁愿开半小时车过去，给他们带点黑木耳或香菇之类的食材。坐在那儿有一搭没一搭地聊一会儿，看着金发碧眼的洋人从窗外走过，他们那东北味的乡音让我感觉离中国好像并不远。

有一天在我前面临时来了一个新客户，给我理完已是中午的饭点。我看到那张在屋角支起的小餐桌上是小敏准备的午饭：一砂锅白菜粉条，有几个丸子顶在上面；一小碟淡绿色的糊状。

"今天牛油果又打折了？"小胡边清理着地上的碎头发边问。

"没有。就买了两个。"小敏正往桌前摆放两张小板凳。"又不是不吃不行，干吗不等便宜了再买。"小胡侧过脸看了太太一眼，口气却并不重。

我知道他们在老家有个准备高考的女儿，跟着小胡父母住。未来把孩子接过来是他们最大的心愿。

我看小敏受了责备脸色有些灰暗，便找话问他们可习惯这洋食材的味道。

"拌白糖当甜点吃，老好啦！比放盐强。"小敏舀起一勺伸给我让我尝尝，我谢绝了，说回家也试试。

放盐、放糖我都试过后，还是执拗地钟情千子的芥末与生抽的搭配。

4

在洛杉矶的第一个圣诞节，我接到了卢克和他太太米米的圣诞前夜晚餐邀请。年过七旬的卢克是已故著名女作家谢冰莹的儿子，个子不高，精瘦挺拔，没有一点儿老年人的臃肿与疲态。在一位国内文友的引荐下，我刚到洛杉矶不久他便从海边开车一个小时去我的公寓相见。棕黑相间的格子棉布衬衫，整齐地掖进洗得发白的牛仔裤里，很短但浓密的灰白头发像个精神的小帽盔，熨帖尽责地盖在头顶。尤其让人舒服的是他脸上那谦逊而安静的微笑，露出一口极整齐密实的白牙，像牙医广告招牌上的那样完美。我们立在我公寓楼下街边互相打量了半分钟，像确认过眼神的久别重逢的故友，不用多说话就默默地把对方放上了值得信赖名单。

那晚我不仅得到了卢克签名的谢冰莹代表作《一个女兵的自传》，还吃到了他一手调制的地道墨西哥风味的鳄梨酱：把鳄梨打成酱状，撒入盐、柠檬汁、洋葱碎丁、香菜末儿，搅拌均匀即可。"你用这玉米脆片挑着吃。这是最正宗的鳄梨的吃法。当然，南美人也用它加糖和奶油做冰激凌甜品。"卢克不是个话密的人，好听的普通话字正腔圆。米米还传授给我一个让生鳄梨变熟的小窍门：用纸包起来，在室温下放几天，再硬得像石头的果实都会逐渐变软，趁它捏起来还有弹性时赶紧食用。米米来自台湾，有点嗲的口音让她听起来永远像个小女生："要多吃这个哦，尤其对咱们女人皮肤好哪！"

我后来读到美国一期科学杂志就鳄梨的营养成分做过的分析：鳄梨肉含有73%的水、15%的脂肪、9%的碳水化合物和2%的蛋白质。100克的鳄梨含有160卡路里和超过每日所需20%的多种B族维生素、维生素K，适量（10%~19%）的维生素C、维生素E和钾。鳄梨还含有植物甾醇和类胡萝卜素，如叶黄素和玉米黄质。

但是文尾又说，鳄梨富含健康脂肪，但它们仍然是脂肪，如果食用过量，很快就会成为高热量食物。一些鳄梨酱的食谱中也含有过量的盐，会导致钠摄入过多。

无论如何，这奇葩的鳄梨就成了我餐桌上隔三岔五的新欢。

5

公寓的阳台不大，每天都有灿烂的加州阳光带着笑容来访，像从不爽约的老友。某天早晨我走进阳台，惊喜地发现那株卢克送我的美洲昙花居然盛放了。不同于中国昙花的洁白，这白天开的昙花是桃红。如果说前者美得像不施脂粉的少女，这后者则是风姿绰约的丽人。卢克喜欢种花种菜，后园里这株昙花已经与他相伴十余载。他看我不停地围着那挂着十几朵花的植物拍照，微笑着没说什么。不久，他选健壮的剪了几枝，扦插生根后开车一小时给我送了过来。没想到它真开了。

我正给这昙花拍照打算发给卢克，忽然发现旁边那小盆多肉植物里居然冒出一棵小苗，直直的绿色小树干和火柴棍差不多粗细，却很有股不卑不亢的力道，头上顶着两个椭圆形叶片。正在疑惑打量间，猛然明白那是前些日子顺手塞进花盆土里的一枚鳄梨核发芽了！

这小苗的生命力之旺让我瞠目——只几个月就高过了我的小腿。移栽到前租户留下的大陶盆里后，似乎为了回报我的关心，它像正在发育的孩子一样，粗茶淡饭也挡不住抽个子长身体——清水、阳光、一盆土，是它需要的全部。我忽然对这小树心生无限爱意，因为它的谦卑不挑剔，因为它对有机会活成一棵树的珍惜。

一年后，那小树头上碧绿的叶片已经顶到了阳台粗糙的天花板。我试着打尖，剪掉一截。很快看到了斜生出来的两个旁枝。它仍是挺拔昂扬的，生长，生长，像个不知愁苦为何物的少年。"从成熟的树上剪枝扦插的鳄梨，3年至5年就可以结果。如果从果核萌芽而来，就需要等7年至10年。"公寓的墨西哥园丁的话让我小有失望，显然等不到那梨形果实挂在枝头，我就要结束工作回国了。

临走，我把那已经有小擀面杖粗的树送给了小胡夫妇。他们已经按揭买了一个带院子的平房。

回到北京，我看到售卖的鳄梨往往是在水果店里而非菜市场，一枚枚摆放在纸盒里俨然是尊贵的稀罕物种，紧缺时竟然30元一枚。网上不时有专家为鳄梨叫好：富含大量的不饱和脂肪酸，可美容养颜、改善发质、防止便秘。也有粉丝几十万的网红跳出来，澄清惊天大案一般义正词严地宣布："鳄梨既难吃又贵，还比牛羊肉含更多脂肪，百害无一益。之所以成为热销品，完全是墨西哥产地的成功促销。"更有甚者说，鳄梨产业链之所以强大，是因为在黑社会的控制之下："跟果农收保护费比贩毒收入还高。"

是因为跨洋运输让果实不再新鲜吗？在北京吃到的鳄梨确实不如在美国买到的可口。偶尔路过看到了，我会拿起一枚轻握在手，打量着它，不由得想，这在地球上经历了数万年风霜严寒仍存活至今的果子，这从原始洞穴的火堆旁飞身到智能楼宇的餐桌旁的小果，听到人类可笑的褒贬，如果可以开口说话，会说啥？

我那棵由果核变成的小树，算算，也该挂果当母亲了吧？

我怀念与鳄梨有关的日子和散落天涯的朋友们。

真 珠

1

白花花的太阳烤沸了一个盐池，又突然把它打翻在地。正午，踩着这刺目的白盐，我领着一臂流血的韩国女孩，急匆匆前往从未造访过的邻居塞斯家，去向他的猫兴师问罪。

这一幕，似乎只应在梦里出现。

"我觉得没事的，贴个创可贴就好了。"她不愧叫真珠，36岁了仍单纯如少女。像电视剧中的韩国女子，漂染成黄褐色的一头直发，披在单薄的肩上。趿着平底凉鞋，一手用纸巾压着手腕，一脸笑容，她没事人儿似的被我拽着往前走。

"不行，必须得问清楚，看这猫是不是打了狂犬病疫苗。"被猫咬伤的似乎是我，一脸忧戚。一个上门来传教的陌生女子，在我的后院被邻居家的猫连咬带抓多处流血，谁究竟该负责任呢？我脑子里浮现出的是那有名的秀——*American*

Justice（《美国司法》）中法官现场断案的画面。

"要是它没打疫苗，我可能会怎么样？"

"你可能会死。"

"真的啊！？"

"拿出你的手机，咱俩同时在网上查，看该怎么办！"

美利坚的大地上，两个原本互不相识的亚裔女子站在一户人家的树荫下，低头用手机上网搜索。尽管有数据显示，美国近年来死于狂犬病的人非常罕见，由20世纪70年代的年均一百多人下降为全国每年只有二例。我脑子里是不久前刚在微信上看到的一则令人心惊的新闻：一个中国男大学生莫名其妙死在医院里，都没来得及跟父母见上一面，只因为几个月前他在路上被一条流浪狗咬了一口。

人命关天啊！何况是上帝见证人的命。我只觉得自己口干舌燥，好像被咬的是我。

厨房的水龙头下，抓着那细瘦的胳膊，我先用水哗啦啦冲，又把香皂按上去搓，冲净泡沫，再用两个拇指的指甲挤，直到几处伤口再有血流出来。有时，我又幻觉般感觉自己在洗着一节藕准备晚饭。

塞斯家门紧闭，我又是摁铃又是敲门，没人应。折回家路上遇到塞斯的近邻，我认出是以前做小学老师现在专职在家带四个女儿的贝蒂。某次我和杰伊曾特意前往她家打听她家的凉棚是找谁修建的,很热情的她给我印象极好,虽然我有点吃惊她的四个女儿居然都不去上学,而全在家接受她的教育。

"塞斯是个火车司机,晚上出去上班,估计现在补觉呢,敲门也听不见。两点钟他太太会从学校接孩子放学,我会把信息转达给他们。"贝蒂刚从外面回来,戴着墨镜,我看不到她眼睛的表情,对着那两块黑镜片道了谢,我们再花五分钟走回家。

JinJoo是她的英文芳名,来自韩语音译,写法和汉字很接近:真珠。

洛杉矶的民宅和大多数美国住宅一样,不像带栅栏或院墙的后院,草坪和花卉装点的前院是敞开式的,就这让一些上门推销的人有了敲门入室的机会。

让我逐渐习惯的是,这些敲门者多数并非推销产品或商业保险的,反而是各种宗教组织居多。也不单独行动,往往两人或三人结伴而来。面带微笑,客气有礼。

姑娘小伙,满脸的胶原蛋白,一身的青春活力,那是传播摩门教的学生。据说挨家串户传教两年者,就有教会为他们支付大学学费。从他们手里,我得到一本汉语版的摩门教圣经。

真珠,就是这样敲门走近我的圣经使者。她的门派是耶和华见证人。

那是个周五的上午,隔窗看到马路对面两个女子正在敲我亚美尼亚邻居家的门，无人应。假装没人在家，我估计那是英语不灵的特蕾莎对敲门者的基本策略。

她们离开，继续到下一家试运气，那个亚裔面孔的女子还不时扭回头张望，大概是不甘心，想看刚才没人应的人家是否又开了门。

说实话，我对这些人是又敬又躲。他们的执着精神着实可嘉，在极看重隐私的美国，要敲门近前是需要莫大勇气的，甚至要冒生命危险，因为在许多州但凡陌生人未请自至，戒备的主人可以用枪支自我保护；可能人类对主动上门的一切服务都有些本能的防范，打着为你好的名义纠缠不休，从保险推销员到房产中介，即使看似没有任何物质利益可得的宗教活动，他们不洗劫你的钱包，却有可能更狠毒，直接为你洗脑！

所以本来打算开门到前院浇花的我立即收住了脚步。过了半小时，我想应该消停了，打开门，人还在走廊，就被逮个正着。原来人家在对街挨个清理完门户，现在轮到马路对面的我们。

"我知道你可能不欢迎我们，我也不想耽误你的时间，但我还是想把这个小册子送给你。"说话的是清瘦的一个亚裔女子，30岁不到的样子，一脸真诚让我都不好意思拒绝。旁边身形壮实的那位女子是个非洲裔女孩，可能被拒绝过太多次，打量着我，她的眼神有些审视不决。

我不置可否地浇着花，拿不定该如何反应，只问："你们也是摩门教的吗？前些天已经来过几次了。"

"我们是耶和华见证人。大家都是信上帝的，你知道我们教派的最大区别吗？就是我们一切以圣经为依据。你知道吗，上帝是真正的神，可许多教派都不提他的名字，只崇拜基督，那是不对的。甚至我们都不提倡真正的信徒去教堂，因为圣经里写得清楚，天父耶和华根本就不允许人们对着偶像崇拜他……"这位自信地侃侃而谈的女子就是真珠。

2

细打量，我发现她清澈而直率的眼神和精致的五官竟有些像王菲，只不过小一号，只不过没有王菲冷，反而不时微笑着。

"中国人？"她突然用中文问我。

我有些意外地点头。

"我是韩国人。我姐曾去中国台湾学习过两年，中文很好。她偶尔教我一点。我只会几句中文。"她似乎很兴奋，可能在这片白人区看到一个亚裔面孔令她亲近。

说着从包里拿出一份中文版的小册子，显然，这是她们教堂的内刊。

我说今天很忙，抱歉不能听她们讲经，但我会看一下这小册子。她们高兴地道别离开了。

随手将那册子放在茶几上。下班回家的杰伊听我说了经过，微笑道："你知道在美国许多基督徒都不喜欢耶和华见证人，倒不是说他们是邪教，只不过不是主流教派。他们传教的方式就是挨户敲门传播上帝福音。"怕我多虑，他又说："不管别人怎么看，你应该多认识些朋友。"

一周后，真珠又微笑着敲门了。

不好意思总说没时间，我俩坐在前廊的椅子上聊了起来。开始，一切都无关上帝，只是她的来历。

"我嫁到美国来的！说来不可思议，我先生四年前和朋友去首尔旅游，很偶然见到我，听说我是很虔诚的耶和华见证人，他特别兴奋，虽然一东一西，我们却有着相同的信仰。短短的两周时间，我们像上辈子就认识一样。我大学时读的英语专业，当时正在小学教英语，所以语言也没有丝毫障碍。我妈也喜欢他，说他居然很像我父亲年轻时的样子，不可能对吗？我给你看照片！"

那手机上是一个英俊的年轻男子的黑白半身照，真珠早就去世了的父亲。然后是一个西方小伙儿帅气的生活照。同样的脸型和好看的五官，别说，还真有点像。

"在韩国时，他突然得了阑尾炎，是我带他找医生做的切除手术。他回国后我们就不断通邮件打电话，很快我到美国来看他，我们结婚了。几个月后，我就拿到了绿卡。我们约好，这辈子不要孩子，一心奉主。"

我对韩国人一向心存好感，也许因为刚到美国，一连四年都住在洛杉矶的韩国城，同一个公寓的邻居们也多是韩国人。在电梯里总有面容和善笑容淳朴的韩国大妈打招呼："阿尼哈萨哟（你好）！"不少人把我当成同胞。"我们长得很像哦。"待我解释说我是中国人时，他们的笑容更豪爽了。

爽朗快乐的真珠让我尤其产生好感的，还是她的诚实不防范。随口问起她先生是否对上帝也如此虔诚，她不住点头，并直言不讳地自暴隐私。

"我先生是爱尔兰裔，姓波依斯，他现在拥有的一切都来自上帝。长话短说，我先生自小父母离异，十来岁的时候母亲带他改嫁。继父家的几个男孩都比他年长，无一例外都有吸毒的恶习。想买毒品，就支使他跑腿，因为年龄小，被警察抓到也不会重责。自然，他也跟着吸起来。17岁的时候，他还是被逮捕判刑了，三年！他当时一片混乱，他感觉这个家里没有一个人真正爱他，几次想自杀都没成功。在牢里待到二年半的时候，某天他生父，也是一位耶和华见证人，住在东海岸，终于听到儿子坐牢的消息去探监，什么也没带，手里就一本《圣经》。说如果波依斯想找到真正爱他的人，就读一读。

他这浪子哪儿可能读圣经？可在牢里实在没事可做，便信手翻起来，没想到一看就收不住了。许多章节让他掉眼泪，许多话好像上帝就是说给他听的。

出狱后，他开始为生父的游泳池生意打工，健身、干活儿，再没沾过毒品。几年前，又离开父亲公司开始单干，仍做泳池生意，现在很稳定，还雇了两个墨西哥人做帮手。我们买了个汽车房，虽然不像真正的住宅一样气派，可我们收拾得很温馨……

这一切惊人的变化，没有上帝的神奇护佑，怎么可能发生？包括我们俩的偶然相遇，更是上帝慈悲的神迹。"

我开始喜欢她，小小一粒，珍珠一般的女子。

于是，当一周后真珠再次敲门的时候，我开门请她坐在了客厅里。

再来，她似乎想感谢我的真诚迎候，特意带了个韩国布艺小手包当礼物。她穿着总是简单而不简陋，从没有贵重衣物，却因为用心且有品位，便宜的衣服非常得体而好看。"有衣遮体，有饭饱腹就足够了。人类总妥协于自己的欲望，而活得背离生存的本质，所以许多人很累。"即使说到人性之弱点，她亦总是和悦地微笑着，澄澈的眼神中又难掩遗憾和悲悯。

我把她当成了懂《圣经》的知心姐姐，虽然她比我小十几岁。把我这个异教徒心中这些年有关上帝和圣经的所有疑惑都一股脑儿抛给她解答——

上帝如果万能，为什么让世上总有罪恶和苦难？

既然基督复活了，为什么他不继续待在人间施以神迹，而任世界继续有战争、饥荒和难民？

一个从不知道上帝存在的善良的人，有可能进天堂吗？

未来人类的希望真的来自上帝吗？那些已经死去的人们呢，将来，如果真的上帝的王国来临，如何来论他们的对与错？

在你眼中，信徒有多少人是真正符合上帝旨意，拥有正确信仰的呢？

……

看得出，眼神发亮、满脸愉悦的她很享受我们之间的问答。认真地聆听，自信地微笑着，真诚地望着我，像老师面对无知小学生一般的包容，每个问题都如庖丁解牛游刃有余，同时还极快速准确地在Ipad上找出《圣经》原句，那里有十七个版本的语言可随时切换。

"不是我说的哦，是《圣经》里写的。"她很自信，却一点也不自以为是。

如果要评选一个优秀的耶和华见证人，我一定会投她一票。引经据典，妙语连珠，又让人感觉轻松愉快。更重要的是，她有时候完全颠覆了我从教堂道听途说来的一些所谓信仰。

她不提倡捐十一税。"《圣经》只让人们在有能力的时候，做一个愉快的捐赠者。一个寡妇捐了两分钱，可基督说她最虔诚，相比于那些捐了十块钱的富人，她捐出的是她的所有，而那些富人捐出的只是余钱。"

她悲悯许多所谓信徒只是盲眼人一般，跟着大溜去教堂，根本没有明白《圣经》的真谛。"为什么只有14.4万人最后能进天堂？上帝早告诫过人类，你要走窄门，不要从众。为什么许多人嚷着自己的祈祷没有回应？你以为只是动动嘴就希望上帝呵护你？许多人说归说，做归做。为钱而活着，为名利而活着，为身体而活着，根本没有按上帝的旨意行动。"

她认为人间的一切都是暂时的虚幻的（让我想到佛家同样的观点，世间本就是幻觉，你我都是过客。如出一辙），她自我感觉是如此富足，因为她在朝着光明的未来迈进。现在世道很差，为什么？这是撒旦在显示他最后的力量。是黎明前的黑暗。很快我们就要迎来上帝的王国。就像天上的政府，要取代地球上所有的政府，使上帝的旨意在天上和地上实现。人人和睦相处，满足人的一切需要，像当初的伊甸园一样美好。

坐在后院的廊子下，我听着，似乎也跟着心情飞扬起来。连邻居的大肥猫杰克跳上了板凳也没赶它。

真珠则爱心大发，爱屋及乌，用手去抚摸杰克。

"你好像不怎么喜欢它哦?"看我避嫌的样子,她有些好奇地问。

我不是不喜欢杰克,还真是有些怕它。它一副老谋深算、洞察一切的眼神,让我和家里的猫火球都有些发怵。

它是出生在本地的土著。晚上睡在主人塞斯家的车库里,白天则从那总开着一条缝的车库门下自由出入,翻墙越门、飞檐走壁,像个巡逻队员一样,走东家串西家如入无人之境。刚搬过来的不久,某天我正在院里的大树下做瑜伽,一侧脸,发现这肥猫正趴在墙头上不动声色不怀好意地望着我。我顿时打了个激灵,再也没心思深呼吸了,早早卷了垫子回屋。

它从不拿自己当外人,后院的窗台、桌子,火球从不涉足的地方,它随时都跳上去。有时还把怀孕了一般的胖身子从那极窄的纱门硬挤进屋,大摇大摆去吃火球猫盆里的干粮。看火球发出示威的怒吼,它冷眼打量一眼,一个箭步冲上去,按住瘦小的火球就开撕,眼里全是杀气。即使我气急败坏地发挥人类的淫威把它赶出去,跳墙离去前,它仍威风不减,舔着胡子上沾着的猫粮,不慌不忙,扭头望我一眼,像个打了胜仗的将军。

像往常一样,杰克想进屋去不得,抬起熊掌一般的胖爪子开始用力挠推拉门上的铁丝网,上面已经被它挠出了好些洞。我断喝让它停,它哪里肯听?那刺耳的趾甲剐蹭铁丝的声音让一门之隔的火球胆战心惊一路后退。

真珠可能不想让这美妙的"韩国天使答中国记者问"被肥猫打断,起身去拍杰克的胖身子,只听"噢"的一声,她裸露的手臂上顿时几个鲜红的牙印,再翻转,两道长长的抓痕更是鲜血直流!

杰克!

我恶从胆边生,快步走到花园拔起根当花架的竹竿,冲这小贼挥舞着,它不仅不心虚逃窜,居然还冲我张嘴露出两颗大獠牙,发出呲呲的示威声。

这一幕让我又吓又怕,还又担心着正流血的真珠。连上帝的见证人都敢咬,可见这厮下辈子也不会托生成人。

好在杰克最终在两个女人的叫声中晃着拖地的胖肚子逃离现场。

我们则在大太阳底下去找它主人,还寻他不遇。唉!

3

与我的焦虑相比,真珠反倒一脸轻松。本来白净的前臂多了三条创可贴,还有几条红肿的爪痕。

我赞她皮肤好,看不出已经36岁。

"我每周都用黄瓜切片敷脸,我先生和他妈也跟着敷。黄瓜是pH中性的蔬果,非常好。下次,我送你一个切片器,韩国超市有卖,一块钱一个,很便宜。"她的快人快语和侠义心肠让我想到年轻时的自己。

看表,已经一点钟。她似乎既没倦意也没饿意。在我提议下,每人吃了一块她带给我的巧克力派。"韩国产的。"她特意声明。生活在美国四年了,她似乎很恋旧,许多东西都是韩国产,防紫外线伞、蛇油霜、护发素,甚至还去扎针灸。"你们中国人开的,不错,我每周去一次,因为走保险,我才自付十块钱。我不能做太剧烈的运动,还是感觉咱亚洲女人更精致。那些美国女人,身体粗壮,有的像男人哈。"这些话不时引得我哈哈大笑。

"对,我们说到通灵,《圣经》怎么看……"挂了彩也不下火线,反而提示我继续刚才的话题。

占星术、塔罗牌,在美国确实有些人以此作为通向未来的神秘之门,东方各国包括我们中国,更是不乏各类巫术。"《圣经》告诉我们,上帝在创造地球之前创造了亿万灵体,也就是天使。顺从,或反叛,他让天使有选择的自由。有些选择离开天上的岗位,来到地上制造灾祸,结果,暴行遍及全地。邪恶的力量还滥用法力,利用人们的好奇心来迷惑他们,给他们超自然的占卜能力。所谓的通灵和超能力,在背后实际隐藏着邪恶的天使,他们弄瞎人的心目,使人无法认识上帝的真理。"

一眨眼已是两点半了,我知道真珠还有三点钟的约会,对方是一个正读中学的美国女生,便起身催促她离开。

我折回厨房准备烧水喝,才发现水池边有两枚银戒指,纤细,别致,一枚是橄榄枝,一枚是一串心。是真珠的,刚才让我为她冲洗伤口时摘下来的。

怕她着急,知道她在开车,仍是打给她。

十分钟后,她赶回来了。

我边烧水边问她是否愿意跟我一起吃几个饺子。

她欣然同意,说一般她十一点来见我后,会找个地方吃点东西,再去下一家。

"火鸡肉馅?比猪肉牛肉健康,很好!我先生自从跟我结婚,减了二十磅,我煮韩国菜,比如炖海带,很减油脂哦……美国人吃得太不健康了,那些孩子一个个都胖得像杰克,我好同情他们。"我们大笑起来。我突然发现,自从客居这美国小城以来,我已经很久没这么开怀大笑了。

一人一小碟,我倒进醋和生抽,她又倒一点水进去,说她口味清淡,美国似乎什么都是浓缩的,很重口味。

"我真的很享受跟你交谈,即使你不信上帝。你是一个有精神追求的人,不像一些美国人,他们有吃有喝,有房有车,除了上班挣钱,就是物质享受。你是一个思考者!"她丝毫不掩饰自己的感受。

想到她总送我小礼物，又一趟趟义务跑上门来花时间跟我聊圣经，中国人向来知恩图报，我拿出一个贴着银片的袖珍木十字架送她。

我却意外遭遇平生第一次送礼物被拒绝。

"我感激你的好心，但我不能收这十字架。你知道吗？许多人不明就里，脖子上挂着十字架项链，去有十字架的教堂忏悔。其实这都是对上帝的误解。上帝处死了一千个信徒，就因为他召摩西在山上谈话时，信众打造了一个金饰来当成上帝膜拜。有人以为耶稣是被钉死在十字架上的，所以这是纪念他的符号，这也是误解。耶稣是死在一根木头上的，并非十字架。将来，我会跟你细说许多被以讹传讹的基本信息……"

她起身道谢离开。瘦削的身子似乎蕴藏着无穷的能量和勇气。正如她所说："我们需要很多勇气，敲门，好简单的动作。可对有些人来说，永远抬不起手。我当然也受到过白眼，尤其是那些金发女人，她们傲慢的眼神开始让我有些不舒服。甚至有人会威胁，看我常去敲门，声明要报警。有时候我先生不忙，会跟我一起去挨户散发资料。其实，对那些敌意，我现在更多的是为他们遗憾，甚至可怜，因为他们失去了接近真理和美好的机会……"

当晚八点半，在又扑了两次空之后，终于我和杰伊敲开了塞斯家的门。

"我很抱歉你的朋友被杰克伤到,这以前还真从未发生过。可能它受到惊吓了。在三个月前我又带它去注射了狂犬疫苗,猫类是三年一次。不给宠物打疫苗是违法的。好像,美国很少听到说有谁得狂犬病了……"塞斯,和他的宠物相比,是个精瘦的帅哥,像梵高一样右耳朵上裹着一层厚厚的纱布,倚门而立,说他刚被查出耳朵上患了皮肤癌。"你知道,加州阳光很毒,我曾一度痴迷冲浪。"

我看到杰克探出了胖脑袋。塞斯的儿子,一个圆头圆脑的小男孩跑过来从地上捞起杰克,还用脸亲昵地蹭着它的脖子。七八岁的小家伙有些不安地望着我们。也真是祸不单行,猫抓了人,爸爸得了癌。我有些同情地打量着他,那怀里的杰克好像也不那么可恶了。

赶紧回家给真珠打电话。只响了两声她就接听了。

"这下放心吧,杰克是安全的。你一点儿不担心,是不是知道你是被上帝保佑的?"我逗她。

几天前看到一篇文章,梵蒂冈的现任神父弗朗西斯说,做个无神论者,强于当个虚伪的天主教徒。

萨特说他之所以不信上帝,是因为他从小见识了道貌岸然的人们在走出教堂后的本来面目。

我相信,真珠即使不信教,也会是个善良温婉的女子。信主，似乎让她更加有依靠有力量去身体力行，做一个传播善良的使者。上帝，也许在云端看到了她。也许，在14.4万个进入天堂的信徒里，会给她留一个位子。

我把这个念头告诉她，没想到她大笑着说："那是不可能的。我只是主的善行见证人，哪敢祈求那么多。如果，我能拥有一个平静、快乐的永生，那就没有枉修了此生。"

"你怎么可以和一个耶和华见证人成朋友，还定期去你家里，天哪！"年过八旬的好莱坞华裔电影明星周采芹是我的忘年知己，听到我跟她说起真珠却大感不解甚至大声质疑我。"你是那么有思想的知识分子，怎么也受美国人的影响开始接受宗教洗脑？几千年来，世界上那么多在以信奉上帝的名义下发起的杀戮和争战还少吗？"

一位我认识了多年的美国朋友，年过六旬的大学教授约翰是虔诚的天主教徒，年轻时离婚两次，至今单身多年的他因为风度翩翩，一直不乏多金美貌的老年妇女青睐。可他的首要过滤器就是宗教信仰：非天主教徒免谈。

在我请教他对于耶和华见证人的看法时却似乎比采芹开明得多："那是个比较教条的信众派别，自认为比我们天主教要正确高深。"可是第二天半夜，已经二年没见面的他发来一条严肃的信息："如果你决定成为耶和华见证人中的一员，请一定告知我。"言外之意：我会考虑我们是否还能做朋友。

他们的一惊一乍都令我不解又不舒服。

纯属偶然,在电视上看到由狮门娱乐电影公司出品的纪录片电影 Religulous。Religulous 是自创的单词,由 religon(宗教)+ ridiculous(荒谬)组成,被译为宗教的荒谬。大名鼎鼎的美国喜剧帅哥加时政清谈人比尔·马赫亲自撰写并主演这部独特的电影,他以上帝怀疑者的身份走访了世界各地的宗教人士:"为什么人们要争相信赖一部根本没有证据的《圣经》?"

父亲是犹太人、母亲是天主教徒,小比尔和姐姐去的也是天主教堂。"直到13岁,我终于可以不去教堂了。"他直言不讳《圣经》对他来说和一部神话书没什么区别。他质疑自称信奉上帝的州长:"你作为为数不多的掌管这个国家命运的人之一的官员,竟会相信蛇会跟人说话?!"他直视着创世纪博物馆的馆长,一字一顿地诘问:"美国16%的人不信任何宗教,93%的科学家也不信神,你敢说他们都是罪人?"

怀疑是谦恭的。

与其盲目崇拜,不如带着思考的怀疑和求证更谦恭更可爱。

这也是我目前对于宗教的看法。

我迫不及待地等真珠来,一起看这部电影。

"我要离开加州了。我们被选派到了费城去传教,我先生已经卖掉了他的小公司和我们的汽车房。我有些害怕那边严寒的冬日,你知道我多么喜爱阳光。另外,我难过要远离你这个中国姐姐了。不过我们可以通过网络视频,我也用微信的。"一天她突然给我打来电话通报这让人意外的消息。

几个月后,我收到了她发来的照片,雪地上,身着厚厚冬衣的他们相拥而立,脸上的微笑仍如加州的阳光一般温暖明丽,仿佛他们是世间最快乐满足的人。他们斩断了一切谋生来源,只靠教堂给的一点基本生活费用维持租房和一日三餐,但这丝毫不成为他们的挂碍与担忧,真珠还在油管(YouTube)上有模有样自学起了油画和烤无糖点心。大雪封路,就在家自娱自乐。"你看那天上的鸟雀,不种不收,上帝让谁饿死了呢?"

真珠,珍重。

发生在维加斯，就留给维加斯

1

高大的现代化酒店穹顶下，成百上千台老虎机像只只饿兽，或坐或卧，盘踞在有着俗艳图案的暗红地毯上，眨着诡异的眼睛，张着血腥的大嘴，待你走近，它们喉咙里就会发出咕噜咕噜的焦躁吞咽声。

面无表情的人类散落这兽群中，半伏半靠在老虎胸前，一只手神经质地揣着荷包，一只手则不停地按摩那老虎的某个决定运气的穴位。他们既像贪婪嗜血的亡命徒，随时期待大把银圆哗啦啦掉落的吉兆，又像被抽去了魂魄的木偶，所做的一切都是迫不得已身不由己。每次看到这样的情形，我都会不由自主联想到宫崎骏的动画片《千与千寻》，张张麻木的脸，是忘掉了自己的姓名不得不在澡堂做终生劳役的人；不干活或贪吃的人，都在瞬间变成了猪，等着吃肥后被神们吃掉……

这就是拉斯维加斯。这凭空在沙漠中海市蜃楼一般陡然出现的城市，靠赌博合法化这一魔手，吸引了原本与沙漠毫不相干的一切名利，美食、美女、豪车、豪宅、机场、高速、资本、犯罪……在这个人口只有50多万的小城，你可以找到世界上最奢华的一切，甚至一切与罪恶相关的东西在这里都唾手可得，性、毒品、钱、枪支、黑社会，一切都可以自由交易。罪恶之城，是拉斯维加斯的别名。美国人有句口头禅：what happens in Vegas, stays in Vegas。发生在拉斯维加斯的一切，都把它们留在那儿，言外之意是，在拉斯维加斯，什么都可以发生，您只是别太当真。

金色的特朗普大厦就在我们住的酒店旁边，仅一个高架桥之隔。

几年前和几个同事曾前往大峡谷旅游，路过拉斯维加斯住了一夜，家家酒店有赌场，且都在一楼大厅，犹如一条条诱人的河流，让你经过想不湿鞋都难。但外交官的身份让我们个个都很自律，宁肯花50美元吃一顿自助餐，也没肯让老虎机占一块钱的便宜。

这次是和杰伊的保龄球队同行。保龄球馆每年五月都组织一次拉斯维加斯之旅，周五周六两晚免费住宿。说是免费，其实费用出自打保龄球的人所交的会费。多数人都会多住几晚，每晚也不过65美元，这在美国三星级的酒店算相当便宜了。

"放心，酒店一点也不傻。每个人就算小赌，也得花上一二百美元。这不跟白送给酒店一样吗？像我吧，一天一宿，已经花了300美元。一年不就来一次吗？花钱图个开心。"67岁的布鲁斯须发皆白，揽着小他15岁的被我称为假中国人的太太玛丽安和我们一起排队等着吃酒店提供的自助早餐。他们二人在同一家保险公司工作，丈夫是数据员，太太是中层主管。半年前老板把公司卖给了另一家公司，个子小巧有一张中国人的脸却不会讲一句中文的玛丽安很快被解雇了。

"当你在一个公司拼命干了20年，工资熬到六位数了，老板一句话，走人吧！"家里的顶梁柱没了，这下原本就在经济上缺乏安全感的布鲁斯更加忧心了，说到现状，他总是一脸愤世嫉俗。他和前妻的儿子威廉又叛逆不思进取，高中毕业不想再读书也不出去找工作。在多方压力之下，曾做过一段时间水管工，没干过几次活儿就不了了之。玛丽安自己的儿子布雷登则继承了他姥爷那边中国人的美德，边读社区大学边在一家比萨店打工，还拒绝母亲住在家里的邀请，与几个年轻人合租在外面。

"我估计威廉要和我们过一辈子了。"玛丽安尽管当笑话说，一直心急着四处给这继子找事做，好不容易谋到份在联邦快递管仓库的差事，没干满一个月他就被开除了。好在天无绝人之路，像中国一些父母为子女做的最后的打算：去当兵。

这次威廉倒没被开除,也没开小差,倒是布鲁斯愁得吃不香睡不好。"他现在是在民兵预备役营训练,十四周后就要被分配到军营去受训,然后再决定前往哪儿驻扎。他说他已经做好选择了,去前线。前线!你知道我们的总统好大喜功,随时可以跟多国交火,叙利亚、朝鲜,甚至和中国、俄罗斯都有可能开战。他不是去送死吗?他那儿封闭训练,没有电话电脑,唯一的联络方式是写信,我写了三封给他,他只回了一封,说不在乎死在战场,当个英雄……"一边用叉子往嘴里填了块牛排,布鲁斯一边大声跟我们诉苦。令他太太一直骄傲的一点是,儿童时期的他因为长得好看,童星一般的照片曾多次被刊发在杂志封面上。而现在我面前只是一个饱经风霜的老人,与童星似乎不沾边儿。过于钟情甜食和咖啡,他原本一口细密的牙齿已经稀疏并变成了浅褐色。"我不是把食物上撒点糖,我是把糖上撒点食物。"看我惊讶于他往咖啡里倒了好几袋砂糖,他顽皮自得地一笑,棒球帽上七七八八别着的彩色徽章闪着光,昭示着他的不老童心。

玛丽安安静地瞪大眼睛望着我们,挤出个无奈的微笑。"我再找不到工作,也许我们就只好卖房子了。房贷、车贷都要还,各种生活开销,电视电话水费电费医保房保,每月就算我们不吃不喝,也要有五千美元才能应付必缴的这些基本费用。有一点积蓄,可太有限,哪够维持太长时间?布鲁斯很快就要退休了，收入又会缩减。为了能找到份像样的工作，我现在又在读一个网络大学，以前的英国文学专业不够硬啊……"她是个素食者，在家也是和先生各吃各的。布鲁斯一向节俭，感恩节的剩火鸡，他可以冻起来吃到夏天。

"既然经济上如此不乐观，要在中国，没有多少人还开车往返十个小时出来赌城玩。油钱不说，还白送几百美元给赌场……"我悄声跟杰伊说。

"这就是美国人。你没听股票大亨巴菲特在有人质疑他过于力挺'有损人类健康'的可口可乐时的回答吗？他说如果有人跟我说每天吃芦笋和西兰花可以多活一年，每天喝可乐却要少活一年，我宁可少享受每天都有的那么一点点快乐，宁可少活一年。"杰伊微笑着说。作为土生土长的美国人，他自己也确实如此。嚷着要减肥，每天下班回来也先去跑两英里。可吃起甜点喝起饮料来从不想节制。上帝不是说了吗？不要为明天担忧，享受当下的快乐最重要。

步出餐厅，就是赌场大厅。他们对老虎机都不感兴趣，嘲笑说那是最乏味的玩儿法。布鲁斯最喜欢玩黑杰克，就是中国的21点。刚好有一张桌子旁只有一位老年赌友，他正起身准备离开，我们围坐上去。

"这人有点疯狂，那么一会儿就输了几百块……"庄家是一个年轻的亚裔小伙，细眼细眉，胸牌上的名字是托尼，我分不清他是哪国人，也习惯了不再看到亚裔面孔就自动归类。望着那老人离开的背影，他似乎在自言自语，看我望着他，也并没有想展开话题的欲望。

因为白天赌客相对较少，平时要10美元为最少赌注的黑杰克现在下调至5美元，小赌注更能吸引自信和资金不足的像我这样的新手。

我看到布鲁斯不仅每次都押10美元，还同时玩儿两手。不一会儿两排厚厚的筹码就所剩无几了。玛丽安也押10美元，每次都不忘附加押一美元运气筹码。

我的60美元最早告罄，然后是布鲁斯的100美元。正好换了庄家，一位金发碧眼的五六十岁的白人妇女特蕾西替换了亚洲小伙。

听玛丽安说要不是没了工作，她可以支持丈夫再赌几把。"你失业了？那不如来这里干哦，每年至少六七万美元的收入，可以轻松赚到钱。我们这家赌城算是小规模的，你要到拉斯维加斯大道主街上，随便哪家赌城，像你这样有过20年保险业工作经验的人，挣10万美元太容易了……"特蕾西不像很少言的亚裔小伙，如大多数美国人一样，阅历不浅，年岁不轻，但仍然城府不深。她很开朗健谈，正好满足了我这外乡人的好奇心。玛丽安微笑着并没接她的话，可见对这赌城的工作丝毫没兴趣。我则不时提问。

"我20世纪70年代开始在这儿工作,当时LV没这么繁华,但有一点和现在一样:在赌城打工当庄家能轻松地养家糊口,站在这儿,发发牌,每隔半小时换一个班,多容易。受训?我们当时是直接受老板培训的,因为没有那么普遍,许多人不懂规则。

"老板?就是当时的黑社会啊,看起来也并不像电影里那么可怕。现在这些年轻人有的在某个训练班受一天训,多数人根本不用,跟个有经验的人现场学学,什么都会了。当时我父母还反对我做这行,说怕我学坏,可看我收入居然能达到上万美金,就闭嘴了。当时我爸做教员年收入还不足7000美金。我从没改过行,一直干到前年退休。现在是偶尔来干干赚点儿外快。

"我自己赌吗?从不!我可能是个例外。即使跟家人坐游轮出游,我从不想参与赌博。我只是没有一点欲望。

"我们当庄家的都希望客人赢,因为客人赢钱后给的小费,是我们的绝大部分收入。你以为每次客人只在这里花了钱我们就有提成啊?我们倒希望如此。每天经手的钱多了,可全部归赌城。我们每天只从赌城挣最低工资(2017年,加州每小时最低为10.5美元左右,拉斯维加斯所在的内华达州只有8.25美元)。如大多数人所想,这似乎很不合理,我曾多次写信给赌城,四十多年过去了,没用!"

正说着，那位离开了的老男人又悄没声坐回来了。也不跟任何人眼神交流，甚至都没抬头看一眼庄家，略低着头，把三张百元钞票轻轻推送出去。"请换成25美元的筹码。"他声音干瘪喑哑，黄皮肤的脸色发黑，我同样判断不出他是哪个族裔的。只见他把换回来的绿筹码分成两摞，拣了四个押上，另外又拣了一个押在对牌运上，另一个押在同花运上，也就是说，这一手，他就押了150美元。也就是说，如果他输了这一手，按如此下注法，他只能再玩儿一手。我发现不仅我，连杰伊也吃惊地望着这一脸不快乐的老者。布鲁斯也发现了这位有些不寻常的玩儿家，嘴角浮现出一个静观其变的微笑。玛丽安则瞪圆眼睛默不作声。

庄家是一张10点一张K，20点。我只有16点，杰伊18点，布鲁斯22点，玛丽安23点，我们不是点儿太低就是爆了，全输！所有人都屏声静气，等着桌尾的老者亮牌。20点，平手！我们尽管自己输了，可似乎都松了口气，不为自己，为这陌生的老人。

下一手，他输了。我打量他，看似面无表情，却是写满了字，那是孤独无依、愤世嫉俗、生无乐趣。

一向爱说的庄家特蕾西也住了口，麻利地发牌、验牌、敛筹码。

再下一手，老者押上了剩的150美元！他脸上甚至浮现出一丝有些难为情的微笑,似乎也在为自己的疯狂不好意思。

很不幸,他又输了,也无废话。起身,挪着有些踉跄的步子离开。

"你注意到他的积分卡了吗?不像我们的红色,也不是蓝色,还是黑色。那表明他是这里的常客,只有赌够了一定金额,才能得到黑色的卡。"杰伊小声告诉我。

2

"酷!我要有钱也这么赌,过瘾!"布鲁斯彻底没了筹码,咧嘴笑着拉着娇小的太太说换个桌子试试运气。

剩下我和杰伊,又换了一百美元的筹码继续博运气。不敢尝试那老者干脆利落如日本武士道自杀式的玩儿法,仍是五美金一注地小打小闹。

"我同情他,可不赞成他的玩儿法,赌博是为了赌运气找刺激,享受这个未知的过程,而不是像他这样下重手……"一向不爱品评人的杰伊忍不住摇头。

"这样的人确实不多见,可并不是只有他,我见过一些。"特蕾西见怪不怪地接口道。

"嘿,我可以坐在这儿吗?"一个很帅的年轻小伙端着瓶啤酒走过来问。他很有礼貌地坐在我右手,热情友善地跟每个人打招呼问好。与他同样年轻的戴棒球帽的壮实伙伴坐在杰伊左手。

"啊,你是特蕾西,你好!我们现在几个人要联合起来对付你,不对,是对付赌场而不是你。我相信你很好,会让我们赢到钱哦。对了,我叫里德,我朋友是安德鲁,拉斯维加斯本地人。"这位赌城老手跟谁都自来熟,边说着边吸一口从怀里掏出来的电子烟,一仰脸,一阵浓郁的香雾直喷向头顶上的吊灯。

"我还是要看一下你们的ID。"特蕾西故意严肃地说。

"我的荣幸,看来我想变老还没成功,我把你的要求当成是赞美,谢谢!"里德说着从钱包里摸出驾照放在桌子上,我瞥见上面的出生年是1988年。然后是他的同伴,二人同年。

"你从哪儿来呢?"里德微笑着扭脸问我。

"北京。"我答。

"哦,中国。你是第一个我聊天的来自北京的中国人。聊过几个,都不是从北京来的。度假?还是出差?"他不知道我和杰伊相识,继续找话。

我说既出差又度假。

他似乎看出我的应付,收了声开始专心看牌。

他押得不大,也只是五美元,却总押一块在对牌上,按说这一副牌的黑杰克,随手派发给每人两张牌,是对儿的机会很小,可他居然得到了八次对牌!每押一美元,得到两张对牌后就可以赢得15美元!他的好运开卦,筹码越来越高,每次都不忘礼貌地打点庄家一美元致谢。每次赢牌都开心地和我们所有人击掌相庆,那场景像相识多年的伙伴。

一会儿,又过来俩年轻小伙,和里德熟识地打着招呼坐进来。坐在一群散发着青春光彩的好看年轻人中间,互相逗趣着,像在自家沙发上玩儿,又叫又笑,不论输赢。我看得出,杰伊也很享受这一刻,他一脸笑容,似乎又回到了那个边读书边在麦当劳打工的少年。

"我去一下洗手间好吗?等我哦。"里德说着跑去洗手间。一堆筹码仍留在桌子上。"放心吧,天花板上的摄像头帮你看着呢。"我笑道。

接下来安德鲁连赢两把21点,他兴奋地把帽子和脖子上的粗链子都摘下来戴在杰伊头上脖子上,说给一直没赢的他沾点好运。

"你们是本地人,经常来赌吗?"我又好奇心发作。

"也不是,每年也就来两三回吧。"里德坦然道。

我不知道什么情况下他们这些年轻人会出来消遣,也难以猜测他们的职业和经济状况。感觉口干舌燥,我也学着他们,跟那穿着短到刚遮住屁股的短裙的女侍者要了瓶啤酒,并递给她一枚一美元的筹码致谢。赌场不仅住酒店便宜,所有饮品从红酒、啤酒、鸡尾酒到各色饮料，全是免费，一美元当小费。

庄家换了三次，嘻嘻哈哈的里德突然起身，说要打住离开了。他的同伴也应声站起来，跟我们握手道别互祝好运。

像一阵风，那团年轻的光彩那么风风火火地来了又走了。

我和杰伊也决定出去透透气。

3

晚上参加保龄球馆组织的玩老虎机大赛。

我开始还以为是在规定时间内，看谁在老虎机上赢得最多的钱。真到了现场才知道比赛规则：每人只有二分钟的时间，参赛者要不停地用一只手拍打按键，在屏幕上滚滚而下的画面上，伺机拍碎偶尔冒出来的气球，气球只停留三秒，分别代表着不同点数的分数，用手指点爆气球者才可获得那积分。

每次只容五十人参赛，大家排队竞技，最后按积分排名。

"你明白比赛规则了吗？"保龄球馆的负责人汤姆是个弱小的老头，可能感觉我是唯一的"外国人"，好心地上前问我。

待三人一排坐定。倒计时，三二一，开始。我右手按键左手像旁边那位老妇一样举起在屏幕前，随时准备击爆出现的气球。"右手不要停，要一直按键，气球出来的机会才会多。"汤姆可能在远处看到我的懈怠，走过来大声提醒我。

别小看只有二分钟时间,如此高频率地摁钮,右手右臂一会儿就酸软无力了。我只能用左手去摁,让右手去击球。

更令人紧张的是,每台屏幕的右下角,都有一个头像显示小屏幕,上面出现的是目前排名第一的人。

我无暇他顾,但隐约中并没看到我的头像出现过。

只听得站在外围观战的人群中不时发出叫声。"杰伊排第一了,艾玛第五!加油!"我听到玛丽安的声音。更加紧张地敲击着。

时间到!抬眼看大屏幕,本组比赛结果,杰伊排第三。我排第六。看来我们这组普遍比较高效,因为我居然比前面一组布鲁斯的第二名得分还高。

"这都不能算数,要到最终比分揭晓才知道谁获胜。你看到布鲁斯又在排队了吧,有人喜欢这种竞技,报名时就买了多张票,可以重复参加。"杰伊说忘了当时报名多少钱一张票,也不知道获奖者会有什么奖励。他一向是如此,只想玩儿,不考虑细节。

"明天才公布获奖结果呢,不如出去喝一杯。酒店对面有一个步行街,那雪茄店全是上好的古巴雪茄,还有红酒可以品尝。我昨天和梅丽莎误打误撞发现的,进去才看到,就我俩穿着短裤凉鞋,真难为情。"玛丽安一向以爱好红酒闻名,据说家里收藏了不少好品质法国红酒。

"不为什么,我只是不想去!"我第一次看到布鲁斯那一向笑嘻嘻的脸严肃如霜,蓝眼睛像冻结了千年的冰山。我有些难过地扭头看他娇小的太太,仍只是瞪着大眼睛微笑的玛丽安,丈夫的当众拒绝似乎并没让她难堪或难过。

"他也就是嘴上威风一下,梅丽莎总跟他开玩笑,说布鲁斯你别忘了一点,将来你老了为你推轮椅的是玛丽安……"边等红灯过街,玛丽安边跟我们说笑。她换了黑色腰部镂空的晚礼服,后背半裸,露出一条青绿加朱砂红的龙文身,从颈部一直迤逦到腰部。

梅丽莎是玛丽安的忘年闺密。生于1988年,跟刚才在赌桌上的年轻人相比,却多了几分成熟。她和爱人及两个孩子生活在郊外的农庄上,从为新生的小马接生,到把牛粪发酵种菜、喂鸡养羊、打井汲水,无一不通。"我们的农庄是他姑姑留给我们的遗产,收入不多,可因为我们要求不高,孩子也还小,够我们生活基本所需了。我先生是天下最好的电工,偶尔去接点活儿来做。我女儿11岁了,喜欢骑马,请了教练每月来家里教她一些骑术。学费倒不很贵,可那真皮的马鞍子太贵了,居然五千块……"梅丽莎丰满白皙、一头丝滑的金发,个头低矮,像个仍在发育的中学生。看得出她很自豪于她家的农庄,说随时欢迎我们去找新鲜,布鲁斯曾去捡回家一篮子鸡蛋,回到家天天煎鸡蛋,裹上几层厚厚的白糖,香得都舍不得让玛丽安尝。

"这两口子让我爱死了！"这是跟亲兄弟姐妹都多年不来往的布鲁斯对梅丽莎夫妇的评价。让我略有些吃惊的是，如此铁磁的关系，他们三人同时从圣塔克拉利塔出发，却各开各的车。晚饭后散步时我看到梅丽莎正开车去买香烟，大大咧咧地说她实在受不了只抽那电子烟了。我看到她开着一辆带斗的货车，老旧，没有Logo看不出车牌，我注意到两根变形的排气管不是冲后，而是朝向车侧。小小的个子坐进这货车风驰电掣，一路狂奔四百英里，居然都没歇口气。可能这就是美国人的性格，关系再近，也轻易不互相在钱上有交集。就像杰伊，车库里全是五花八门的各类工具，即使一辈子只用一次，他也要去买回来，而绝不会张嘴跟朋友或邻居借。在美国人字典里，似乎根本没有"借"这个字眼。

雪茄店不大，确实高大上，像任何一间城市主街道上的精品店。梅丽莎说头走要买一根上好的雪茄给老公带回去，他刚戒烟，可一根雪茄不算什么，毕竟他在家带着俩孩子，让她跑出来玩儿。58美元一根，也确实拿得出手了。我暗自欣赏，看似女汉子的她居然如此有妻性。在美国不像在中国，多数夫妻在一起开心享受，很浪漫，要让他们"相濡以沫""同甘共苦"，比较难。

沿街走到尽头，是一个围起来的露天音乐啤酒坊。临时搭起的台子,两个戴墨镜的男子边弹边唱,老鹰乐队的《加州旅馆》,不仅弹奏很有功底,歌声也极有感染力。25美元6杯啤酒,不限人次。

既然我们三个女人跟着杰伊这一个大男人逛街,我的射手座豪放派风格大作,建议他埋单请我们喝啤酒。

于是人手一杯新鲜凉爽的冰啤酒,我们随着音乐在暮色中摇摆。举目四看,发现现场居然有不少游戏可参与。其中一个叫Genga（一种积木游戏）,一堆木头片,横竖堆成塔状,每次每人抽一根出来,搭在最上端,不允许动摇毁坏整个结构。

以前我在一个聚会时玩儿过这游戏,只不过是冰棍大小的迷你桌上版。这里的则是每根木条都巨大如男人的鞋底,搭好后森森然像个小碉堡。

我们四个玩儿了一圈,搭到一人高时,最后一根稻草被梅丽莎添上去,轰然倒塌声中,围观者大声尖叫着笑嚷着,似乎都回到了童年。

第二局我们三个女人没了兴趣,去了旁边玩丢沙包。杰伊刚要跟过去,一位穿咖啡色条纹半长裙、上衣只比胸罩宽大了一点点的女人走上前去,说要跟他一起玩。

每次成功抽取出一根木片搭上去,她都自信如女王地跟杰伊击掌相庆。最后的艰难时刻到了,下面的木条越来越少,头重脚轻的木塔随时可能塌掉。我指点给杰伊一片,建议他去抽取。那女人走过来,冲我摇头,那意思是你不要帮他。杰伊没理睬,按我说的取下那片,果然稳稳地没出状况。轮到那女子,上前抽到本就开始倾斜的一根,梅丽莎大叫说不。她却看也不看执意要抽取出来,只听轰然一声,塌了。

那女人却出人意料地,走向一边,接过同伴手中的饮料,啜了一口,没事人一般踱到一边去了,似乎很乐意让她的臣民效劳,留得一地的木片任我们去捡拾。

"她怎么可以这样?"我大叫。

"是啊,太过分了,这个婊子!"正弯腰一根根捡拾的梅丽莎脸红红的,气得忍不住骂出声。玛丽安也瞪圆眼睛,说真想上去教训她。

那个女人长得还挺有气质,却没想到如此自私。我想起有同胞看到自己人的陋习时总抱怨,说也就是中国人如何。其实,人和人心灵之间的差异,比文化的差异更容易区分。

"嘿,怎么有人穿着一样的白T恤?我看到那个守门的女人旁边椅子上放着一摞呢,是不是免费发放的?"梅丽莎不愧是资本主义农场主,在中国我们该叫她万恶的地主婆,总能及时嗅到物质的气息。我们都扭头望向入口处那个检票的女人,果然。

"我去搞清楚。"玛丽安说着自顾起身向那女人走去。

半分钟不到,她已经一手端着啤酒一手挑着一件T恤回来了。也不多说,只笑盈盈地把那战利品丢给梅丽莎。

"你怎么搞定的?是不是撩开你的衣服?我知道,就那么简单……" 梅丽莎一张脸在酒精的滋润音乐的催眠下粉得像草莓冰激凌。

所有人都笑得视力迷糊。

一阵晚风吹过,干爽而热烈。不远处有两株叫沙漠美术馆的树正开得尽情尽兴像喝醉了的女人,细碎的黄花被绿色树皮的枝干顶在头上,衬着暗蓝的夜空,它们随风跳着舞,像弗里达的画一样有着不容置疑的蛊惑与宿命感。音乐声、说笑声,那么不怀好意地想让人相信,一切可以永恒。

我知道,这一切,都只是短暂的一瞬。这沙漠里的传奇,总有一天,会戛然而止,回到洪荒的最初。今天的笑与怨、得与失,都将像一场梦,沉睡覆盖进寂静的时间之沙里,直到上帝的魔手点化,再续写一篇。

发生在维加斯,就留给维加斯。

是否应该说,发生在人世间的一切,都留在人世间吧!

搁浅在沙滩上的那些鱼

1

在洛杉矶的街头,他们总不时出现在人们视野中。多半是在车流往来的十字路口,站在灯柱或电线杆下,举着纸牌子,手写的黑色大字"HUNGRY, NEED FOOD"(饿,需要食物)。文雅一点会写"STRANDED, HELP!"(陷入困顿,请求帮助)多半是男人,多半衣着还算干净,头脸也不算脏污。有的还要面子,戴着廉价的大框墨镜,或把帽檐拉得很低,总之避免目光与他人对视,避免被认出来。之所以选择路口,是希望有人在等红绿灯时,摇下车窗递出几美元好用来填肚子。

我和沫沫每天开车都要经过的维吉尔大街是一条并不算宽的街道,只能容两辆车并行,可每当有车临时停在路边办事,所有车只能并成一条线通过。路窄且不直,中国过去乡村才有的木头电线杆子在路两侧逶迤延伸,顶上的松松横跨着的电线像没撑好的毛线,随时与那一年开三季的紫楹花纠缠在一起,破败的建筑映衬着薰衣草一般醉人的紫色花海,很有点文艺片的味道。沿街的房屋没有一座是重样的,不管一层平房还是两层小楼,共同点是破败颓废,与出入其中的人一样,没有精神,让我这异乡人总忍不住叹息,感觉他们辜负了这美好的加州阳光与蓝天。正因为车流不快,过往行人不急着赶路,乞讨者喜欢在此流连碰运气。有时半天没有一块钱进项,有时一连接过几个好心人的救助。我看到隔着车窗施舍的人,往往脸上带着难为情的小心翼翼,似乎生怕伤到了对方的自尊一般,在对方一迭声的God Bless You(上帝保佑你)致谢中,低头把车玻璃摇上。一次,我看到一位个子瘦小穿着洗白了的旧运动衫的年轻男子,都已经走过去了又匆匆折返,掏出一张揉皱了的纸币塞进电线杆下那个满脸风霜的中年男人手中,还拍拍他的肩膀笑着说了句什么。好像他帮助的只是一个表哥或邻家大叔,好像在说:"我虽然也没钱,但还是分一块给你,哥们儿,运气会好起来的,振作起来吧!"我永远忘不了他脸上那友善的温暖笑容,没有高高在上的施舍之态,没有悲天悯人的感觉良好,有的只是理解,我相信那笑容与安慰传递出的,是远比那一块钱还珍贵的东西。

这种摇下车窗行善的机会并不是非常多,只有当你的车停在离他们很近的地方时,才可能打招呼,因为他们几乎从不走着到车旁去要钱,而是静静地站在靠路口的地方等。一旦红灯变绿了,所有车开动起来,便不容易伸出手去递钱。

我第一次停车摇下车窗,是某天接了沫沫放学,快到一个路口时灯变红了。我们看到的首先是一条大狗,比哈士奇还大、毛色发黄的一条白狗,安静地立在街角,旁边则是牵着它的一个老人,得有70岁左右的年纪。"自己都吃不饱饭,还养着他的狗,唉真是……"沫沫叹息着,从书包里掏出中午吃饭剩下的两块钱,"他不会嫌少吧?"他有些不放心地问我。我也从车里找到付停车费用的三个硬币,一块五。沫沫摇下车玻璃,"嘿!"伸手递出去,看得出,小家伙有些紧张,"给你,和你的狗。"那老人上前接了连声道着谢,苍老的脸上泛起了红晕,他微笑着,不错眼珠地望着车里这张年轻得可以做他孙子的脸,似乎想记住他。变灯了,我们离开。沫沫沉默半晌,突然有些哽咽地说:"妈,我想我姥爷,我也想他的黑虎。"隔一会儿,又说:"一美元可以在超市买四个面包,他和那狗至少这两天不会挨饿了。"那一刻,我知道他开始长大了。

到家,刚好读到《洛杉矶时报》上的一个我很喜欢的女记者的专栏,说有一个无家可归的老人最近死了,"我们怀念他"。70多岁的他原本有自己的公司,后来破产了,妻子离开了,儿女回阿根廷老家了,他就睡到了街上,一睡就是20多年。他总是把自己那小地盘打扫得干干净净,附近无家可归的人常来找他"串门儿"聊天,他爱唱爱说,总逗得人们哈哈大笑。连负责本社区巡逻的女警察都喜欢他,不时找慈善机构接济他。"我们包括20多只流浪猫狗,怀念他,因为他用他的方式爱着这个世界。"

我有晚饭后去散步的习惯,多半是围着公寓楼转圈。在那排总开着无名的大朵白花的树下,不时会有谁家丢弃的沙发或床垫,因为垃圾车的大铁爪子是针对垃圾箱设计的,这样的大件旧家具往往会弃置多日没人处理,于是偶尔就有某个路过的无家可归者将它作为临时的寄居壳。他们会把头和身子整个用一个布单子蒙起来,即使白天也在睡觉。只有一次我记得看到一个高大年轻的黑人,站在那儿活动手脚。可能是他在公寓围墙外撒尿的原因,每次经过,我都被那刺鼻的气味熏得直想捂鼻子。再过几天,那人消失了,那床垫或沙发也不知了下落。

刚到美国时我曾去上夜校学英文。晚上十来点钟下课往家走,有条路灯与行人都稀少的街道走起来总让人心跳加速。洛杉矶的治安和纽约一样,一向没有好的口碑。慌乱中见马路上有几个人影在晃动,声音大,黑人腔调,不确定是不是在聊他们当天的收获。白天我曾见过这几位,别看破衣烂衫,席地而眠,见过路人也偶尔会提高嗓门要吃的,有一位还常半卧半靠着一棵棕榈树看书。"真让我无语了……"儿子每次经过都感慨不已，我知道他是佩服人家没饭吃还有心思读书。

2

记得那天是新年前夕，下午五点半，我走出办公室和已经等候在楼下的沫沫会合，走路前往两个街区之外的一家泰餐馆庆祝我们的新年。快到拐弯的街角，我们不可避免地看到他的身影，正半坐半躺在路边他的所有家当中，过肩的凌乱头发，被灰尘遮蔽住的脸和双手，衣服自然是看不出本来的颜色的。说实话，我一直不知道他的模样，因为每次经过，都下意识回避不去正视他，因为至少他属于这个社会结构中的弱者。只知道他不像其他沿街行乞的人，他是长年驻扎在这一个据点的，至少，我在这儿的三年间，从未见他消失过。记忆中他总是很安静，永远是半坐半躺在马路牙子的空地上，几块废纸板子，一张沙发垫子，一个少了轮子的超市购物车，与积了一地的厚厚树叶一并构成了他的小小领地。让人不能忽略的是领地上大大小小许多旧可乐瓶子或其他什么塑料容器，都盛着一截子土，也不知他如何浇灌，许多花花草草居然从那里面冒出头来，细弱地点缀着他的没有屋顶的家。

"新年快乐！"沫沫和我经过他时随口向他问候，毕竟，今天是全年最后一天，明天，一切都应该是新的开始。他不卑不亢地回应着"新年快乐",然后是,"你们可以给我点热水吗？IHOP（美国一家24小时快餐店）……"他指指不远处,IHOP蓝底白字的大招牌就在几十米之内。这对多数人来说可能都是不能拒绝的请求吧？我和沫沫互相看了一眼,说当然可以。一杯热水,对一个无家可归的人来说,是多么重要而又难得。

"你来要水,我负责给他送回来。"沫沫已经分好了工。

于是我们一起走进以前曾经就餐过的IHOP。

"两位吗？"一个扎马尾的女招待热情地招呼我们。

"哦,不,我们只是想要一杯热水,为街边那个流浪汉……"我有一点犹豫,因为我知道有些中餐馆会视这为不吉利。她听了,微笑着重复了一句："一杯热水,给流浪者。"脸上丝毫没有吃惊的表情。而她的同事,另一个大卷发的女招待则看了我们一眼,没有任何表情。"50美分！拿好！"热水来了,在一个纸杯里。沫沫接过来,我掏出一美元。在马尾女孩找钱的空当,我问："他,这个流浪汉经常请人这么做吗？""是的,许多次了。下一位！"她挂着微笑礼貌地答完,开始接待新顾客了。

沫沫小心地端着那杯水向街角走去。我则站在IHOP的大门外的路边等他。一朵珊瑚粉的云像个被压扁了的气球悬挂在头顶,映着黄昏的天空,美得不真实。我拿出相机不停地拍着,边拍边想,这可是上天给我们的新年嘉奖?过了五分钟,沫沫没有回来。我开始有些奇怪,他在干什么?难道那个至少年龄在50岁左右的男人在为难他?有些路人经过,看他们并没有望向那流浪者的摊子,表示那边没发生什么新鲜事吧?又过了一会儿,沫沫才迈着大步冲我走过来。手里拿着一张课本大小的硬纸片。

"看看这个……"他递到我手里,密密麻麻的英文写得极工整,那页纸几乎没有了空余。"两大杯草莓奶昔、双层炸鸡汉堡、炸薯条、香草口味沙拉、吸管、纸巾……"这基本上就是一个菜单。更让我吃惊得睁大双眼的是,还有一项:发票!

沫沫为难地望着我:"你觉得我们应该为他买吗?他点名让我去杰克 IN THE BOX(美国一家卖三明治、汉堡为主的快餐连锁店),说肯德基的炸鸡太腻了不好吃……"

我翻来覆去打量着那张印了不少油渍的卡片,不知如何是好。

"他都跟你说什么了?怎么你去了这么久?"

"他说看样子我是中国人,他来自巴基斯坦,喜欢中国人。他说他原来有家,可是被美国政府抄了,因为他是搞飞机设计的,还给我看了许多手画的飞机图稿。说他已经饿了两天没吃饭了……"

"要不咱们就近给他买个汉堡?可是我觉得作为一个真的

饿肚子的人，至少不该那么挑剔吧？希望得到人家帮忙时，也不能太过于添麻烦啊。"

"那不行吧，他特意指明了要吃杰克家的，你没看连沙拉的口味都写明了吗？"

我们俩正左右为难嘀咕着，从一辆突然停下的车里传来打招呼的声音："嘿，你们在干什么？"待我们低头望进去，才发现是沫沫的英语家教凯文老师。凯文服役过海军，当过记者，后来开了家小公司，专为有诉讼请求的人和律师楼传递文件，日子过得并不景气，所以偶尔也辅导下移民家庭的孩子学英文糊口。

我们俩如逢救星，毕竟凯文是美国人，又经历颇丰，懂得世相百态。

他看了那菜单，哈哈大笑起来："你们知道吗？像这样的无家可归者，每个月都可以去收容站领取500美元。他为什么要发票？因为他可以去报销……哈哈有趣，我还第一次看到这个！"

我们说要不要随便给他买个汉堡，至少他不会挨饿。"他不会饿的，相信我。否则他早就不在这儿待着了。许多人被领进收容中心，很快他们就又离开，吃饱饭，他们还想自由，想在街边看风景。呵。你知道吗？我的面包如果过期一两天了，我会吃掉，有一次因为太多了，我放了一袋给睡在公交车站的伙计,可他居然连动都不动,后来是那些鸽子吃了……哈哈哈。"

"那你从来不对这些无家可归的人伸以援手吗?"沫沫仍追问他。

"看具体情况,有时我看到真的是饥肠辘辘的人,我会帮他们,哪怕是给他一瓶水。可有俩在我办公室附近转悠的家伙就是职业乞丐,拒绝接受食物,只要钱。我从不给他们一毛钱。看到那个人了吗?在In-N-Out大门外吹萨克斯的老家伙,他每天下午都出来,吹半天曲子,地上的帽子里也没几个钱,可我心情好的时候会给,因为他在付出劳动。"

话虽那么说,我们从泰餐馆吃饱了回家时,仍然打了一盒牛肉炒米粉给他。"我们没时间去杰克 IN THE BOX。你凑合吃吧。"沫沫有点心虚地说着,把那装在塑料袋里的饭盒放在他脚下,里面连带着那张手写菜单。他说不知道这人手头是否还有富余的,还给他省得重写,那么多单词,不小的工作量呢。

拐过加油站,快到家了,朦胧中似乎路边街灯下有一团什么东西在晃动,细看发现那儿赫然蹲着一个人。再走近,才看到那是个长发披肩一脸污浊的老男人,手里还举着个纸牌子:"WHY LIE? I WANNA BEER!"我和沫沫同时都笑了:"为什么要说谎呢?我就想来瓶啤酒!"这么奇葩的乞讨者今天都让我们赶上了。这一次,我们没有犹豫,掏出口袋里的两美元零钱递过去。"先生,我希望你早点喝上一杯!"我笑着说。"谢谢,新年快乐!"他站起来接过去,满是皱纹的脸上绽开了笑容。我真希望这口啤酒下肚,他心中会升起些对明天的希望。

美国HUD(住房与城市发展部)2015年1月曾就一夜调查得出数据,全美约有56.5万无家可归者,他们要么露宿街头,要么住在政府提供的收容救济中心,要么住在废弃的汽车里。其中有四分之一,是未满18岁的未成年人。

3

那个美国大兵是我这辈子都不会忘记的。

那天,也是我永远不会忘记的,2015年5月12日。一早,正要去车库开车参加一个活动,接到弟弟从中国发来的信息:姐,爸爸去世了!!5月12日下午3点35分!

虽然一直担心这一刻,但它还是来了。我已经订了14日的机票,可是,病痛让他等不及了。到走,眼睛都是睁着的。

泪水模糊了视线。趴在车的方向盘上,我忍不住哭出声来。

人都是要死的。他走了也解脱了。在天上他并不孤独,有他的父母相聚。我们都要在那儿相会的。

一边自我安慰着,一边擦干镜片上的泪水,我发动车。出发。

我尽量不去想父亲、想中国，尽力睁着酸涩的双眼，望向那蓝得让人直想大口呼吸的天。路边有人在卖石榴，一整篮子，顶上有一个打开了的，鲜红的籽粒饱满而多汁。"我们被困在山里，两天都没水喝，幸好树上有石榴，我们就摘了就着压缩饼干吃，好解渴。云南蒙自的石榴真大真甜！"耳边却又响起父亲的声音，跟儿女讲述他当年在中越自卫反击战时的点滴细节。听得出，轻松讲述的他颇为自己是幸存者而感恩。活着，有儿女相伴，即使有绝症缠身，他仍尽量让自己活得平静正常。可这个努力活着的人几个小时前已经永远不存在了。泪水再次模糊了我的视线。

在佛蒙特大街和110交会的路口，红灯。我停住。在那一瞬，突然我看到他。坐在地上，背靠着电线杆正大口吞着一个面包，那个牛皮纸色的牌子显然是新做的，还没有太多风吹日晒的痕迹：VETERAN, HANGRY, FOOD（退伍兵，饥饿，食物）。

他是那么饿，吃得那么专注。以致没听见我摇下车窗的招呼。"Sir!"我大声叫他"先生"，他根本就没留意。

我探出头，摇着胳膊，再大声叫他，他才猛然看到我是在招呼他。利索地起立，大步走到我车边，标准的军人姿势。那是一张如此年轻英俊的脸，高大魁梧的笔直身体，一点不输好莱坞的那些硬汉明星。他是白人，可皮肤被晒得成了小麦色，棱角分明的五官透着军人的英气。

"给你的。"我递给他五块钱。

他接过去,道着谢,一边还整理着他的衬衣领子,似乎习惯了一个军人应该保持仪容。

那姜黄色的衬衣,我当兵的父亲也有。这是怎么样的一个巧合?一个失业乞讨的美国退伍兵,在街角偶遇一个中国女子,她有一个刚刚升天了的中国退伍军人父亲,是什么样的命运之手让他们俩有了某种看不见的关联?佛家说,人活着就是受苦。可偏偏让我见证着这两个互不相干的人的苦。

泪水已经止不住地流了一脸。虽然戴着墨镜,可我知道他一定看到我的悲伤。他嘴里仍在道着谢,可眼睛却充满忧虑地望向我的脸。似乎想知道究竟发生了什么事。可又不好问。

我真想开口告诉他什么,我真想下车跟他坐在那电线杆子底下,跟他好好聊聊。聊我参加过对越自卫反击战的父亲,聊他患癌七年的坚强与挣扎,聊他几小时前的未能闭上眼睛的离开,也聊他,这个美国大兵的经历与困顿……

可是,我什么也没说。灯变绿了,踩油门,离开。

再也没有勇气回头看他一眼。

我多么愿意相信,我那刚刚遁离了红尘的父亲,此刻在天上,微笑着看到这一幕。

在洛杉矶隧道与先民擦肩而过

1

我每次搭火车从客居的山谷小城到洛杉矶市里去,都要经过那个隧道。我不知道隧道的确切长度,感觉至少要过六七分钟手机上才会再次显示信号。我不知道也没想过那隧道是否有个名字。那45分钟的路途几乎没有什么风景可看,不过是丘陵一般的荒山,似乎一年四季都干枯的野草,斜立在大地上的老橡树,延绵不断的电线松垮地撑在木杆上,生意冷清却多年挺立未倒的旧车行与建材店。

在我的最初人生记忆里,隧道是可怖的。我八岁时,母亲带我和弟弟乘长途火车从河北去四川探望军营中的父亲,三天两夜的绿皮火车要经过数不清的隧道。每次在那令人恐惧的黑洞里轰隆隆穿行,我都盼望着快点快点重见天日。有一次我们的火车像受了伤的怪兽居然在隧道里出了故障停了下来。可能是车厢太沉闷了，人们纷纷把那可上下打开的厚重玻璃窗推开透气。我摘下头上那粉红色的塑料发卡，好奇地把头伸出去，望着黑色阴森的岩壁，我好像看到那上面有水湿湿地渗出。只听咔吧一声脆响，伴着我母亲的惊叫，我那只有四岁的小弟弟把我的发卡掰断了！那是我临走时奶奶专门去邻村部队营房买给我的。"算了吧，就算粘上也不好看，戴不了了。"母亲一边斥责着弟弟，一边安慰我。眼看着我最心爱的宝贝在一瞬间被毁掉，我又急又气，却又无计可施，一发狠，竟将那两根细弯的塑料棍一扬手扔到了窗外。扔完，我才明白自己做了什么，恍惚中我似乎看到一只粉色的蝴蝶飞进了那漆黑的深洞里。第一次，我悲哀地明白了什么是永别。永别，可以是和挚爱亲人，也可以是和心爱之物。潜意识里刻下的阴影，竟如此深重。都已经是40年前的事了，车过隧洞，心里还总是隐隐地不安。

2021年秋天，病毒的阴霾仍未散去，我又回到了洛杉矶。此前我曾在这里工作生活过4年，闲读时产生的好奇一直萦绕于心，直到带回了国内：在哥伦布发现新大陆之前，中国人真的已经到过美洲吗？在美国，似乎总有人对既成的历史提出挑战，当然，中国近年也不少，"拍砖""约架"……沸沸扬扬。而美国人，他们更乐于东跑西颠，沉浸于田野、民舍和图书馆，去搜集实证。

"虽然死去的人不会说话,可越来越多的证据表明,几千年甚至上万年前,人类早就有过频繁的跨海活动,无论是大西洋还是太平洋。毫不夸张地说,我们地球上的人类都是亲戚……极富智慧的中国人早在哥伦布前就多次到达过美洲。"大洋彼岸几位考古学家、人类学家坚定的声音诱惑着我,让我决定再去倾听去找寻。让人惊讶的是,通过网上寻访、交流,还真发现了不少志同道合者,他们或早或晚,都已经开始了对这个挑战性命题的追踪。最令我惊讶的是,这些可爱的人全是银发一族——最小的73岁,最大的94岁。"没得到过一分钱经费赞助,倒是听到的讥讽嘲笑司空见惯,还有人说我们'亲华''卖国'……哈哈哈!""我们只是希望寻找找证据,为那些被遗忘被遮掩被疏离的人们发出声音!"

他们青灯孤影、殚精竭虑的求索让我感动,他们面对斥责甚至威胁的勇气让我佩服,最为振聋发聩的,还是一种质疑历史定见的豪迈。他们的人生已近薄暮,随时都可能离开这个世界去和他们寻访的逝者相随。是早年那些同样勇敢的跨海先民们地下有知吗?冥冥之中,他们沉默的护佑让我的探寻多次柳暗花明,细若蛛丝的线索在行将断掉的时刻总被意外之手给粘连上。

2

探险家史蒂夫和皮埃尔就是被那看不见的手推到我面前的。他们二人都是只接受男性会员的洛杉矶探险家俱乐部成员，他们也都是哥伦布前有人类跨海行动的坚定信仰者。听说我的采访计划后，他们立即自封为我的志愿者，并通过这百年俱乐部的网络帮我找寻筛选采访对象。当过两届俱乐部主席的皮埃尔今年82岁，瑞士贵族后裔，18岁到美国当兵，因为讲一口流利的法语德语，曾被派去采访第20届慕尼黑奥运会。退伍后读大学，在中学教美术直至退休。他拍得一手好照片，刻得一手好木版画，人生最大的乐趣是探访世界各地没人去的犄角旮旯，为了记录那些逐渐消失的部落文明，他甚至专门注册了一个出版社，把他笔下和镜头下的感动与遗憾以一个书系《沙子里的石子》出版。他的家里更是连亨廷顿图书馆的专家都惊叹：这完全是一个微缩的博物馆。他最大的遗憾是当年没能死在太空——1986年1月28日，美国航天飞机"挑战者号"升空73秒爆炸，7名宇航员丧生。皮埃尔本来应该在那航天飞机上，可他没能成行，只因为他是男性。"当时宇航局为了引起更多年轻人关注太空研究，特意从教师中选一位做宇航员，我是最后的候选人之一，可为了尊重女权，最终他们选择了那位女教师。"听我惊呼"你不怕死吗"，他扶正高鼻子上的眼镜，淡然一笑，认真地望着我说："人是要死三次的，你知道吗？第一次是心脏停搏。第二次是被埋葬时。第三次是最后一个记得他的人也死掉时。为了有价值的事去死，我亲爱的，那其实是荣幸！再说，太多的历史真相被遮蔽，而这样的事件被篡改歪曲的可能性显然就小得多，因为那一刻，全世界的人都睁着眼！"

史蒂夫也年过七旬，曾获过艾米奖最佳摄像的他不像皮埃尔只关注边缘弱势文化。"我从年轻时就对历史充满怀疑。我读书时课本上说人类在美洲活动的历史不过六七万年，后来又推到十几万年前，可见我们对自己的历史所知非常有限。在狭隘的民族主义、爱国主义的指使下，许多历史书写者都沦为了政客的奴隶和打手。"他先后花了15年时间，多次自费招募科考人员前往洪都拉斯的热带雨林探寻传说中的古代文明遗迹。他一直自叹福大命大——最后那一次他租了直升机载着最先进昂贵的探测仪器前往，当地政府派了武装人员保护，他们自己也雇了几名英国特种安全专家，因为被告知当地贩毒集团雇用了枪手想劫机。在家人的反对声中，他和前往采访的著名记者道格拉斯各自给妻儿写好了遗书，和十几位同样勇敢的考古学家毅然前往。在那当地人都视为凶险异常且认为是受了诅咒的原始森林里，他们居然发掘出了那被掩埋了几百年的"猴神之城"——被《美国国家地理》杂志评为百年来最伟大的一百个发现之一。虽然没有人员丢了性命，可包括道格拉斯在内的多位成员都被一种奇怪的病原体折磨，病毒专家、"美国钟南山"福奇教授亲自诊治都无效——像寄生虫一样在身体里扎根并形成的溃面像一枚枚受了诅咒的硬币，终生不可痊愈。"人都有一死，可区别在于有些人给世界留下了遗产。我希望我是这些人之一。如果金钱能够为人类揭开这个世界更多的秘密，太值得了！"史蒂夫不仅搭上了太太做生意赚得的钱，还跛了一条腿。

　　读书、记笔记、做采访提纲、写出草稿……因为好几个线索交叉进行，为此把再度返美的我忙得像个陀螺，时间对我来说似乎比当年备战高考都更不够用。同时，还要忧心着某位好不容易联系上的老人不要意外地不辞而别。我那天一早匆匆乘火车赶到洛杉矶市中心，主要是好奇心驱使——二位探险家怂恿说要在他们共同的老友金先生的带领下，去探究一下那传说中神秘的地下中国城。刚迈出车厢就看到了等候在站台上的史蒂夫，他还算浓密的黑发围着一个光亮秃顶，总让我想到勇于吃苦肯于吃亏的沙僧。树荫下马路牙子上，坐着戴着黑白奶牛图案口罩的皮埃尔。看到我，他起身朝我深深鞠躬，故作认真地说他这老迈的仆人终于等到了主人。我喜欢这两位好心、幽默又正直的老朋友，和他们在一起，我们可以无所不言胸无芥蒂，尤其喜欢听史蒂夫这位出生在芝加哥的犹太大叔讲他儿时的故事。他自小就喜欢探究未知的事物，小伙伴送外号"下一道岭子史蒂夫",因为去远足爬山,他总在别人想打道回府时说"再翻过下一道岭看看"。美国有句俗语叫"no stone is unturned",没有一块石头没有被翻过来,有点像汉语的"查个底儿掉"。史蒂夫说在洛杉矶生活了30多年,早就听说有个不对外开放的地下中国城,却一直没机会找到入口一探究竟。"好在我们有金,这熟悉中国城的'内应'。我们相识缘于两家的孩子——我们俩的儿子自小在一起读书。我跟他失联20年了,最近刚又找到他……他也相信不仅中国人,很多族裔都极有可能早在哥伦布之前到过美洲。作为南加华人历史学会的前会长,说不定他还能给你提供一些线索呢。"当然,说到去中国城,美国人的第一反应还有可以吃顿正宗的中餐。

75岁的退休老太太夏洛与丈夫曾沿着半个世纪前另一位美国人默茨女士的考证,"重走"《山海经·海外东经》记述的美洲山河。她幽默地写道:"如果当年中国的僧人也像现在人一样在所到之处刻上到此一游,事情就容易多了。可是,就算他们真刻了,问题是今天的我们能读懂并相信吗?"

3

几个月来,我背起行囊,想象自己沿着早被岁月与风沙吹得无影无踪的先民脚印,梦游一般去寻找他们可能留下的遗踪。在洛杉矶那如朽木般干枯了几个世纪的河床上,在拉斯维加斯远古洪荒里喷射过滚烫岩浆的火山旁,在圣地亚哥被惊涛拍烂过多少航船的海滩边……我望着亘古未变的苍穹多少次在心底发问:你们这些未曾留下姓名的先行者,是否肯给我一点线索让我找到或接近真相?

那个秋末的早晨,蹲伏在洛杉矶中国城的人行道上,读着那个只有棋盘盒子大小的铜牌,我第一次切身感觉到我和陌生的逝者离得如此之近,我似乎听到他们熟悉的乡音,看到模糊又悲苦的脸,不禁长叹失语。那嵌在地上的大屠杀纪念铜牌,像散发出阴冷刺骨气息的漆黑隧洞,里面禁锢着18个冤屈的灵魂——1871年,整整150年前,同样是这样一个深秋的日子,洛杉矶还只是人口不足六千的荒凉小镇,500多名疯狂的暴徒见到中国人就用刀砍用枪杀,甚至活生生把他们用绳索吊死!18条到异国谋生的手无寸铁的鲜活生命,就那么屈辱绝望地奔赴黄泉。近10%的洛杉矶人屠杀了近10%的无辜华人!我此前看到过那不忍卒睹的照片,那些被丢弃在地上的细瘦劳工的尸体,静静地睡着了一般,互相压着摞着,像他们一天前刚在蜗居的小院劈好的木柴。客死异乡,孤魂无依,陪伴他们前往另一个世界的只是身上那件母亲缝制的棉布单衣。

"清末的中国民不聊生啊,饥荒、苛税压得人们走投无路。我的太爷爷、爷爷、父亲都是那些豁出性命殊死一搏的人。"72岁的金布衣布裤,脚上是一双圆头灰黑相间的休闲鞋,那鞋带有些长,触着地。他的头型很扁,须发皆白,大框金边眼镜后的眼神坦诚沉静,是见识过世态炎凉的淡定。他那随时顾及他人感受的态度,让我直觉他是个从小就懂事的孩子。走在街上擦肩而过,说他是中国人、韩国人、日本人、越南人,我都信。作为五代华裔第一个出生在美国这片土地上的中国人,多文化大染缸的浸泡让他属于名副其实的无法归类的一群。他祖上来自广东台山,和太太都讲得一口流利粤语,却不会说一句普通话,更从没到过中国。他的朋友各种肤色都有,白人黑人亚裔人拉丁人在他眼里没任何亲疏之别。坐在南加华人历史学会那像小图书馆一样的办公室里,看着墙上那别致又堂皇的胭脂红壁布、三叶草镶深蓝条纹壁纸,我有些恍惚,好像戴着金色卷发套的法国主人随时会从200年前穿越回来。我们用英语聊,反正,为我们牵线的两个美国佬都不懂汉语。

  我后来越发感觉到金和在唐人街进进出出的那些人不一样。

  距与金会面的时间尚有一小时,史蒂夫开着车带我和皮埃尔在洛杉矶市中心无目的地兜兜转转。我向来方向感差,根本不清楚也没想闹清楚我们究竟在往哪个方向开,只感觉路上所见有两样特别醒脑。一是街道边天桥下,随处随地可见的圆鼓鼓的小帐篷，深浅不一，灰色黑色居多，它们安静又固执地填充在每一块有可能落脚的地方，排列整齐互不侵犯，任各种车辆汇成的河流或急或缓地从身边淌过，它们像岸边的石块般，一动一静两不相扰。那是无家可归者暂时栖居的家。

"他们像蝙蝠，昼伏夜出，所以你看不到人。"史蒂夫戴着蝙蝠侠一样的墨镜，过于夸张地打着方向盘在这热闹又寂寞的水泥丛林中左冲右突，像一个缺乏经验的劫匪不知该去劫谁，同时不忘了叮嘱我，"你可别让他们看到你在拍照，他们随时可能会跟你急，轻则跟你竖个中指暴粗口，重则有可能拔枪动刀。"于是我的相机便对准了另一个让我瞠目惊叹的风景——各种极富创意的涂鸦。这里有群七彩蝴蝶翩飞着覆盖了一整面墙，那里则是电话亭被绘成了一个卡通少女，连黑色的街头垃圾箱也不放过，一只红色的小猪被画得瘦骨嶙峋，趴在箱盖上似乎在觅食。

皮埃尔也没闲着，自从疫情以来他也是第一次来市中心，在副驾座位上对一闪而过的建筑和街道不停地指指点点。"看到那灰绿的楼了吗，以前的监狱。"我扭回头望去，看到一个老旧却结实的墩子楼，许多窗玻璃都像经过暴动一般破损不全，像另几座废弃的建筑一样，黑色的涂鸦是显示人类存在的唯一证明。"天哪！这葡萄酒厂还在！40年前我曾带着学生来买葡萄，在我家后院教他们酿酒。我每年得酿够5000加仑才能保住那酿酒执照。"我看到仍有卡车出出进进画着巨大紫色葡萄的红砖院落。

4

"看,这就是你们的唐人街!"他们俩几乎异口同声地提醒我。可不是吗?那金色的飞龙、大红的灯笼近在眼前,都褪了色,更像档案馆历史文献里的一页。明明该是威仪的喜庆的装饰,在这日新月异的21世纪,却只显得凋敝与过时。

客居异国,每逢路过所谓唐人街,我心里都五味杂陈——我实在找不出一个合适的词汇来形容这中国人身在异乡本该最有归属感的所在。它分明是中国的印记,是中国的符号,可它不像旗袍,哪怕其他族裔看了,都感觉得到那贴身悦目的性感美好——只不过一块布,掐腰、开衩、盘扣、绲边,不动声色,东方风韵就施施然抖落在空气中。它又不像麻将,透着小富即心安的从容与笃定。美国人从主妇到明星都以邀三五好友搓几局为雅趣,那古老的游戏让消闲更添了几分神秘,与打保龄球和去赌场相比,一块块骨牌碰碰停停背后,那欢愉是文明的家常的,是气定神闲的怡然自得。

唐人街是在异国土地上顽强扎根存活下来的一片树林。可几个世纪下来,在岁月的冲刷下,迫不得已地,不知不觉地,它已经失去了自己的鲜明色调。没错，雕梁画栋的红漆木廊仍在，挂着汉字牌匾的小生意门店仍有，草药、海参、富贵竹、小笼包、干炒牛河你都能找到，可那与中国不搭界的现代建筑与门店似乎只是一夜之间钻出来冒出来，不容置疑地立在那儿，像入侵的外来寄生植物悄然改变着这一小块异族文化的版图。开始它们还像大大小小的补丁，在中国城边边角角惹眼又突兀地出现。很快，它们蔓延扩充到了宿主的身体内部，遮盖住了它曾经鲜活的原色。甚至，到了后来，最初的主色被切割得七零八落，反倒变成了残破的补丁。唐人街，不再只是中国城。

来前在网上看到油管（Youtube）上金坐在中国城的台阶上接受采访，他说亚裔人口如今只占中国城的六七成，越来越多拉丁裔和其他族裔杂居其中："倒不是文化或意识形态原因，纯粹是房产市场的牵引——房价越来越高，以前的亚裔老住户宁可卖房获利，搬到便宜地方去安度余生；有些开发商把平房改造成多层公寓，更多其他族裔年轻人成了中国城房客。另外，一些中国传统的生意倒闭了，更有利润的艺术画廊和美甲店搬进去……"

一切似乎都与时俱进了，可那在中国城进出的人似乎最能抵抗岁月的打磨，他们在街头或独自或结伴走过，神情寂寥、表情落寞，让人以为他们仍生活在清朝或民国某个沿海渔村。

与国内生机勃勃的城乡氛围相比，这里，显得过于沉寂且不合时宜。

作为中国人，我不喜欢唐人街。可我总忍不住去想象曾经生活在那里的先人。他们，无论是寿终正寝还是死于非命，睡在蒙尘的历史里，至少，给今人留下了无尽的怀想——属于他们每个人的那场大戏，究竟是什么样的？

忽然想起路上读到诗友小石新写的一首悼亡诗：

是去路，还是归程？

给他盖上月光吧

厚一些，天冷，后半夜有大风

5

可能是6美元1加仑的加油站招牌提醒了史蒂夫，他收住油门，似乎考虑了片刻，把车驶进与中国城一街之隔的洛杉矶历史公园。"这里是洛杉矶的诞生地。我儿子小的时候我带他来过这儿，当时满地都是废弃的旧铁轨。再后来这里成了玉米地，就像几百上千年印第安人居住时一样。"那是一个狭长的草坪，踩上去松软舒适，不难想象脚下就是曾经富饶的洛杉矶盆地，洛杉矶河正是从这里南下流向太平洋。灰蓝色的巨大龙舌兰这一棵那一丛地与鹅卵石相依相衬。200多年前，太平洋铁路从这里迤逦而过，往来旅人就在那个河水站上下火车。当年有水车，有教堂，前者滋养着人类的身体，后者安抚着他们的精神。如今只有几个遛狗的男子，气定神闲地牵着高大的爱犬快步走过。

一年前被查出患了白血病的皮埃尔体力大不如前，看到有人在往草坪上划白线做标记，他仍先天下之忧而忧，自言自语般说："他们究竟在搞什么？我可不希望在这空地上盖什么建筑。"话音未落，他已经迈着不够灵便的双腿上前去问询，白发在风中直立着像一面小旗。

两个穿着公园墨绿制服的年轻小伙很热情地搭话，说他们只是为周末即将举办的跳蚤集市做准备："陶瓷、家具、植物、服装、食物，应有尽有，很热闹，欢迎你们来参加。"立在那阳光普照的空阔大地上，天蓝得让人想眯起眼睛。遥想当年，我不由得为印第安人难过。下河出海可捕鱼虾，丰饶土地上有玉米可收获，好端端安居乐业的生活，忽然被所谓文明的西班牙人给彻底打乱。他们一茬茬走了，像他们一茬茬收获的玉米，倒下就不再起来，与唐人街那些在历史里沉睡的人没有两样。

"你相信中国人早在哥伦布之前就到过美洲吗？"这句话像没经过我大脑下令就顽皮地冒了出来。那高个儿肤色偏黑的小伙子看着我，大眼睛黑亮真诚："当然相信。谁都知道印第安人源自亚洲，他们几万年，甚至十几万年前就来到了这里。后来的中国人当然也有可能往返亚洲与美洲之间。如果当年他们在这里繁衍生息留下来，也许就不会有后来印第安人的血泪史。当然，历史永远不能重写。"他说他的祖先是西班牙人，后来去了墨西哥，然后又来了美国："原生墨西哥人也都有亚洲血统，一定有。我有一对年轻的墨西哥朋友去越南旅行，当地人非说他们是越南人，因为五官和肤色都太像了。他们也感觉不可思议，左右打量，确实长得那么像，可他们明明好几代人都在墨西哥啊。我相信现在地球上的人类都是在一个大熔炉里混合过的。只有愚蠢的人才把自己与他人划得一清二楚。伸出胳膊，大家流出的都是同样鲜红的血，这就是一家人。"这位沉稳的小伙子让我着实喜欢，我没想到一个普通年轻人的眼界与心胸竟如此开阔。立在那儿聊了半小时，虽意犹未尽，赴约时间已近，我们挥手道别，我记住了他制服上绣着的名字——格林多。不翻开每块石头不罢休的史蒂夫后来上网查到，格林多是欧洲一个非常古老的贵族姓氏。

6

南加华人历史学会坐落在两栋褪了色的低矮平房里，那200多岁的房屋最早由法国人建造。院子不大，几辆车一停就感觉转不开身了，但仍是有生机的，左手一株挂满了果实的柠檬树，右手是那落尽了叶片只剩下虬劲枝干的老枣树，让这院落有了中西合璧的家的温馨。"我想知道给这两栋房重新刷漆需要多少钱？本来很别致的房子褪色后显得太破败了。我知道这学会属于民间组织，一切费用全靠民间集资。"史蒂夫说出他佩服金的另一个理由，"据我所知，他从来就不是富人，可几十年来他从未生过一丝挣钱的念头，把时间精力都花在了这学会上，当一两年志愿者可以想象，可一当这么多年的，没几个！"

"你坐火车来的？经过一个隧道对吗？那是圣费尔南多隧道，是中国人在1876年建成的。难度非常大，2.1公里的隧道历时一年半才完工。"金的英语极好，没有一点口音。史蒂夫和皮埃尔像两个初次到人家做客什么都好奇的大男孩，不停地在各屋之间的书架和展柜间走走停停。本来大家都戴着口罩，金声明自己已经打了三针疫苗，见没人反对，他缓缓地把那口罩从嘴上移开挂在右侧的耳朵上，也闲闲地立在沙发旁，两手插进裤袋里，松松的裤管挽起的袖子和吊在耳朵上的口罩，都让他像个永远不会对世界造成任何伤害的稻草人。陪我们的几个小时，他那旧手机不停地响，一会儿是华美博物馆那边通知他去开会商讨洛杉矶大屠杀纪念馆的细节，一会儿是南加华人历史学会接到新的捐赠物品。

史蒂夫与金因孩子而相识多年却交往并不多,除了学校开家长会碰面,就是金曾邀请史蒂夫一家去参加中国新年的游园会。"他们夫妻都是最典型的好人,你从来听不到他们讲任何人的坏话。可他也真是老得不像话了。上次见面时他还挺拔得像一棵树,现在哈腰驼背老迈成这样了,可你看他忙的!"史蒂夫称呼这老友为金,源自他的本名尤金。我好奇地问为何他的姓是莫伊,他老实又略带一点难为情地说莫伊其实只是文件上的姓氏,他祖上本姓王,当年为了回避美国对中国移民的限制,只好隐姓埋名。"谁不想拥有自己的姓氏?中国人尤其讲究光宗耀祖,可为了生存,为了应对不公平待遇,只能这样忍气吞声。"即使说到屈辱,他的语调仍然低沉,眼睛里只有良善无辜没有丝毫愤怒,但那肃穆的表情分明又是庄重的。

我的目光忽然被桌上一摞旧文件吸引。那是一张签署日期为1929年11月2日的入境申请:"我现欲离开美国出游外邦,今由华人出入之港埠而去,将来亦即由该埠而回……"旁边是一位老者的黑白照片,下边除了注明年龄身高,还写有一行小字:左眼眉外侧有一个疤,左颧骨处有痣一颗。那位57岁的面容忧戚的男子就是金的祖父。"我对祖父知之甚少。只知道他在蒙大拿开着一个洗衣店,同时还有一个西雅图的地址。"

看我对旧物故人感兴趣,他送我一本有关南加华人历史的书,签名时,用汉字写下了他的中文名字:梅元宇。我虽然也随口叫他金，可心里，我更愿意叫他老梅。

说到家族里第一个来美国的曾祖父，他没有任何印象，只猜想曾祖父是当年随着淘金热到的美国。1906年旧金山一场大火烧毁了市档案厅，却给许多得不到身份居留的苦难华工烧出了活路：1882年美国施行《排华法案》，不仅禁止中国人赴美，已经在美国的中国人也不能申请美国身份。祖父迫于无奈和其他华工一起声称自己于1866年出生在美国，出生证明被大火烧掉了。事实上直到1943年《排华法案》才被废止，但移民到美国的中国人得到的配额却少得可怜：每年105个人！

侥幸留下来的祖父和大多数中国人一样靠开洗衣店谋生。1929年，他回到广东把自己的儿子接到了美国。

"我父亲到美国时已经22岁，在老家已经娶妻。为了生存，他丢下怀孕在身的妻子漂洋过海。同行的有一个我的堂兄，他的侄子。他们在西雅图被扣留了四个月才被允许以移民身份入关。"从照片上看到，金的父亲是个相当体面的年轻人，照片上的他着一身白衣坐在一个医生家的侧门台阶上，神情阴郁。他是那户有钱人家的厨师兼保洁。由于经济萧条，本来给一个叔叔的洗衣店打工的他沿着爷爷亲手修建的铁路，搭货车从东部几经辗转到了洛杉矶。他去果园、农场干农活，和其他中国人一起睡在简易板房里。年近三十，他甚至注册去读了高中。他在国内就受过建筑学业训练，谋生之余，他甚至在

USC（南加大）注册继续读书，可生存的压力让他的美梦破碎，除了挣扎着养家糊口，靠教育改变命运几乎是奢望，况且，稍微体面一点的工作都不会雇佣华人。

"1929年的冬天在我父亲眼里是最冷的冬天。正是那一年，他叔叔的洗衣店关张了，他只能借宿在别人的店里，差点儿被冻死。'二战'爆发，他省吃俭用与叔叔和侄子三人合伙，从日本人手里买下了一个极小的食品杂货店。不久他在家乡的妻子死了，他回乡再娶，娶了我的母亲。"金虽然出生在美国，可伴着他长大的最忠诚伙伴仍是困苦，"我父亲后来一直靠经营食品店维持一家大小的生计。我们自己都很难想象，那个小店居然养活了三家二十几口人！可我们吃不起自己店里卖的食品，饭桌上更是很少见到荤腥。我们在店后空地上种菜养鸡，我一辈子都忘不了双手伸进热水里蹲在地上煺鸡毛的场景，那气味儿，哈！"

7

童年的经历让金早熟。母亲在生了第四个孩子不久就撒手人寰，是姥姥把四个孩子拉扯大。两年后，父亲再娶，这次是一位34岁的香港女人。一家七口就住在店后那只有两个卧室的小平房里。"我姥姥是个严厉的老人，梳着紧而小的圆髻，每晚都枕着她从中国带来的硬枕头。"金是长子,自懂事起每天放学就直奔食品店去干活,从没有一天落下过。有一天他实在馋了,省下在学校喝牛奶的钱去别的食品店买了点儿肉,在家赶紧弄熟了吃掉,然后不忘打开门窗通风,以防父母回家后发现异样。矮小的他最痛苦的不是吃不到肉,而是来自他人的歧视与侮辱。

聊着天,不知不觉已是正午,我们起身去觅食。年轻时从军被美国兵戏称为"小法国人"的皮埃尔老了越发怀旧,嚷着要去吃那30年没挪过地方的法国三明治。于是我们都坐进金的车里由他载着前往。第一次,我在美国的餐馆被要求查验是否注射过新冠疫苗。皮埃尔从不用手机,但从皮夹里利索地取出一张卡片,我的另两个朋友也都亮出手机顺利通过了,我急得在手机微信小程序上找我的中国接种记录。"你不是打过一针美国的辉瑞吗?给他看那个!"皮埃尔急着去找座,给我出主意。"打过一针不可以。"那面容和善甚至带着点难为情的墨西哥裔小伙子说。我终于找到我的科兴疫苗接种记录。虽然是中文,但那日期和照片仍被接受了。

店是进了,可那已经拐了几道弯的排队点餐长龙着实让人不乐观。皮埃尔交代给史蒂夫他要一个双层牛肉汉堡,就兀自去占座去了。我们伫立在队伍中,半天都看不见有人往前挪动,都有些心急。金歪过头轻声询问我和史蒂夫是等下去还是换一家。

于是叫起不情愿离开的皮埃尔,一行四人再次回到街上,像一队不战而退的散兵。在金的带领下,我们跨街去吃越南人开的名为五月花的中餐。等菜的间隙,我好奇地问他是否受到过种族歧视。"哈!"他轻叹了一声哭笑不得地望了我一眼,似乎在说这是和阿拉斯加每年都下雪一样平常,"我五岁时,父亲把家搬到了洛杉矶东南边一个全是白人的社区。从此我们就成了攻击的目标,威胁让我们滚出这一带的电话,扔到窗户上的鸡蛋,被揣翻的垃圾桶……七八岁的时候在街上走,就有人往我头上吐口水。在我爸的店里干活,总有顾客找茬骂我们是'日本鬼'或'中国佬'。有时我真想跳过柜台去还击,可我父亲总安抚我,他太知道那样做的后果是什么了。"随着社区白人的迁出和有色人种的搬入,肤色越杂,打架似乎也越成了孩子们的家常便饭。棒球棍、小刀什么都可以挥舞在手中,口中喊着:"a fight, a fight, a Chinese(or a black)and a white!"意思是:打架,打架,一个中国人(或黑人)和一个白人!金的父亲更是浸着血泪在支撑着一家老小的生计,无论受到如何非人的歧视,在"二战"时他甚至想入伍抗击纳粹,可因为听力损伤不能应征。他那小小食品店的名字叫V(victory),寓意"胜利"。可好几次,他开着运送食品的卡车遭到警察拦截。他们把他拽下车摁在地上呵斥盘问良久,直到被确认他不是日本人才放行。

金吃得不多,却很慢,我们都放下筷子了,他仍在不慌不忙独自吃着。我建议他把虾和肉吃掉,他却认真地说"其实最应该把这蔬菜吃掉",边说边夹起一箸翠绿的油菜。

我想起之前在金桌上看到的一叠底色泛黄的文件,铁锈红的正文处是英文手写体的身份关系说明。三个中国男孩在那黑白照片上望着我,十来岁稚气未脱的孩子都眉头不展,脸上的表情是倔强又憋屈的。金说那是他父亲以儿子的名义带到美国来谋生的亲友的孩子。望着这些远离父母与故乡的孩子,望着他们单薄窄小的肩膀和显得有些乡气的发型(可能不久前刚剪掉了辫子),我不觉心痛,像被无名的手揉捏。为了生存,谁数得清这些孩子低头忍受了多少侮辱又咬牙扛过多少风险?古希腊哲学家伊壁鸠鲁曾说:"在别人眼里,我们个个都是一出大戏。"可悲的是,没有足够的关注,再大的戏都会像没发生过一样被忽略。

8

午饭后,金开车带我们去看所谓的地下城。加州阳光总是慷慨晴朗,蓝天下,即便那些废弃失修的建筑也似乎自有一种萧瑟之美。"看到那个写着正义的殿堂的建筑了吗,多么讽刺,那里就是当年暴徒用私刑吊死中国人的地方。"他轻车熟路,像个农人在自家地里一样边走边给我们介绍旧居故巷。我问他是否认识大屠杀幸存者的后人,他摇头说当时许多死者都年轻得没有家室,自然也就没有后人。听说有一位死者有太太,可后来不是死掉了就是早搬离了洛杉矶这野蛮的伤心地。

史蒂夫问我们昨天看新闻了吗,报道称洛杉矶市长埃里克·加希提"创造了历史",他代表政府首次为150年前洛杉矶对中国移民犯下的罪行公开道歉。"我认为这态度很重要。有些人说让过去的就过去吧,可如果不知道历史真相不让今天的人、未来的人记住发生过的惨剧,愚蠢的悲剧和闹剧还会出现。"副驾座位上的皮埃尔像是小声嘟囔,可我们都听得清楚。1871年10月24日。大屠杀中无名的惨死者和那个日子一起,像一块烫人的烙印警醒着有良知的后人。

很快我们就看到了那个红砖砌成的法式小楼,位于洛杉矶北大街423号的加尼埃大楼。作为洛杉矶曾与华人关系最密切的地标建筑,它建于1890年,当时的中国人包括金的父亲就曾租住在楼上多年。在1906年的那场大地震让洛杉矶大多数建筑都被摧毁了,而加尼埃这敦实的两层小楼仍然作为老唐人街的象征立在那儿。可就是这样的历史符号,仍不得不给高速公路让步,这楼的南侧在1950年也被人为地拆除了,理由是给好莱坞高速让路。

几株梧桐树立在楼外，枯黄的叶片随风起舞，树荫与叶影投映在红色的砖墙上，颇有几分岁月苍凉之感。那黑白照片上的低矮餐馆、商店、草药店、杂货店、豆饼厂、熟食店呢？行人匆匆走过，我留意到没有人低头看一眼那脚下的小铜牌。

我们仨俯身打量，像注视着沉入沧海底部的一个小石子。"1870年洛杉矶在册的中国人只有172个，不过总人口5728的3%。超过一半的中国人住在一条15米宽的一条街道两旁的土坯房里。黑人巷，并不是以非洲裔美国人命名，而缘起于最初居住在那里的黑皮肤西班牙人。那里曾是赌场、妓院扎堆的危险地带。尽管凶杀案高于当时臭名昭著的纽约或芝加哥，但洛杉矶只有六名警察。"金仍是哈腰弓背稻草人般立在那儿，说到当年对华人的大屠杀，脸色仍似说到自己的家族苦难一样平静，就像梧桐树上那些叶片，栉风沐雨太多，没有什么值得大惊小怪。说到几家文化机构正在合作一个令人期待的项目——虚拟游中国城，只需上网便可足不出户在中国城的过去与现在穿行，他的眼睛亮了起来。"谁都知道我们不能指望一群历史学家为历史盖棺定论。我们每个人都应该有意识探究历史真相。"在一起待了半天，第一次看到他嘴角快慰的微笑。

我的伤感大概让好心的史蒂夫不安，他上前来劝慰说其实不只是中国人，从19世纪至20世纪中期，人类的日子都不太好过。"我有一个祖先为了到美国来，从俄罗斯愣是徒步走到欧洲！他误了航船，又赶上美国限制犹太人入境，他滞留在欧洲一年多，历经九死一生才踏上美洲的土地。到了才发现，那不是美国，而是加拿大！"

第一批中国人据说于1852年来到洛杉矶，大多是男性，洗衣工、园丁、农场及筑路工人是他们最主要的职业。在半个世纪后，唐人街已经有足够规模，不仅发展到15条街巷，还拥有一个中国歌剧院、三座寺庙、一份报纸，甚至自豪地拥有了电话交换机。而这曾经的中国人的繁华已是过眼云烟，居于洛杉矶市北边那三角形地带的中国城已经被高速公路、体育馆、公园、办公楼围绕。历史，是多么轻易地被淹没，被抹去！

皮埃尔踮脚往已经关门的华美博物馆里张望，然后回过身来期待地望着金。"你们也许会失望的。和俄勒冈、弗雷斯诺所谓的地下中国城一样，只是老建筑的地下室和周边相邻的建筑的地下通道。"话虽如此，金仍佝偻着腰像个老管家一般拿出一串钥匙，低头开着一扇小门。作为土生土长的洛杉矶人，宽厚沉稳的他反倒让我联想到中国乡村里那知书识礼的大爷或阿伯，是那种你受了欺负或冤枉时第一个想要投奔了去倾诉的人。

随水泥台阶而下，在机器嗡嗡作响的背景中，我们相跟着穿行在地下迷宫一般的灰冷的墙壁间。头顶上粗大的电线电缆如八爪鱼的触须一般延伸到每个角落，这传说中神秘的地下城早已成了机房的心脏枢纽。虽然在雪白的灯光照耀下,相当高大宽敞的空间没有一处阴暗死角,却仍让人不由得绷紧神经,总感觉身处密闭的空间随时会窒息而死。"这真是拍恐怖片的最佳场所!"皮埃尔原本不利落的脚步似乎一下轻快起来,他先带头往外走,好像多待一秒都会让他犯心脏病。

日头西斜,我们又坐进金那辆七座本田车里,一同回那小院开史蒂夫的车。听说我不久要回中国,金说他一直想回去祭祖寻根,两年前刚申请了一本护照,只是疫情把一切都按了暂停键。"历史越是纯粹便越可怕,因为那往往意味着真相被遮蔽,被篡改。我希望有更多的人为那些被遗忘的、失去了声音的人发出声音。"站在院里,金一字一顿地跟我说。跟他道别时我给他一个拥抱,却感觉那只是一个虚拟的拥抱,他的腰往前弓得厉害,我们俩的身体之间空空的像隔着两个拳头。

回程列车仍如来时一般准点。车厢空荡荡的,像时光穿梭机,除了我,只有两个把口罩都戴在鼻子下的白人年轻妇女。后来我才看清,她们怀里各自抱着一个婴儿,大大的脑袋左右摇晃着,像会眨眼睛的玩偶。

我掏出手机,迫不及待地搜索金提到的圣费尔南多隧道。"1875年3月22日,超过1500名中国劳工参与了隧道建设,他们中的许多人之前都有在南太平洋特哈查比山口隧道工作的经验。隧道始建于山的南端,由于山上的砂岩饱含水和油,经常发生塌方,必须在开挖过程中不断用木材支撑。隧道高6.7米,宽为5.5米。在挖掘期间,同时铺设轨道,由马车清除泥土和岩石。第二年夏天,隧道的南北两端施工者在中间会合,每一端的钻孔仅偏离直线半英寸。当年8月12日,第一列火车通过了隧道,意味着旧金山和洛杉矶之间的铁路线从此畅通。"

我正读着,手机信号消失,窗外瞬间成了黑夜,钻入隧道的火车像驶入了时间真空一般令人恍惚。我轻闭上眼,不再挂念我那断翅的蝴蝶,而想象自己身边正有那150年前的先民忽悠着擦肩而过,我真想对他们说:嘿,哥儿们,干得漂亮!

正如皮埃尔所说,逝去的如果还有理由被人想念和记得,其实仍然活着。中国人和印第安人,古人与今人,都如此。

看医生记

1

"我去过一趟中国,只是路过,从香港飞回洛杉矶,中途在北京转机,我们一行租车从机场去看鸟巢,当时北京即将举办奥运会。一个很有意思的发现是,中国人几乎不笑,地铁、公路、机场,所到之处,我面前的人个个表情严肃甚至凝重。不对,我还是看到了一张笑脸,那是一个婴儿,被母亲抱在怀里,看到我冲他微笑,挥着小手笑了起来。你说,为什么中国人不笑呢?"

发问的是高大健壮的犹太牙医大卫·金伯格。他60岁左右,白而微胖,眼神戏谑而带着慈悲。犹太人以精明著称,而行医的职业又让他不得不尽力视众生为平等,谁来了都要让人躺在那斜椅上,他仔细打量后胸有成竹,动用刀子钻子一排工具,又洗又冲又补又镶,一丝不苟,童叟无欺。

第一次去看他，就被他毫不留情地质问如过堂："你不用牙线吗？那怎么行，食物塞在牙缝里是不能百分百被刷掉的，二十四小时后就会形成牙垢顽固地长在那儿。牙龈出血，根本不是牙龈的问题，而是牙垢导致的。你居然没有龋齿，这倒真吓到我了……"

在国内两年没有洗牙，揽镜自照，已颇心虚，我自知问题严重，是不受牙医欢迎的。硬着头皮去了杰伊推荐的牙医诊所，据说几年前刚由闹市迁到这僻静所在，一个镶着灰蓝玻璃的敦实三层建筑，与会计师、营养师等不相干的行业分享一个个独立的单间，完全没有中国医院的森严感觉，因为本来就不是医院。

本是去洗牙，被告知牙垢严重，需要深度清洁，要打麻药。

好在躺在那里，戴着黑黑的墨镜，任由他一双手用尽各种工具在我大张的口腔里纵横捭阖，地盘不大，却感觉得出他庖丁解牛般的游刃有余。

一个顶着浅绿色短发的矮个年轻女护士，站在一侧用长长的软管随时清理我嘴里的血水和牙石。

"在中国你们不洗牙吗？"大卫边干活边聊天，听我支支吾吾也不理会，像在和自己说话。

"你是作家，写作用中文还是英文？"约一刻钟，一侧洗牙结束，护士摘掉我脸上的墨镜，递给我一杯淡蓝色漱口水。我看到大卫的白大褂上有丝丝血迹，而他仍是戏谑地微笑着如一座佛像稳稳地站在那儿。

"当然是中文。"我道。

"为什么当然是中文？你的英语有口音，并不说明你不能用英文写作。"他脸上又露出那不以为然的好战表情。

"记住，天天都要用牙线。我教你，要把牙线缠绕在中指上，探进口腔，而不只是用拇指和食指捏着。"他明明是教训的口吻，却丝毫不让人反感，因为他的负责认真态度。

"好吧，我会记住，和锻炼身体一样，要坚持。"我话未落音，就被他打断："别跟我提锻炼，我讨厌它。"

他故作夸张的神态和腔调把我和护士都逗笑了。

"你现在可以说话了，告诉我为什么中国人都不笑好吗？"他认真起来，望着我，金边眼镜后的眼睛里本该是好奇，可由于他富态的五官，那好奇带着审视。

"好吧，我的理解是，中国虽然现在GDP在全球排名第二，也有许多富起来的人，被你们笑话为移动的钱包，到处购买奢侈品，但事实上，中国仍是一个发展中国家。大多数中国人都经历过为衣食所忧的年代，物质缺乏的阴影并没彻底消退。另外，当前的中国经济飞速发展，人们在拥有了许多自我实现的机会的同时，也伴随着越来越多的竞争压力和生存焦虑。中国的社会形态与已经是发达国家的美国是完全不同的。中国人不笑,并不代表他们不友善,如果有人遇到了困难,即使萍水相逢素不相识,他们也会伸出援手。"

我的一番话,居然让他频频点头。

"是不是和你们的教育有关?"他的双眼散发出智慧的光芒,那一刻与其说他是个医生,更不如说像个大学教授在和学生探讨问题。

"有道理呢。中国有个著名的学者叫南怀瑾,他就曾在回答一个美国人关于中国人不笑的问题时说过,中国人对孩子的教育自来就是不要跟陌生人搭讪,更不要说冲人笑了。作为对养生很有讲究的学者,他就认为拉动一下脸上的肌肉冲人微笑的瞬间,其实会对自己的精神愉悦起到不可小视的作用。"我想起刚读过的《南怀瑾讲〈黄帝内经〉》,现学现卖起来。

"那看来美国人比中国人长寿,因为我们从小就笑。"他半打趣道。

"还真不是,中国香港人和日本人,一起并列世界最长寿的人群,而且有调查显示,在美国的亚裔族群的寿命长于白人和黑人,因为他们的烹饪饮食习惯相对更健康。"又是我最近读到的新闻。

"好吧,中国赢了。"他双肩一耸,做无奈认输的表情。

大家又都乐了。

过了两周又去看他，为了拔掉两颗智齿。

每次打一侧麻药，只能拔掉一颗，为的不麻痹全脸的神经。我从小到大没拔过牙，说不紧张是假的。可似乎除了打麻药时有一点刺痛感，还没什么感觉，就看到那颗牙面已经发黑的牙齿被他捏在手里向我展示。

"你可以走了。"仍是那个女护士，这次头发变成了葡萄紫，她递给我几块带有消炎药水的棉球，让塞在创面上用上下颌咬力固定。没有额外消炎药。

"我需要注意饮食吗？比如什么不能吃不能喝的……"我不放心地问。

"没有，你什么都能吃。"大卫已经在电脑前查看下一位患者的档案了，镜片后打量我的眼神一如既往，似乎整个世界都当在他的哂笑之下。

木着半张脸，回到家里不能吃不能喝，想找点活儿干，发现草坪上东一朵西一棵净是蒲公英，有的还开着金黄色的小伞花。杰伊负责割草，他这博爱主义者却相当不喜欢蒲公英，认为它们是杂草，理当被清理掉，就像他看到成群结队的蚂蚁也一定要用雷达喷雾消灭掉一样。

用尖嘴小铲一棵棵挖出来的蒲公英翠绿鲜嫩，灵感一动，这老祖宗号称天然消炎药的植物，何不用来煮水喝一试？至少伤口不至于化脓。

两杯淡绿的蒲公英水下肚,心理作用加药理作用,感觉腮帮子的肿胀感大消。

第二周去拔另一侧的智齿时,我兴奋地报告给大卫这一战果,他听了先是一愣,然后不慌不忙地摇着他的大脑袋:"蒲公英?天哪,女士,我给你的棉球才是真正起作用的好不好?"就像他上次听我说用了一款电视正播放广告的牙膏感觉不错时一样。"那只是广告好不好?"眼神半责备半嘲弄,定定地望着我。

我知道要劝西医相信中医就像让他们相信猪蹄、鸡爪可以做成美味佳肴一般不可思议。

"这一次你可能要受些苦了,这颗牙不是很好对付。"他有些坏笑地俯身望着我,像对一个即将接受惩罚的孩子发出警告以获得事后免责。

人为刀俎,我为鱼肉。我唯一能做的就是深呼一口气,闭上双眼,张大嘴巴。听天由命的感觉居然很放松。放弃挣扎,可能是人生最轻松的状态。

"好了。你看,都黑了,和上一颗牙一样,再不拔就会有洞,形成龋齿。"不仅和上一次一样没有任何感觉,时间还超短,似乎只有一分钟,那牙齿已经被他夹在镊子里向我展示。

他又递给我一个小塑料袋,里面是一盒牙线,一个细毛牙刷。"回家休息吧,恢复感觉之前别吃饭,以免咬破自己。可以喝你的蒲公英茶，呵呵。"

正要跟他道别，一个面目身材都清瘦的老男人熟识地走进门与他打招呼。"哈哈老家伙，你还活着呢？"他说这是他的经纪人，二人从年轻时起就合作，已经30多年了。

自此，每半年我都要去看一次大卫，不知道在这人生的河流中，我们能够同行到何时。我喜欢这位犹太大夫。

2

我看的第二个美国大夫名叫尼古拉斯·图索，一位妇科男大夫。

以前在中国看妇科往往是清一色的老太太或中年妇女。被一个陌生男人检查私处，我多少还是有些不自在，可真面对他时，我才发现完全多虑了。

"你叫Bing（冰），那一定不用谷歌吧？我也用Bing（必应），都是搜索引擎，凭什么谷歌股价那么贵？微软的股价才100出头，谷歌就1000多块了……"站在我面前的图索大夫寸头方脸，一双眼睛帅气真诚，鼻子有些短，却挺直，让他显得有些俏皮。虽然穿着医生的深蓝制服上衣和裤子，脚上却趿着一双豌豆塑胶拖鞋。

看我安静地坐在那间只有五六平米的治疗室，他话锋一转,立在一块平板电脑前开始查看我的检查数据。上次来做宫颈涂片检查时是一位女大夫,这次约她却时间不凑巧,而我急着赶回中国去,就被安排给了图索大夫。

"HPV阳性,需要进一步病理检测。不用紧张,也许没有大问题。即使有问题我们也有办法,你在可靠的人手里……"说这些话他并没看我,还不时吹两下口哨。"你知道我们的总统特朗普马上要发起对中国的铝和钢材的贸易战了,我们可不盼着这一天到来。他是个疯子……"他又东一句西一句地闲聊,直到女护士推门走进来。

"好了,我们可以开始了,脱掉内裤,双腿叉开躺好……"他果断地吩咐。我才明白他在等护士来,要医生和护士两个人都在场才可以开始诊断检查,这看来是行规。

"看起来应该问题不严重,只是有炎症,需要病理切片化验结果出来再定治疗方案。"即使在采集病理组织,他仍扯着闲篇,问我是否经常回中国,写的书都是关于什么内容,他希望我某天获得诺贝尔文学奖,最起码也是普利策奖。

我知道他是为了让病人放松,故意没话找话。不由对他敬意陡生。

一周不到,就在邮箱里收到病理检查结果,癌前病变,必须施行切除手术。第二天,手机里显示一个陌生的号码,却是图索大夫。"不要害怕,癌前病变并不是癌,好消息是你的检查结果是良性的，但因为阶段比较靠后了，一定要治疗了。我会为你接任LEEP手术，就是用局部烧灼方法把那发炎的一块切除掉。"他的声音仍是那么轻松自如，和谈股票一样，让我都不好意思过于显露紧张情绪。

"可是，下周我就要回中国，一去就是两个月，再回来治疗是否来得及呢？"

"没问题，癌变也是一个长期的过程，不在乎这两个月。回来约吧。"

五月份从北京回到洛杉矶，先去拉斯维加斯跟杰伊参加保龄球赛，三天后又飞芝加哥，去参加儿子的毕业典礼。

又耽搁了将近一个月，才又坐在图索大夫对面。

"只是个小手术，十几分钟就结束，用不着紧张。"他这次居然连制服都没穿，反倒是一件印着棕榈树的牙白色夏威夷衫，一条卡其布短裤，脚上是人字拖，好像他不是在上班，而是在海边度假。

"我会给你用一点麻药，你的心跳会加快很多，像跑了一英里一样有些不舒服。但这应该是可以忍受的，否则就说出来让我知道……"

他边说边拉过一台立在墙角的不起眼的机器，在护士的帮助下插上电源，然后半蹲下来，开始操作。

不挣扎。在牙医大卫那里学来的消极对抗手段再次派上用场。

他的话音刚落,我就感觉胸口被一股莫名的力量鼓胀起来,我能听到那快速如骏马飞奔的心跳。

然后闻到一股焦煳味。

"我闻到有什么东西烧焦了。"我故作镇静道。

"对,我相信我没被烧焦,但愿不是我……"我脚边的他哈哈笑道,可听得出来他正埋头操作着,一双手在不停地忙活着。

"马上就好了。"他又道。

几分钟后,结束。一个白搪瓷盘子里,赫然有一块带着血迹的肉块,扁扁的,红枣大小。

"哎你怎么……"那可升降的手术床仍在高位,我已经跳到地上,图索大夫正忙着把几块组织放进不同的小瓶子,惊讶地看着我落地,他的话没说完就收住了,那眼神里分明又有一丝欣赏,像一个男生在看一个文静的女生顽皮地爬上一棵树。

我利索地穿好衣服,跟他和护士道谢道别。

"我曾二十几块钱买过一些苹果的股票,好在一直持有都没卖……"吩咐护士把样品标号交给实验室,他已经在查看手机上的股市行情了。

"那你一定很富有。"我半开玩笑道。

"没有啊,要是的话我就不在这儿上班了。"他半认真地望了我一眼。"对不起,请说话大声点,我一只耳朵受伤了。前些天听音乐，戴着耳机，音量一下子被我手误调成了最高，后来去看我的医生同事，检测后证明我一侧耳朵有些失聪了……我不在乎，享受音乐比拥有一个好耳朵却闲着不用更值得……对了，手术后两个月不要有性生活，有少量出血很正常，如果大量就一定要来医院，直接看急诊……"股票、音乐、性生活，这一切都在他脑海中切换自如。

四个月后，如约去复查。

"这世界对你还不错吧？"他仍是冷幽默，自己不笑，眼神直愣愣的，诚恳地望向我，丢出这样的问候。

"我希望短期内不需要做任何治疗，也许，几年后……"他开始戴一次性的塑胶手套。

"真的？几年后还要治疗？"我绝望地追问。

"我在开玩笑！"话音未落，他已经把一个带血的棉签交给了护士。原来，他又是逗乐子想让我放松。

如果，他不是医生，我不是患者，我们，是否会成为无话不谈的好友？

这是永远没有答案的假想。把这个念头说给好友玛丽安听，她睁大眼睛微笑道："也许，图索大夫在某个发呆的瞬间，脑子里也曾闪现过这样的疑问。"

有些人，即使是同一类群，却因为种种必然和偶然，永远是平行的线。这，可就是人类的宿命？

因为在网站注册过了，医患之间随时可以互相在医院的网页上发信息交流。几天后的周六，收到图索大夫发来的检测结果，还有他的病理分析。"在正常范围之内"，这行字让我心里的包袱陡然落地。

写了回信感谢他，并告知我除了跑步，每天还都做瑜伽和普拉提锻炼。"我很高兴你积极地投身于全身锻炼，而非等到有问题后才去接受对抗治疗。我们往往忘记了什么是最基本又最重要的事。"对于我问他是否介意把他写进我的文章并使用他的真实姓名，他说他建议还是不要用他本名为宜，毕竟，他是一名大夫。

3

其实五年前在洛杉矶我曾带儿子去看过医生。儿子的一只眼睛在北京的同仁医院被诊断为角膜异常。"在中国目前没有办法治疗，最先进的技术在德国，美国也有几位可以治疗的专家。"

举目无亲，要找到这类专家更如大海捞针。幸运的是一位偶然结识的华侨主动推荐我们去看UCLA（加利福尼亚大学洛杉矶分校）的医学院，说那里的一位华裔眼科大夫苏菲非常优秀，曾治好了她母亲的白内障。给苏菲写邮件预约，一个月后某天的一个早晨，开车沿导航走了40分钟左右，终于我们坐在了一间小小的办公室等候她。

纤巧如大学生的身材，和蔼自信年轻的脸，苏菲被几位助手簇拥着，说着几乎听不到一丝口音的地道英语，看我有时困惑的表情，才说一句汉语解释那生拗的术语。

她确认儿子的病情和同仁的检测结果一致，说她对此无能为力，但可以推荐给斯洛夫斯基，他，就是美国几位可以治疗角膜异常的专家之一。

偶尔在收音机里听到过那个医院的广告，被美国朋友告知那家位于好莱坞的医院当是洛杉矶乃至西海岸首屈一指的权威，麦克尔·杰可逊等明星们光顾的地方。

驱车找到那里，并不特别高大的建筑，坐落在普通的商业与居民混合的街区。也是各类医生分别入驻的单间，也是不大的前台及等候区。

斯洛夫斯基60岁左右，金发蓝眼，挺拔优雅得像个艺术家，而那冷静的眼神又无声彰显着他的科学家身份。桌子上一张全家福，他和漂亮的妻子，一双天使般的儿女幸福微笑着，又彰显着成功商人令人仰望的富足生活。相比于这漂泊在异乡的前来求医的母子，他们一家，似乎是那得到上帝格外垂青的一小撮人，在金字塔的顶端，从不知忧伤为何物，快乐又悲悯地俯瞰着挣扎的人间。

15分钟的手术，8500美元。

刷卡交费，被告知过限被拒，我的卡单日单笔最大使用金额上限为5000美元。

"我们没有医保，费用也是一样的吗？"我惴惴不安又焦急地问。

"很抱歉，没有医保也没有优惠。"那个白胖的女护士细嫩的皮肤似乎可以掐出牛奶来。

她去请示大夫，回来告知我们可以先交5000美元，手术当时再付余额。

斯洛夫斯基谦逊得没有一点救人于危难的气势，但那低调的做派反而让他身上似乎披上了一件高贵的外衣。

"不用担心，他不会感觉痛苦，一小会儿就好。"几天后，在两个护士的陪伴下，儿子默默地走进了手术室。斯洛夫斯基立在我身旁，轻声嘱咐了一句，离去时轻按了一下我的肩膀，眼神里有些担忧，似乎不是为即将接受手术的孩子，倒是为他的母亲。

五年过去了。那个据说是环形的柔软特殊部件至今仍在儿子的眼睛里，手术的作用不是治疗，而是抑制角膜继续变形。如今，他戴着隐形眼镜至少可以恢复一定的视力。

"在美国，医生是一个尤其受到尊敬的职业，不仅社会地位高，收入也相当可观。不像国内，这里所有的医院和诊所基本都是私人的。不需要政府提供资助的铁饭碗,靠医术和对病人的服务,几乎所有医生都活得很好。这也是为什么有些女人专门找医生做丈夫。相比较于有些ambulance chaser(救护车追随者,有些律师专门为发生车祸的人索赔)的律师,治病救人的医生有更高的社会认可度。"玛丽安虽然出生在菲律宾,但七岁就随父亲遗民到关岛,十来岁又来到美国本土,对美国社会种种现象津津乐道。

怪不得我几次打电话给不同的诊所,只是想做个普通体检,都被接线员客气告知"大夫没空",非要等也行,三个月以后。

靠患者自动上门,收入已经相当可观,谁还需要暗中塞红包呢?一旦医术不好服务不够,名声传出去会身败名裂,严重者吃官司当被告。

我在网上查到十几个接受我购买的保险的诊室,电话打过去,最快的一周后可接诊。

一位圆润得像身怀六甲的亚裔女大夫接待了我。

"你先生也是中国人吗?我看你的姓还是李,中国的大姓。我也是亚裔,来自菲律宾。结婚后我改用了夫姓。对了,你去看了最近正上演的《摘金奇缘》了吗?很有趣呢。"她红光满面,笑靥如花,本来过于富态的脸庞散发着光芒,那背后的底气叫作生活无忧或老有所依。她叫玛丽亚,果然有点圣母的慈眉善目。

我主动坦白几年前曾查出幽门螺杆菌阳性。

"吹气检查出来的？我们这里不用吹气作为诊断依据，要检验大便里的菌种和含量。你明天一早把大便交过来。不用多，一分钱硬币大小就行。"

听说我父亲不到60岁就患肠癌且已经去世，她建议我做肠镜检查。"按理说要50岁以后才需要做，但既然有家族患病历史，要谨慎。"她给我一张打印出来的纸，上面是十几家可以做肠镜的机构电话和地址及医生的名字。"你可以挑一家，自己打电话预约。"

照例也量了体重身高、测了血压含氧量。"你太瘦了，要长胖一点哦。"她微笑望着我，圣母转世化身为我隔壁的大姐。

几天后在网上查到检查结果，很庆幸父母都有糖尿病的我居然幸免于血糖高的诅咒。HP（幽门螺杆菌）仍阳性，开始三联疗法。两种抗生素，每天饭后口服两次，一种降胃酸的胶囊每天两次，餐前各一粒。

口腔里从此一天到晚苦得如含着黄连，看来其药性非常强。只希望这次能彻底查杀死那些长着长须的怪菌。而不像在国内时那样，一个疗程下来居然仍是阳性。

4

一边盼望着玛丽亚开的药物能转HP为阴性，一边我开始找地方做肠镜。

图索大夫和玛丽亚都服务其中的这家医疗机构是可以做的，但不在市里，而要到开车40分钟以上的叫米申希尔的小城才能做。路上耗时太多，同时，我也被那些肠镜大夫的名字吓到，吉哈德、图拉伊、玛达薇怎么看都像和基地组织的某些人有亲属关系，万一……

在玛丽亚给我的肠镜机构名单的背面，我发现UCLA的一个分支机构就在本市，加州大学洛杉矶分校附属医院至少不会太差，于是打电话预约。四个大夫中只有一位最近有空档，本·夏利特大夫。

10月2日洛杉矶已经没有了秋老虎，特意打扮一番，驱车前往这开车七分钟之遥的医院。但愿这个大夫是个和图索一样帅气加酷味儿的男子。

填表，等候，被护士测了血压、心跳、身高，去医生的办公室等候。预约四点半，我四点到达，快五点了，仍坐在那个只有不足五平米的小房间里候诊。所幸带了本签名版的《疯狂的亚洲富人》，一页页读下去才不觉得时光难耐。

"对不起，我晚了。"推门进来一位着白大褂的中老年

（说中年过老，说老人又还年轻）男子。长相别说帅，甚至有些猥琐。塌肩驼背，稀疏微卷的黑发打过发蜡，黄脸小三角眼，看人的眼神有些游移闪躲。

我尽力收敛着不快，端坐着配合医生的问话。低头，发现他的一双黑皮鞋里的脚跟他低矮的个子比显得很长。

"你为什么吃完抗生素还要继续服用降胃酸的药？我不理解。"他坐在电脑前敲打着键盘，偶尔侧脸看着我。

"请停止服那药，四周后，带大便来查验吃药的效果。我们一般采用四联疗法，你的大夫怎么只开了三联药呢？"他面露些微不解，却并不想深究，转头跟我解释做肠镜的必要性。

"每五个来做肠镜的女性中，就有一个有肠息肉。这个比例很高吗？男性比这要高。你父亲57岁被确诊肠癌，那么作为子女，你应该在那15年前，也就是42岁就应该做肠镜检查。风险？还是有的。首先是药物麻醉，某些人会对麻药过敏，不过我们有对抗这过敏的药物，不用担心太多。其次是息肉切除，小的息肉无大事，有些大一些的息肉被切除时会出血较多，甚至会切破肠壁。这是两个最主要的风险。但对比风险和收益，还是收益大许多，所以要做肠镜检测。"

我此时发现虽然这位"猥琐"大夫其貌不扬，却也有板有眼，一丝不苟。不禁暗自责备自己以貌取人太可笑。

"请问，那幽门螺杆菌即使完全清除，HP转为阴性了，如果多人聚餐，会不会轻易又会被传染上变为携带者？你知道中餐的习俗……"

"没问题。胃和肠道是这细菌生存的地方，唾液并不会传播幽门螺杆菌的，共餐不会被传染，但粪便却要小心。"

"HP阳性一定要治疗吗？"

"那是癌症风险极高的一种细菌，要治疗。"

电脑上的时间显示已经五点半了。他起身去叫护士来给我安排预约肠镜检查时间，仍是一副面无表情干干巴巴的样子。

"大夫，请问您的名字的正确读音……"

"哦，其实我来自泰国，我的本姓和你一样，姓李的……我曾在香港读医，学了一口粤语，却怎么都搞不懂怎么讲普通话。对我来说普通话太难了……呵呵。"终于，他的脸上浮现出笑容。

肠镜约在第二周的周二上午11点，要求10点到达。

"那简直是受刑！真正做检查倒还好，反正麻药劲儿上来你没什么感觉，倒是那之前的清肠准备特别难受。四升水加了让你拉肚子的药粉，喝起来那叫一个怪异。还真没什么异味儿，可就是难喝，非要说那味道，有点像海水，或者游泳池里的水呛到了你嘴里肚子里，反正非常不舒服。"玛丽安的老公布鲁斯上月刚做完肠镜，大声跟我诉苦，并传授经验道，"亲爱的，喝时你一定要快速，不能细品慢咽。另外，一定要把那溶液放冰箱过一夜,味道会比室温下稍好一点。"

"记住,千万要离厕所近一点。穿上随时可以撩起来的袍子,别穿裤子。准备一管凡士林,否则你会破皮疼痛。"玛丽安也献计献策,让我如临大敌。

周一下午5点,先吞了两粒绿豆大小的药丸——stool softener,大便软化剂。

没什么感觉。

假装没事一样继续看电视。按医嘱,坚果、肉食和一切带有纤维的蔬菜水果已经提前三天戒食了。周一早上更是只喝了一碗鸡蛋疙瘩汤,午餐晚餐不允许吃的,只能喝水或没有果肉的果汁。

紧张得不知道饿了。

那喝药水的时间本来最早应该是晚上8点,可玛丽安建议6点就喝:"每十分钟喝八盎司,两升下来,至少得一个小时,早喝完你可以早排清,早点上床休息,反正第二天早上你也不准吃东西。"

言之有理。从来没感觉时间过得如此之慢。肚里没食,心慌气短,干什么都没有底气和精神。总打量那放在茶几上的小马蹄表。6点一到,起身走到冰箱前,用两只手才能平稳地挪出来那超大塑料桶,大义凛然地拧开,倒进早就备好的玻璃量杯。

端在手里，那液体似乎密度很大，比普通一杯水重许多，还凉，让我想到水银。不禁想，那喝水银自尽的人们，是否也都经历过这悲壮加自怜的瞬间？

一口气咕嘟嘟下去，只下肚了半杯，太凉不说，阴沉的质感，让口腔和胃都充溢着鼓胀感。我尽力张着嘴呼出那残留的气息，像海水还是游泳池水？似是而非。总之，我身体的每一个细胞都有同一个答案：这不是自然的可以喝的东西。

"理想的干净肠道应该是排出黄色的液体。"检查指南上写得清楚。

10点不到，我的身体已经达到了这一标准。

想上床睡觉，却头痛有低烧感，竟不能入眠。猜测那是药物的副作用。想起医生说让多喝水，可除了那一升梨汁，我真没一点喝水的欲望。

好不容易熬到半夜睡去，醒来才6点。起来，继续喝那剩下的两升。意外欣喜地发现，说明书的最后一段是：尽量喝完四升药液，实在要剩下，也只能剩下不足一升的量。

这实在是个大好消息！

强灌了几杯后，估摸剩下的不足一升了。我自动停止折磨。

9点40，杰伊开车出发前往医院。医生早就告知，必须有人开车陪伴，即使打出租车和采用公交系统，都必须有人陪伴。

听说他十年前做肠镜时朋友迈克为他当司机,我不禁对他那位发小又多了几分敬重。"我爸生前告诉过我,人生最大的财富就是友情。我很幸运,有几个真正的朋友。"记得上次打保龄球时听迈克聊起过,看来美国人也不乏重视人情的人。

候诊室已经有一位花白头发的先生坐在椅子上。看到我们进来,友好地告知:"你可以摁一下门铃,有护士会过来接待。"我们道谢,果然一位男护士应声开门并递过来表格让我填。

"哈里森,请进来吧,大夫准备好了。"他同时向那位先生招呼一声。

"哈里森?你是住北桥小区吗?"杰伊闻声问。

"对啊!我看你也眼熟,咱们好像是邻居呢!"站起来的哈里森很高大健壮,笑着开始对暗号。我们中间只隔着一户人家,居然搬来两年了还没正面打过交道。

"哈有趣,早知道你们应该拼车一起来呢!"护士也跟着乐。

两年没说过一句话,居然在同一个时间跑到同一个医院来做同一件事。世间就有这么多说不准的事儿。

祝他好运,门关上了。

半小时后轮到了我。

更衣。第一次穿上了电影里看到过的大格袍子。"你穿反了,开口的应该在后面。"原来这袍子要反着穿,前面严实,后面露屁股,有带子还不让系上。

躺上铺着松软床垫有金属护栏的手术床,白色的围帘一拉,就是一个私密小空间。我留意到纯棉床单极干净,枕头松软度也舒适宜人,想到被曝光换了客人也不换床单的某些星级酒店,最干净的床可能应该在医院吧?

正想着,一头大波浪卷发的护士过来确认我的身份,讲解基本的检查原理和过程。那一脸柔和笑容的男护士蹲在一侧在我右臂上扎上输液管:"对不起哦,可能会有一点痛,我尽力轻一点。"他一边用棉球在我手臂上消毒一边带着歉意道。他解释说那是为了一会儿给麻药而做准备。

心电图接好,测呼吸的线路夹上手指。一切就绪。

白围帘就又拉上了。听到他们在聊天,中午订餐。

放弃挣扎与妄想。我闭目深呼吸。

原以为医生一会儿就过来施行检查,没想到,几分钟后,帘子拉开,我被另两个护士推到不远处的一个房间,随处都是食品和电视屏幕,这才是检查室。

所有经过我身边或参与检查的护士都微笑着过来跟我问好,自报家门,说很荣幸参与今天的检查。本·夏利特大夫坐在一张电脑前,扭脸冲我打招呼。仍是一脸不快乐的表情,却比在诊室看到的他顺眼了许多。

不知道是麻醉剂还是笑脸的作用，我突然感觉很放松，似乎自己躺在世界上最舒服的一个角落，心无挂碍，恐惧全无。

护士帮我从平躺改成侧卧位，屁股面对着大夫。我一下明白为什么要穿那露屁股的袍子了。

世界一下变得安静下来，我只看到墙上那屏幕上肠子内部粉红的一团一块，随时在变动着……

我似乎连眼都不想眨，只好奇地打量着那画面，想知道是否我真能看到什么不好的东西长在肠子里。有时我能看到上面的血管，淡蓝色的。

"好了，结束了。一切良好，没什么问题。连息肉也没有，只有一个内痔。"似乎只有五分钟，一切都结束了。

又被推回到刚才等候的白帘子区，被解除掉一切管线。"你可以去更衣室换衣服了。我已经给你先生打了电话，他马上进来接你。"

似乎身上的一个重负被卸掉了。我身心一下都轻飘起来，早上来时那裹着厚厚的羽绒服、冷得双手冰凉的我不见了。

是知道结果不错的心理放松吗？还是那麻醉剂让人飘飘欲仙的感觉实在不可自控？如果是后者，我真明白了为什么有些人冒险也要吸大麻。

"我们真的爱本·夏利特大夫，他这人太好了。可惜这么突然就失去了亲人。太让人为他难过了……上个月……他们从没分开过……"这些议论在我打开门的瞬间戛然而止。

几个人同时抬头给我个微笑:"过个开心的一天!"

回家路上,飘忽的心开始落回地面。本·夏利特大夫那张不快乐的黄脸又浮现出来。我知道,每个人背后都有一条属于他自己的历史长河,只是我们不曾有机会走近和过问罢了。

张爱玲说人是脏的,有人的地方就脏。以她自小阅尽人间炎凉的经历,以她洞察世间万象的七窍玲珑心,这样说也不无错。只是,你但凡多一点耐心,有机会循着人迹去探寻,就会发现,其实这世间的人,真没那么险恶和肮脏。

我告诉自己,从此不轻易说不喜欢,不轻易说讨厌,更不轻言恨字。人生如此扑朔迷离,也不过,桃李春风一杯酒,江湖夜雨十年灯。

在时间的沙尘中起舞

1

在山谷里幽居,却并不感觉时光怠慢。这南加州虽少雨,四季的更替却也鲜明。这不,几声春雷滚过,雨水以云朵为花洒,让山谷里的一切生灵冲了个痛快澡。一夜之间,春天不期而至了。

廊前的风车茉莉蛇吐芯子一般把廊柱从头到脚攀缠得严实,枝条上嫩黄的叶芽比刚泡好的明前龙井还诱人,花没开,似乎香气已经四溢。街对面邻居家那株百岁樱花一扫冬日枯干面目,花团如雪似霞,在春风中起舞,累了倦了也不对兄弟姐妹牵肠挂肚,径直撒手坠落去亲近大地母亲。有些中途变卦,结伴飘落到主人的车上。第二天,城市里就多了一辆载着一车顶粉白花瓣的小红车,引得许多人驻足侧目。"我看见春天了!"一个踩着轮滑的少年说。

杰伊刚起早贪黑地结束了一个历时四个月的项目，决定休假去春游。我不知道是否世界上所有的"程序猿"都如此拼命，他有时早上五点就起床赶火车奔公司，周末加班更是家常。金钱是玩儿命工作的永动机吗？他某天兴奋地报告好消息："猜猜我的奖金是多少？1.92万！因为我的年终考评是为数不多的优异。"我的高兴劲儿还没过去，就听到他下班回来说，拿到了工资单，我一看，只有8500美元，还以为只发了一半。"这是全部啊，扣完七七八八的税、保险等，到手就这些。"他一脸的坦然知足，让我由衷感叹资本主义的罪恶剥削实在是不人道。要在我们中国，政府怎么也不会如此欺诈百姓血汗钱。

　　无论如何，唯有春光不能辜负。在美利坚大地上，来一场说走就走的自驾游，也着实让人向往。

　　"你最想去看什么？"杰伊总是好脾气地让我做主。虽然我已经到过美国的十个州，他这土生土长的美国人只到过六个。

　　"园林、教堂、公园，一切老的东西。"许是年岁渐长，我越来越痴迷于被时间之手打下烙印的东西。

　　"北加？"

　　"可以呀。"

　　不知道为什么，身在洛杉矶，一说出行，我总会自然而然地选择北上,而不是南下。虽然加州北部的优胜美地、太浩湖、红杉林、约书亚树等几个国家公园早就去过了。除了壮观独特的自然风光,北加的人文、艺术气息也更浓郁,历史悠久的旧金山,清幽宜居的首府圣克拉门托,硅谷中心圣何塞……开上一号公路,用轮胎和双眼丈量太平洋海岸线,右侧是山,左侧是海,触手可及。厌倦了,拐个弯往内陆行驶半小时,就是古树参天、不知日月的原始森林。旷野里氧气吸足了,开始思念人间烟火,那就和漫山繁花道别,半小时后钻出山林就是文明世界。倾慕奢华,威斯汀、希尔顿等星级酒店随时入住,世界大牌店铺鳞次栉比;享受低调亲民,可住进陌生人温馨好客的家里,静谧安逸的小区B&B(breakfast and bed,早餐和床),一草一木、一壶一盏,让你身在旅途,却感觉踏实。

这个春天,我们决定不走101号、5号、1号公路,而选择沿99号公路向东北进军。开两个半小时到弗雷斯诺,那里距离优胜美地只有一小时车程。中午到达,我想参观那里110岁的私人地下公园——福雷斯蒂耶雷地下公园,意外地吃了闭门羹,人家修葺临时关闭。隔着栅栏跟一位正在埋头松土的老兄搭话:"真抱歉,你们知道,上个月接连几场大雨,露天博物馆不能开放,所以要关门几天,周末才恢复……大门上有监控录像,要不我就放你们进来了。"我满眼的失望让他很过意不去,走近,一边抹着脖子上的汗,他一边憨厚地笑望着我说。

说话间,有一对年轻男女也过来参观。好在人家是本地人,大不了过几天再来。

"这里还有什么可以参观的去处啊?"杰伊这理工男一向很现实。

"有一个日本花园,离这里不远。再就是动物园了,那里的植物种类也不少。"

道谢离开,决定改道前往动物园。

"这位园丁并不是墨西哥人,倒像是意大利那边来的。"杰伊边开车边道。

对西方人种我向来分不清爽,就像美国人分不清韩国人、日本人和中国人一样。

他还真可能说对了,因为这个园子的主人福雷斯蒂耶雷先生就是来自意大利的西西里移民。1906年,移民到美国的这位种植橘子的农夫并不满足于种果树,浪漫的血统让他梦想着在这人烟稀少的美国西海岸鼓捣点什么。

在一片废弃的土地上,为避开这个山谷里夏天的酷热,抡铁锹、挥镐头,完全靠地里干农活的工具,自1906年开始,他开始跟这块土地较劲,带着家人花了整整40年,修建起了这个25英尺深、10英亩大的罗马风格的地下家园。房屋、天井、院落、菜园、灌木、树林、葡萄园……他欣喜地拥有了一个魂牵梦萦的故乡。把一生都献给这片土地的福雷斯蒂耶雷尽管爱做梦，庄园从没对外开放过，更不可能梦想在他百年之后世界各地的人们会慕名而来，连最伟大的建筑学家都叹为观止，不仅一切建筑仍然实用，许多果树和葡萄至今仍在结出甘美果实。这个黑白照片上瘦小坚定的意大利男人说过一句伟大的话，和他的庄园一起留给了每一位他永不可能谋面的陌生人：

"To make something with a lot of money, that is easy; but to make something out of nothing - now that is something." 意为，用许多钱去做成件事，那容易；白手起家做成件事，才真是件事。

我把这故事说给杰伊听，他微笑称赞，并抱歉来前只在谷歌上查了开放时间，没想到并不准确。

好在动物园也很让人尽兴，兼具野生趣味、人性管理，非洲大象、孟加拉老虎、坦桑尼亚的狮子都大大方方地让你盯着瞧个够，而不像有些动物园要么空着没动物，要么动物躲起来不见人。多付四块钱门票，生平第一次有机会喂了长颈鹿生菜叶子，惊叹这长脖子老弟的舌头居然是紫色的。在一个水池子里，还伸手摸了被剪掉"电源"的鳗鱼。

2

第二天奔赴优胜美地，和多数到此一游者一样，停车赏巨石、穿林观飞瀑、手机留影，走人。虽然这个全美第一个被联邦政府命名的国家公园非常雄奇壮观，值得住下细品，我们还是驱车直奔旧金山南部小城米尔布雷，去完成我们此行的重要任务之一，看望杰伊的姑姥姥，100岁的埃尔茜。

到达酒店已是黄昏，杰伊电话过去，老人先是很吃惊孙侄来访，虽然头天晚上杰伊已经电话告知过她。她柔声细语地说感觉不太舒服，让明天傍晚过去，到时候一起吃晚饭。

第二天吃过早餐，我迫不及待地催杰伊上路，我的心早飞向了那个核桃溪多肉植物园。那里是闻名的私家旱地公园，园主露丝老人已经109岁了，仍仙居在园中与她亲手栽种的沙漠植物朝夕相伴。

网络似一张能量充足的巨手，把地球真正变成了弹丸之地。我身在加州，离这旧金山北侧的核桃溪也不过500英里的距离，而把露丝介绍给我的人却在地球另一侧——远在河北小县城的儿时伙伴，一位同我一样坠入多肉坑的"难友"在微信上把她推送给我的。

"60岁开始想造个园子，70岁才知道多肉，40年的摸索试验，这片3.5英亩的多肉植物园，现在已经有2000多种植物了，被称为美国西海岸最具意义的私人花园。你有机会一定要去替我看看！"

穿过湾区大桥，驶过奥克兰，40分钟后，我们已经拐进班克罗夫特街，显然是以露丝家的姓氏命名。一抬眼，露丝·班克罗夫特多肉花园就在眼前。

核桃溪，多么有田园诗意的名字，虽然没有看到一株核桃树。只是开车驶过，轻易就感觉到这个小城人们是受上帝眷顾的一群。蓝天白云下，一层或两层的独居院落掩映在绿树红花中，生活安逸、物质丰沛，放松享受却透着涵养和自律，与暴富奢华无关。

只是一大早，小小的停车场已经没几个空位。只容纳一人的小亭子是售票口，旁边就是供游客自选购物的苗圃店，一棵碗口大小的龙舌兰标价47美元，居然有一对夫妻一连搬了两棵到购物车上，还直嚷不贵。我上周刚在洛杉矶的露天集市花了20美元买到两盆。本来有捎几盆没有的多肉回洛杉矶的打算，在我转了一圈之后被打消了。

门票10美元一张，比那个闭门未进的地下花园便宜7美元。被告知十分钟后就有一个导游带团参观。春寒料峭，穿着短袖的我手脚冰凉，却仍是不肯罢手边呵气边围着入口处的龙舌兰拍照。这分明是成了精的怪物，它四仰八叉地卧在一株树下，毫无顾忌地舒展着边缘带有尖硬针刺的四肢；又似披着粉蓝战袍的将军，金戈铁马征战经年，告老还乡化身为植物，不问世间纷争。其巨大让我惊叹连连。"天哪，我家整个后院只能放进去一棵，还得拣小型的。"一个灰头发的中年女子边感慨边捂住嘴。

一位着绿T恤的小个子日本人趿着凉拖鞋走过来，他就是我们这个六人组的临时导游T先生。

　　"不小的一个团啊！"他上来就打趣，说声抱歉，走到一边吐掉口香糖清清嗓子开讲。

　　"这个园子有3.5英亩，要知道最初班克罗夫特先生家的农场有400英亩，以盛产核桃和梨而闻名。在20世纪30年代，农场连续八年被授予梨王的美名，繁忙季节，在这片地里忙着干活的工人就有200多人。甜美多汁的梨被源源不断地运送到东海岸，甚至远销英国。60年代初，因为核桃溪市要扩建，这片土地几乎全部卖给了开发商。1971年，随着最后一块核桃园出售，菲利普·班克罗夫特先生把仅剩的这块土地交给太太露丝打理，因为她自小爱植物、爱田园劳作。"挪动脚步之前，先讲解历史。

　　"我好奇班克罗夫特家族最早靠什么发家的呀？淘金吗？"灰发女士也表达了我的好奇。

　　"这片农场最初的拥有者是休伯特·班克罗夫特先生。他是位富裕的出版商，也是位历史学家，拥有海量的珍贵典藏书籍，以美国西部文化为主题。1880年前后，加州大学购买了他的藏书，在此基础上建立班克罗夫特图书馆。"别看T先生其貌不扬，讲解起来却很有条理。

　　"那是露丝女士的最爱，蓝石莲。也是她买到的第一盆多肉。"看到我蹲在地上拍一丛爆盆的石莲花,他说。"她生于1908年,现在还住在这园子里。一会儿你们要是听到怀旧的乡村音乐,那一定是她在听歌。"

露丝可谓加州土著。出生于伯克利,大学就读于加州大学伯克利分校建筑学。因为经济大萧条,担心毕业即失业的她转学教育。毕业后在离家不远的小城默塞德从事家政教育工作,偶然地去参加一个派对,与英俊富有的菲利普·班克罗夫特一见钟情。两人结婚并定居在核桃溪祖辈留下的农场,从此再也没离开过。

"很遗憾见不到露丝女士。我好敬仰她!"一位穿凉鞋配粉红袜子的瘦小老太太插话。

"看网上啊,有她接受采访的视频。我刚打开呢。"一位大胡子大肚子的大叔举着手机让大家分享。

九旬的露丝衣着朴素,她一头灰白短发,面目和善、温柔又不乏力量,很有贵族气,像极黑白电影中典雅的嘉宝。时而坐着娓娓道来,时而推着小车拎着水壶栽种、浇水。谁敢想象已经91岁的她当时仍是园里最主要的园丁!

"我妈说我刚会走路就爱拈花惹草。自从有了这个园子,几乎天天在这里忙活。开始没目标,种玫瑰、鸢尾、绿植、灌木,有时光蹲着拔草就是一连几个小时。我70岁的时候去一户处理二手货的人家里转悠,那女主人说她还有几盆花我要不要看看，于是，我买到了人生中第一盆多肉。1972年，一场恶劣的极端天气无情摧毁了三分之二的植物……我请了园艺专家来设计，庆幸的是，他不懂多肉，多肉的选取和布局就由我说了算。园子有许多小路可漫步穿行，没有一道栅栏，就是为了让大家像在家里一样随处走动，感觉放松。我不按园林规矩来，植物选择也是感觉赏心悦目就好。有人说我该退休歇着了，可我不这么想，我感觉在园子里干活很有意思。"

T先生知趣地住了嘴，微笑望着我们这群粉丝盯着露丝这种传奇人物眼都不想眨。

"你们知道吗？露丝女士可不只是痴迷园艺。她还是个烹饪高手，她手写的菜肴和烘焙食谱就有几大箱子，还有大量食谱剪报。有些已经被拍照直接放在网站上了，供大家继续享用美食。要想把这档案彻底整理一遍，怎么也得花上几年。她总说自己并不特别擅长做点心，可她先生每天都要溜进厨房扫荡几次点心盒子。"T先生讲的这些小插曲让我对这位老奶奶更加尊敬有加，相见恨晚。在手机上搜索，果然看到字迹娟秀的各类食谱，从杏仁奶酪到火鸡油烤肉，旁边还有X表示其美味程度，X越多则越受她热推。

如果说长寿是人人求之却不得的礼物，那么露丝，这个把生命的光与热都倾注给了深爱的植物和生活的女人，是否又得到了这些不会说话的生灵们最真心的反哺和命运的善待，令她得以在109岁高龄仍享受着多肉王国的陪伴？

　　许多人都做了岁月的奴，忘记当初自己想要的是什么。这岂止是林徽因曾经的感慨？

　　两分钟的视频短若两秒。意犹未尽，好在可以在她的王国徜徉。

　　多肉、芦荟、龙舌兰，像一个沙漠植物的军才，不是成群恣意地铺展成一片，就是高大威武直指天宇，似乎株株都接到天命，要尽力回报主人的照顾呵护。

　　"露丝和她先生都很单纯，从没考虑过商业模式。几十年来自掏腰包在自己的地里做着喜欢的事。直到有一个致力自然资源保护的公益组织找上门来，劝说他们一定要建立完善的资金循环机制，以便花园世代延续下去。才有了几家募集基金的参与，才有了你们看到的苗圃店和花园派对租用。"

　　"你再也不会责怪我养的多肉太多了吧？爱植物可以延年益寿呢。"我抓住机会打趣杰伊。

　　"是啊，想象一下，如果她先生不是有钱人，她再爱园艺爱植物，能不能活这么久应该是个问题吧？"他永远现实得一针见血。

　　"嫁入豪门的女人不少，可有几个活了100多岁？就算高寿，也不过白骨成灰，又有几个能为世人留下片经得起风吹雨打的园子？"这下，他妥协了，笑道，"好吧，我的猪人，以后你想买什么植物都随你。"他分不清汉语的声调，总把主人说成猪人。

3

杰伊99岁的姑姥姥，是他外公唯一的姐姐，住在离旧金山不远一个叫Santa Rosa的小城。由于丈夫活到70岁就去世了，又没有孩子，十几年前，她把自己的房子卖了，住进了养老院。

杰伊曾带我开车六个小时专程去看望过她两次。这两次探访给我印象完全不同。同样是那个老年公寓，第一次我满心快慰，为高龄的这位老人老有所依感到开心。是啊，公寓地处花园，她自己住着两室一厅，还带个小阳台，窗外就是绿树红花的风景。手扶轮椅，坐电梯下到一楼大厅，就是自助与单点都随意的餐厅。定期体检，有服务人员陪同购物、理发，甚至近距离的出游。

尤其令我吃惊的是，年过九旬的老人居然那么精力充沛，满面笑容地跟我们聊天叙旧，还请我们两次共进午餐。在一楼那个宽敞明亮全是白发老人的餐厅，蒸鱼、香煎牛排、西兰花、芹菜、生菜，自助餐看起来就让人有胃口，居然还有烤红薯和南瓜。桌上亮闪闪的餐具和擦得锃亮的玻璃酒杯、平整得像熨烫过的暗红口布，贸然闯入者还会以为这是一家高档西餐厅。

"我想尝尝今天菜单上的蒜煎三文鱼,再来一份豌豆汤。你们两位随意,想吃什么就点啊!"她言谈举止非常得体周到,始终微笑专注地看着我们。看我不吃饭后甜点,扭脸关切地望着我问为什么,我解释说父母都有糖尿病,所以我要注意少摄入糖分。"真遗憾!"她小口品尝着一份巧克力慕斯,吩咐过来加冰块的侍者把账单记到她名下。

她唯一的问题就是记忆力。她一遍一遍地复述年轻时的经历,每次都认真而投入,全然不记得她两分钟前已经说过。杰伊早叮嘱过我,所以我也不奇怪,倒是和杰伊安静地吃着,不时还问些问题,以便让她更有兴趣和快乐。

"我们那时上舞厅去认识年轻人。那时的舞厅可不像现在这么乱,真的都是体面人去交朋友的地方。我妈既希望我去,又担心我的安全。因为白天上班,周六晚上才和朋友结伴去舞厅。你知道旧金山全是坡地,从我家住的山上要往下翻过两个小山丘再走很长一段路才能到,我和邻居家的女孩穿上礼服和高跟鞋,一路走过去,一口气都不用歇。我想肯定我们有很健壮的腿脚,呵呵。当时也不知道穿双平底鞋走路,到舞厅再换上,就那么傻傻地穿着高跟鞋爬高下低。当然我的鞋跟坏过几次,没钱买新鞋就去找鞋匠修……

"我记得好几次回到家,我妈都拉开灯,站在楼梯口望着我,眼里满是担心和期待。她担心我出事,又期待我交到个好男人。我很幸运，没去几次就认识了我后来的先生……那时真快乐啊，平时上班、做家务，特别盼望周末，通常周六晚上去舞厅，周日去烧烤、看露天电影，我们坐在车里，后排是女友和她男友，啊他们俩是否真的在看电影我就不知道了，哈哈……

"后来结婚了，我们太热爱旅游，先是在国内到处玩，一次还从阿拉斯加坐游轮去了加拿大，后来就开始出国游，买回来许多被我朋友们叫作垃圾的纪念品。我搬到养老院来，许多东西都送人了，但我真舍不得那几本相册。这对陌生人来说就是垃圾，可对我们来说是一辈子的快乐和记忆……跟你们说，趁年轻，一定要多出去走走，看看这个世界是什么样的，那是什么都带不走的美好记忆。"

她讲话语速不急不缓，语调也适中，甚至不需要戴任何助听器。她喜欢烹饪，讲到在家里时煮一大锅意大利面，放进冰箱吃三天都不感觉腻烦。"太好吃了！"她让我开始怀疑自己一向坚持的不吃剩饭不吃糖的健康理论是否正确。

她仍爱美，这么大年纪居然还定期染头发，柔软的稀疏的棕褐色卷发，衬着她白皙的皮肤，让她显得比周围的七八十的老人还年轻。

她娘家姓Horrer（和英语Horror相近，惊恐之意）。杰伊好奇地问她是否被人打趣这个姓氏。"当然了，我读书时同学不时会把脑袋伸过来,大叫着说想看看Miss Horror到底多可怕……"

那次和太姥姥的会面几乎可以和快乐画等号,甚至让我天真地相信日子一直会静好如满月。

一年后,当我再次从中国回来,再次和杰伊开了六个小时车去看她,我的眼里心里只是辛酸。

尽管去之前已经打过三次电话给她,包括见面的头一天晚上。"你们还是明天来吧,我现在感觉不太舒服呢……"可第二天一早,当披着睡衣的她看到我们进门,仍是吃惊地问怎么就突然来看她了。

"我最近身体不太好,这样子让你们见笑了。你们知道,上岁数的人是由不得自己的,我平时也不是这样的……"坐在沙发上,她不住嘴地解释,显然是不愿意让我们感到她邋遢。

尽力跟我们聊天,可一会儿就不得不歪在沙发上叹口气,说她感觉头晕:"我只想躺着不动。"

有人敲门,却是餐厅来送了午饭给她。

"你们去楼下吃点饭吧,我打电话给餐厅,记在我的账上就行了。"她仍清晰地知道要招待这远道来的客人,"很抱歉我不能跟你们一起去。"

杰伊把电话拿过去递给她:"我是埃尔茜啊,我有两个客人下楼去吃饭,麻烦招待一下。"

我们起身准备去吃饭,她又不放心地问:"我打过电话给餐厅了吗?"我们说打过了,别担心了。她说好吧,想扶着轮椅站起来,可试了两次都失败了。杰伊赶紧过去扶她坐好,并从纸袋里帮她取出午饭在桌上摆好,一小片蒸鱼、一片面包、一杯奶、一杯咖啡。

看她那么虚弱,我们赶紧和她道别出来拉上门。

站在门外,空无一人的楼道安静得像个超大的豪华墓穴,泪水止不住地从我眼里流出来。那扇门里的她,于我们,似乎已经是另一个世界里的了。

"我不知道还有没有机会再看到她了……她那么弱。"我自己都奇怪为什么这位仅见过一面的老人让我如此悲哀。是由于童年的悲伤记忆吗?我的姥爷、奶奶、爷爷,三位比父母更让我亲近的人,离开人世时我都没在身边。

杰伊沉默着,用手握住我冰凉的手,看得出他也在极力压抑着难过。我知道,这位姑姥姥是他和母亲家族唯一的维系,血缘的,更是亲情的维系。他每年都要自驾来探望她,往返近两千公里,工作再忙也不错过。

"你好,我是埃尔茜,我打电话给你,是因为有两个我的亲戚来看我,要下去吃午餐……我刚刚打过电话了?哦,对不起我忘了。"隔着门,我仍听到她大声的叮嘱。她又在给餐厅打电话,生怕因为她的疏忽,让这两个远道来的孩子挨饿。

泪水就那么止不住地流。我甚至为自己的脆弱感到羞愧。

楼道左右是一扇扇被漆成暗红色的门，墙上有每个入住者的名字，大写的金色字母。门的左右墙上各镶有一个木板，用以放些装饰物。有的摆着迷你圣母像、十字架、细小的花瓶与开始干枯的花儿，有的摆着三两个半躺着的布娃娃，还有的摆着孩童稚嫩的画，料是出自偶尔来探视的孙辈之手。

埃尔茜的门口什么也没摆，只有一张打印的通知，白纸黑字，关于下个月的特殊服务和费用清单。

我们俩奔波500多英里赶来坐在这儿的机会恐怕不多了。泪水再次流下来，她比这些在座的人们都更不如。99岁，她是最老的了吗？"不一定，在另一个园区，是需要近距离重点服侍的人群，他们的状况可能都不太好。姑姥姥还坚持住在独立生活区，她不肯搬去那个区。"杰伊像个无助的孩子，一脸黯然。

等到四点左右，我们再回到房间，她似乎精神了一些。仍是穿着那道袍一样的棕色睡衣，客气地请我们坐下。仍是像上次一样聊起她当年与丈夫的出游，聊起周六晚上的舞会，她脸上那快乐的微笑让我相信，那是她一生中最闪烁着快乐火花的记忆。

担心打扰太久，拥抱亲吻她，我们道别离开，承诺九月份她生日再来看望。

晚上六点左右杰伊再打电话,看她是否好些。

"你们在哪儿呢?哦,很抱歉我不能看到你们,我最近身体不好……"她已经完全不记得我们几小时前还在一起。

半年前一个她从小看大的同事的女儿格里帮埃尔茜搬到了她所在的小城,米尔布雷,虽然规模小些,但有专人看护。

敲门,没人应。我们径直推门进去。一眼看到半躺靠在沙发上的老人,一条长长的塑料管从卧室蛇行入客厅,一端插在她鼻子里,她已经离不开氧气。

"这花真漂亮啊!很抱歉让你们看到我这个样子。你们知道,人老了,好些时候不由自己了。"她穿着一件腰间系带子的白色棉浴袍,细软的头发已经长过肩膀,没像以前染成棕褐色,一头雪白。仍戴着那副黑框眼镜,左眼因看到亲人而放射出慈爱的光彩,右眼似乎永远闭着。我留意到她右颊还贴着一块创可贴。问她怎么受伤了?她也不知究竟。

打开路上买的费列罗巧克力盒子,我拿出一粒,剥开递给她。她让放在面前的小餐桌上,上面有几块苏打饼干、一块蛋糕,还有一杯仍封着塑料模的橙汁,显然是午餐剩下的。

"你知道他是谁吗?"我指指杰伊笑着问她,我已经不寄希望她记得我了。

"知道,杰伊。你父亲和弟弟都好吗?"她望向杰伊,"光线太暗了,你能把灯打开吗?"其实阳光正从窗口透进来，一室光明。但杰伊依然起身把屋内三盏灯都打开。

随着敲门声，进来一位粗壮的亚裔男护工，手里拎着一篮子医疗器具。

"埃尔茜阿姨，该吃药啦！"他冲我们客气地点头微笑，先递给老人几片药，她接了听话地吃了。再一种，又顺从地服下。然后他把一截带有药液的塑料管子递给老人，摁动小茶几上一个像小变压器的盒子上的电源，轰隆声中，老人自动把那管子含在嘴里，吸烟一样吸着。

"这些都是治疗什么的药啊？"我好奇地问。

"都是老年人呼吸系统、神经系统常有的那些病。你知道人和机器一样，老了总有各种毛病。她毕竟都100岁了。"他嘱咐我们过十五分钟把电源关掉。

"埃尔茜，你很棒！"大声鼓励着老人，他起身继续去照顾别的患者，告诉我们这里有160个老人需要看护，却只有六个护理人员。每天来三趟，也够忙的。

"把灯打开好吗？屋里光线太暗了。"埃尔茜再次要求。杰伊笑笑说已经打开了。

"你们吃饭了吗？打电话订餐吧，记到我账上就行了。我已经很久不下楼去餐厅吃饭了。"我注意到她手臂上大块的老年斑，因皮肤白皙而分外明显。

杰伊依言订了餐，继续跟埃尔茜闲聊。

"你说我怎么就100岁了呢？这个家族还没人活到过这年纪。我也搞不清为什么我就能活这么久，我的生活习惯和其他人没什么不同啊。要说也就是我喜欢旅游……我小时候住在旧金山的一个坡上，后院有一棵桃树，结的桃子可甜了。吃不了我就把它们切成块放进罐头瓶里。我从不随意地乱丢进去，而是码放得整齐漂亮，摆一窗台，我妈总夸我……对了，你把灯打开一下吧，怎么那么黑呢，我都看不清你们的脸……"

饭送来了，是没盐淡酱的蒸鱼、煮西兰花，就一小片面包、一杯说不清内容的汤和一角甜点。杰伊把他那份全部吞下肚子，我每样尝了一点，埃尔茜只吃了半块甜腻的奶油夹苹果馅蛋糕。

我突然想起那乐此不疲地烘焙甜点、手抄食谱的露丝，她也热衷于吃甜食。这是不是高寿的一大秘诀呢？远在北京的好友D的父母都年近九旬了，仍硬朗矍铄，听她说也是像孩子一样特别热爱糖果和糕点。

"我们今天去参观了一个植物园，那个老人都109岁了，跟她比，你还只是个孩子。"我迫不及待地告诉埃尔茜。尽管身体衰弱明显，可她仍不用戴助听器。视力严重下降，尚存的听力可谓是上天给她留下的一扇窗。

她并没有如我期待的那么兴奋地接受这个信息。"109岁？好啊。"她甚至没有愿望了解更多。

"蜗居在世,没有太多生之喜悦,失去了所有故友亲人,只等着那个终点抵达。如此看来长寿也未必总是幸事。"出得养老院的大门,我不由感叹。

阶前粉色、大红的山茶花在春光中开得正浓烈。我知道,埃尔茜没机会赏到,尽管只有几步之遥。

4

打道回府,唯一想去满足的好奇心也躲在覆盖着光阴青苔的城堡里。Winchester Mystery house(温彻思特神秘屋)。

这个散发着阴气、据传被鬼魂驱使而建的百年老宅,却坐落在阳光明媚的硅谷小城圣何塞。这一戏剧色彩的对比,本身就有些荒谬吊诡。

自1884年起,人不歇手,马不停蹄,且不分昼夜,这个神秘屋一盖就是38年!虽然这维多利亚风格的宅邸已经有160间房、40间卧室、40个楼梯、476个台阶、13个洗手间、3部电梯。因为,一旦停工,被温彻思特连发步枪毙命的成千上万阴魂们就要来索一位美妇的命。

听说这样的一个故事,谁的好奇心不会被吊起来,想一看究竟?

这被称为圣何塞最吸引人的必看景点非常好找,从旧金山湾区南下四十分钟后,出280高速,拐一个弯就见黄瓦红墙,施施然映入眼帘,在2017年的世界,它像一枚镶在明晃晃玻璃板下的旧邮票,再唯美精致,因过期作废了,黏滞在这土地上,无处投递。

停车场足有上百辆车了,好在免费。泊车走到铁栅栏围绕着的院落侧门,那里有一个售票亭,却只有收费指示牌,大意是花32美元看园子,36美元看屋子,购票请往前走去礼品商店。

既然慕名而来,就是冲着这闹鬼的屋子来的,杰伊毫不犹豫地掏出信用卡,虽然我心说有点贵,要知道我们国家的紫禁城才不过10美元!

被告知要在院落里等二十分钟,才可以跟一个15人左右的团同游鬼宅。像中国的四合院,长方形的院子不小,错落生长着十几棵摇曳着鹅黄、嫩绿新叶的树,株株都像教养良好的美国少女,安静纯洁,一身清雅。看它们,本身就是一种享受。

"我不喜欢这树干上缠着的电线和彩灯泡。"坐在树下的石条椅上,杰伊突然道出了我的心声。不知道如此美好的树,为什么无端被披上这塑料和电线的束缚。

多是携朋唤友前来的美国人。轮到的可走过那小铁栅栏检票,步入宅子前可在拉起的一幅绿布前端着摄影师提供的两支步枪留影。

终于听广播里叫我们这组的序号。持枪和杰伊做对峙状照了相，一位蓄着浓密络腮胡子的年轻人过来迎候我们。他是我们的导游汤姆。他个头不高，身形敦实，眼睛却很有神，和他的黑色高顶礼帽、灰色燕尾服一起散发着绅士风度。

从一个侧门进入楼里，原地站住。"欢迎各位和我一起进宅寻鬼迹。胆小的人现在放弃还为时不晚。不怕就来试试你的胆子是否有这宅子的主人萨拉·温彻斯特女士大，她可是只有1.47米，一个真正的秀珍女子！"他的手突然一抖，手中一个纸卷啪的一声就变成了一个手杖。夸张地迈着外八字步，他逼近一个十来岁的小女孩，盯着她，发着颤音一字一顿地说："萨拉应该和你身形差不多。"女孩笑着尖叫着躲在她母亲身后。

"除了我们进来的这门，你们谁看到了哪里还有扇门可以打开？就在这儿……"他示意我往前走一步，用手一推墙面，一扇门开了，探头进去，却只有容得一人站立的空间。

"谁敢走进去？"

一个印第安模样的女孩不信邪地一步跨进去，汤姆作势关门，那女孩被鬼驱赶着一般退回来。"太恐怖！"她大叫。

一个白人女孩是这群人中唯一的独行者，众目睽睽之下她抬脚迈了进去。

"推一下你身后的墙。"汤姆话音未落,这窄小的一席之地立即变成了一个通道,另一扇门悠然开了。

踩着吱咯吱响的木地板,沿着窄得只容独个身形苗条的人通过的楼梯,我们开始了神秘之旅。

有的房间没有一扇窗,阴森气扑鼻;有的房间四壁全是玻璃门和窗,你在三楼可以把在天井里干活的女仆监视得一清二楚;有的屋子只有一个入口,却有三个出口,其中一个通向壁橱,衣柜后隐藏着另一间密室,另一个出口在地板上,脚一踩门洞开,人可以滑进楼下的厨房;有的楼梯通向天花板,有的柱子头朝下,有的烟囱支撑起四层楼……一切设计都是怪异的极端,像恶作剧一般挑逗人的神经和想象力。

"我在这里工作多年了,脑子里和你们一样,都写满了问号,为什么?随着这位手中攥着2000多万美元的寡妇1922年去世,这一切成了千古之谜。她从未接受过采访,也没有留下片言只字的日记。唯一的女儿年幼夭折、丈夫也英年早逝。唯一的猜测或者说是传闻就是萨拉听信了一位通灵人士的建议,说她之所以富有却失夫丧女,是因为她手中的钱来路不好。要知道她的公公温彻思特是来福枪的制造商,这连发步枪的发明与制造、销售让他家暴富。可是多少性命正是倒毙于这枪口之下。那些死去的人们都化成了鬼魂来索命。只有不停地建造一个迷宫一样的住宅,才能迷惑鬼魂摆脱纠缠。于是从1884年至

1922年萨拉去世,这里就没停止过施工……"汤姆早就告知大家,所有人都不允许拍照。在一间会客室的墙上,我们看到了唯一的一幅萨拉的黑白照。苗条轻灵的她一脸贵妇人的养尊处优,头披蕾丝纱巾雍容地坐在一驾马车上微笑着,全然与这荒诞的建筑风格无关。

整个建筑是水泥结构,从里到外粘贴了装饰板材,产地从印度、日本到英国,无所不用其精。在一百多年前仍是油灯的时代,萨拉就为自己的避鬼宅装上了电梯、冷热水管道、冲水马桶、煤气灯,房间多不怕,随手按铃、按钮,仆人随叫随到、穿行自如。

"1906年春天,著名的旧金山地震暴发了,7.8级震毁了多少建筑?数不清的人无家可归。萨拉这昼夜叮当施工的家也没能幸免,早晨5点12分,她一个人正在咱们站的这间房里。仆人们顾不得自己的性命,上来营救她。你们看,这门上方的墙至今仍是倾斜的。"我猜测丧夫失女的萨拉在这次地震中不仅损失了银子,将六层楼房改建成四层,也许还更坚信报应这一说。

尽管处处怪异,她的卧室却相当宽敞明亮。方方正正,窗是窗门是门。一幅她先生的照片挂在墙上,目光有些郁郁的年轻人,他曾是康涅狄格州副州长,继承了大笔银钱,却没有享受几天生活就去了另一个世界,留下娇小的太太花掉550万美元来盖房子。

"萨拉做事看似不守规矩,对仆人们却极友善。不仅加倍发薪,还免费提供食宿,甚至下人们的孩子都请专人统一照顾看护。这些忠诚的仆人们也很知足厚道,即使萨拉去世后多年,也没有任何人对外界讹传她的私生活和宅第内情。"我们甚至看到一张仆人们端端正正在一起的黑白合影,男人表情肃穆、女人目光虔诚,他们可能从没想过近百年过去了,他们会和这老宅一起,成为游人观瞻的对象。

除了房子本身,珍贵物件并不多见。萨拉的侄女继承了所有的家具。"这间房子里收藏着所有的水晶装饰,应该是最贵重的藏品了。看到那些成扇的彩饰玻璃了吗?都是蒂芙妮的。当时这样一块玻璃就值1500美元,而普通一块玻璃的价值当时是多少?我买得起,2美元!"

汤姆是个不错的向导,一个小时零五分钟,带我们走走停停,穿越参观了对外开放的110间房。偶尔透过窗子望见街道上衣着现代的行人和穿梭的车辆,真似穿越了时光隧道分不清今夕何夕。

"现在这宅子归谁拥有?是萨拉的亲戚吗?"杰伊问道。

"好问题。在萨拉死后,这宅邸被完全不相干的人买下了,先是放置没用,后来就被开发成旅游景点了。"汤姆脱帽鞠躬向我们道别。

他真的是英国人吗？我问杰伊。

"不是吧。他只不过是打扮成维多利亚时代男人的样子，在打工挣钱，我怀疑他仍是个大学生。"杰伊说道。

楼内昏暗阴晦、逼仄窒息，宅外却花红柳绿、美如仙境，一架紫藤在木廊柱上铺陈开来，香气扑鼻。丁香、虞美人、雏菊、海棠点缀着碧绿的草坪。几树茶花更是在楼的几侧都开成了粉红的海洋，直抵二楼的窗台。

再富有的存在，都抵不过活生生的现世。但至少，在他们的现世，他们尽情尽兴地活过，就像萨拉。孤单一人，跟看不见摸不着的灵魂斗智斗勇。在那缺医少药的时代，没有爱情，没有亲人，竟然也活了82岁。她靠的是什么？

一路向南，打马回洛杉矶，不由得想到此行所遇所闻，以百年为界，一镐一锹挖出地下家园的意大利移民福雷斯蒂耶雷，一坑一盆种出多肉花园的露丝，一砖一瓦搭起避鬼豪宅的萨拉，他们在时间的洪流中，不过是细小的一朵浪花或一道波纹。肉身都将化为尘土，但他们在世间的所作所为，至少留下了生命的痕迹。那归因于他们自己的努力，也得益于命运的成全。

我们大多数人都不过是一时一刻都在等待上帝召唤的埃尔茜，没有可圈可点的佳作奖杯，踏踏实实地按照自己的活法，无惊无惧，走完或长或短的一辈子，也没什么不好。

因为，最终，每个人，连带他留下的那点印迹，都不过是时间的尘埃。

再读此文已是一年后，将近110岁的露丝老人在植物仙子的护佑下升天了。姑姥姥埃尔茜也在睡梦中故去，十天之后，就是她100岁的生日。

知己就是soul mate

1

"知己就是soul mate（灵魂伴侣）。"

这由四个歪歪扭扭的汉字和两个英文单词组成的句子，墨迹很重。英文潇洒流利，汉字个个像孩童学步，踉踉跄跄，有的还作以头抢地状。

它们出自一位从未接触过汉字，不会说一句汉语的老人之手。他是威廉，我的第一位美国朋友。

在我们相识第二天，他带着我送他的书飞回美国。不久，我收到了他寄自大洋彼岸的书，扉页上，那行他生平第一次写就的汉字赫然在目。

那是2005年。那年我35岁，他75岁。

仅仅两天的时间，在中国海南岛出席一个城市建设方面的会议，生平第一次，我理解了这世间还真有所谓一见钟情。

会议冗长无趣。他是尊贵的国际来宾，发言、讨论，我是官方负责报道的杂志主编。未曾开口，我们都已经在观察关注彼此。

"那是你的爱人吗？"第一句话，他没问候你好，却望着我身旁的那位同事发问，湛蓝的眼神如孩子般好奇，引人注目的高鼻梁和他的腰身一样挺拔。听到我否定的答案，他仍不放弃："你单身吗？"听到肯定的答案，他不露声色，审视沉静一如最合格的政客，当然，很薄的嘴角带着笑意，纯礼节式的客气。

惊鸿一瞥，他真的让我心动。高大挺拔的身影，轮廓立体的脸庞。尤其是蓝色的深陷的眼睛，如电影明星一般俊雅，如老派绅士一样慈爱，不经意地望过来，智睿而深情。在他面前，我竟无法不让自己心跳脸红。

会议间隙，互报身份后，他毫不掩饰惊异且佩服："年纪轻轻就是主编，还出版了自己的书。"他说他欣赏聪慧的女子，约我共进晚餐。

因为和同事有约在先，我对他说了不。但答应他晚餐后去他房间小坐，顺便送书给他，反正大家吃住都在同一个酒店。

相谈甚欢。虽然我自恨有时英语力不从心。他请我写句话在书的扉页上。我思忖片刻，写下：知己就是soul mate。

解释给他听，他欣喜地微笑，逐字跟我学"知己"的汉语发音。

他曾是一位市长,连任四届,长达16年。退休后仍在积极开展社会工作。"奥巴马也许会让这个世界有所改变,至少我希望给他机会试试。"他有六个孩子,其中一半是收养的。至于妻子,目前已经是第三任。"她很冷酷。"他的蓝眼睛里似乎蒙上了一层雾气。我沉默没接话。

看表,一小时过去了。不想同伴们担心,我起身道别。他送我到门口,拥抱道晚安。他清瘦有力的臂膀,温暖,衬衣散发着似有若无的古龙水气息。我幻想自己在拥抱一棵圣诞树。那一刻,恍惚如梦。

第二天一早我飞北京,他飞华盛顿。隔窗望见他,气宇轩昂,立在人群中,四处搜寻的目光,终于定格在我脸上。像海岛上的艳阳,立即把我灼伤了。我羞怯地垂下眼睛,不敢正视他。

"哈!抱怨自己的妻子不够令人满意,这路数也太老套了,中国的男人早就不这么泡妞儿了!"听闻这些细节,我的杂志出版人,一位倜傥风流的中年帅哥戏笑道。不过他也坦言,这位威廉先生确实非常有魅力:"配置很高,保养有道,只是行车里程跟你这年轻司机比,有点高。"

2

两周后,正卧床发烧的我突然接到一个陌生的电话,一位女士用英语确认我是谁,说有人要同我讲话。

几秒钟后。"宾戈,你好吗?"正是威廉。他说过他最喜欢的游戏之一就是宾戈,他喜欢这样叫我。

他告知我打算寄书给我,希望得到我的地址。

一个月后,两本厚厚的精装本图书从大洋彼岸飞来。图文并茂,全是为他歌功颂德的内容。我一页也没读完,反倒细细欣赏了里面所有图片,那帅气英俊的男子,让我忍不住微笑而欢喜。即使远在天涯,即使他什么也不属于我,至少,这世间有如此美好的人物存在,尤其互相欣赏着,我当时灰暗的生活似乎平添了阳光与美好。

我们间或也有邮件往来。总是短短几句问候。他要我的照片,并发了他的给我。精心挑选的,睿智深情的眼神,令人无法拒绝的魅力,自信可以魅惑他锁定的所有目标。

如果他是单身,我会主动些吗?

是上天要给遍体鳞伤的我一点救赎吗?刚经历过一场与"渣男"的感情经历,这个异国男子似乎来自仙界,美好得不真实。

第二年的春天,威廉再次来访。目的地是上海,在北京停留,只为见到宾戈。

君悦酒店，在大堂等候他下楼，故作淡定的我心跳如鼓。那一刻，在熙熙攘攘的人群中，我自觉是最快乐的一个，因为那个几乎完美的男子近在眼前。

他仍是那般风度翩翩，笑容迷人。

把手揽在我肩头，一起去酒店吃西式自助餐。他跟我聊我的工作。"你喜欢吗？那就享受并投入去做。"谈宗教。"我们靠信仰前行，不是靠眼睛所见。可信仰，只能解决今生的困惑，却无法解释死后的一切。"他似乎在自言自语。那一刻，他脸上的表情如此落寞，甚至凄凉，令我无语。年轻时从普林斯顿大学毕业，后又在神学院进修，成长于祖辈父辈皆为神父的神职家庭，他本人也做过教堂住持。对生死、人生有自己的看法，可见他并不像有些信神者自欺欺人。

在他房间，他微笑地望着我，拉近，拥吻我的额头。"我真希望能给你一个孩子，我们俩的孩子，一定很可爱。你知道你有多么美好。"他的笑容那么情浓意切，似乎可以把一切融化为蜜。

我闭上眼睛微笑无语。和他在一起，我发现自己的心是满载鲜花的小船，我甚至闻得到那无处不在的芳香。可我似乎失去了语言功能，像船桅上那片洁白鼓胀的帆，在无垠碧海上唱着无语的歌。

他抚摸着我的脸，眼神专注，似乎在神面前下定决心。他试探着把我抱紧："你愿意吗？你知道，我非常敬慕你！"

"威廉，不可以。这里不是美国。"我煞风景的回答，让他沉默了。

他没有用爱，而用敬慕。

"我也是。"我小声道，有些歉意地望向他。

他把目光投向墙上的一幅画，像在思索一道无法解的谜。

我们都不再说话。房间安静得像在外太空。

片刻，我走去客厅喝水，猛然想起带给他的礼物。

先给他看一张素素地写在宣纸上的行书书法：上善若水。几小时前在过街桥地下通道跟摆摊儿的艺人花十块钱买的。最没有特色的书法作品，字迹却干净、温厚。

他似乎是意外地惊喜，睁大眼睛打量着说喜欢，让我解释意思。

李少白拍的故宫画册，他也赞叹不已，那是我上周参加一个新闻发布会得到的纪念品。

第二天我们如约去看故宫。走路穿过东方广场，他拉我去卖首饰的柜台，且心无旁骛直奔前方。我才看见那品牌名为"I do（我愿意）"。一个诗意浪漫的名字轻易就俘虏了他。他微笑着让我挑一枚戒指。三位售货小姐同时围过来，热情服务，看他的眼神兴奋热烈。看我的眼神？我感知到是羡慕有加。

我挑了最小的一枚。碎钻，18K金。他微笑着亲手给我戴上。

虽然我根本没有戴戒指的习惯，当年结婚时的婚戒也不知离婚时被放在了哪个箱子的角落，那一刻，幸福感让我忍不住在心底轻声叹息。这世间，还有什么被一个你心仪的男子爱着更快乐的事？尤其，我们本为陌路，却在生活偶然交会中相逢，如两颗流星，明知一切不可期，却仍想尽力燃烧自己以给对方光亮，仍用最真挚的心温柔相待。

那个3月的北京很美，树树樱花粉嫩，像沉浸于爱河中的女子一样春心萌动。

所到之处总有好奇目光投向我们。那目光似乎是放大镜，更让我们不时互相打量着。"你为什么笑得那么害羞？"他的眼角眉梢都是笑意。"你为什么那么快乐？"我反问他。

他专注的眼神早写满了答案，笑意更加没有遮蔽，像这春天的艳阳。

我忘了带相机。他在商贩手里买了个傻瓜，我们互相拍照。雇了一位年轻女导游，为他英语讲解。一间间旧宫殿，一段段故事，令他不时发出"geez"这样的美式惊叹。

"我真为你出生在这样的国家感到骄傲。"他由衷道。

我又何尝不是呢？在他面前，仿佛这宫殿与我也是有关系的了，或者曾是我祖先的后院。

正逢午门皇帝皇后服饰大展。他兴奋地租了一套，龙袍加身,与扮作皇后的我合影。照片上的他,像个顽皮的孩子,快乐单纯。想起他的书里,公众说他"无比善良可爱,身为市长总是随意在街头与人打招呼,随时停下脚步与人攀谈,或坐下来喝杯咖啡,甚至与街头孩子们穿着泳裤打水仗。是他,耗毕生之力,让那个城市成为一个真正宜居的城市"。

当晚,带他去吃全聚德烤鸭。他拒绝让我付款,说那是男人的职责。那一刻,早已经伤痕累累的心,再次开始复原如初始婴儿。我多么希望他即使不是我的"Mr. Right",也能如父如兄知己长相伴。在最冷最寒的时候,给我的人生一个安全又浪漫的陪伴。

离开酒店回家。临别时拥抱只剩落寞。"宾戈,我会想念你!"那拥抱似乎有一个世纪。宇宙静止了,久久不愿松开。望着我的他陡然间苍老了,就像那一刻他告知我他安装了心脏起搏器,我对他充满怜悯,却又无能为力。在时间面前,谁又不是溃败如蚁?我又能给他什么呢?年过七旬,长途跋涉来看望曾只有一面之缘的异国女子,他盼望的是什么?

如果是爱,我带给他的更多是残酷的提醒。提醒他这叱咤风云的英雄,面对心底最柔软的角落,也只能让一切随风。他甚至不肯说"但愿我年轻十岁"这类的话。骄傲如他,永远不想认输。

地铁空空荡荡。有一刻,泪水湿了眼眶。如果他年轻十岁，如果他单身，如果他在中国，如果我在美国……这些假设只能说明现实的无情无趣。

我知道，也许我们此生再也不会相逢。无论多么互相欣赏，无论多么心仪，有一种喜欢，叫作无望。就像齐豫的飞鸟和鱼，天地之大，自由翱游，看似无拘无束，可正因为这漫无边际之宇宙，让交集越来越接近于零。

3

2018年的5月，洛杉矶已经进入夏季，芝加哥的春天却仍寒意逼人。我和杰伊飞往芝加哥，然后开车前往邻州印第安纳。

"这是州界线，现在，我们已经离开伊利诺伊进入印第安纳啦！"杰伊虽是美国土生土长，却也是第一次来这两个州，边熟练地开着刚租来的车，边喝可乐。一只手偶尔还拨拉两下放在腿上的手机，搜寻一下谷歌地图方位。

与我们从学校前来会合的沫沫在后座听音乐。我们此行是去位于南本德的圣母大学参加他的大学毕业典礼。

"我多年前认识的一个美国老朋友就在这里，曾经的印第安纳波利斯的市长，那是十几年前了，我们只见过两次……"望着窗外一望无垠的田野，阴沉的天穹让我莫名心情灰暗，我怀旧的口气让我自己都奇怪，让我想起当年父亲健在时他的

"话说从前"。那被收割过的玉米地,经过一冬一春的风雪雾霭的洗礼,像破旧的一块帷幔,躺在那里,无奈、无辜。

"你这些年一直没联系他?"儿子摘下耳机,有些好奇地问我。

"7年前我刚到洛杉矶时,给他打过一个电话。他很高兴听到我的消息,还像过去一样叫我宾戈。再后来打电话没人接听,发了邮件也没收到回复。"那次短暂电话聊天,只记得他夸我英语进步了,欢迎我有机会去华盛顿特区,说他如果可能也来洛杉矶看我。

事实上,我真不知道他当时是否还健康。毕竟距离他最后一次访问中国已经过去五年了,而我们在北京见面时他已经75岁了。

"上网查一下吧。毕竟他是公众人物。"儿子的建议提醒了我。

谷歌输入他的名字。赫然看到一条讣告:84岁去世。

心猛然一揪一紧。他已于84岁去世。不要啊,亲爱的威廉,分别十几载,终于离你越来越近,你怎能不告而别?我的眼泪几乎流下来。

迫不及待地搜寻更多细节。从维基百科到新闻报道,正对我微笑的不是威廉是谁?2016年12月26日,患心梗、喉癌,病逝于马里兰。他的三个孩子已离世。妻子(第三任,也是他曾经的秘书）尚在。第一任妻子，是Goodyear（固特异）家族的孙女，两人养育了五个子女。第二任……

虽然明知这一刻并不突兀，可是看到这则消息，仍让我的旅途沉重起来。虽然没有相见，可即便感知他的存在，于我至少是一种念想和慰藉，就像一个寒夜里的旅人，前面雨雪霏霏，一想到那远在天边却曾给过你最温暖最及时陪伴的人，世界再冰冷，也会平添几分活下去的勇气。

威廉，即使你手中的烛火再远再微弱，总归是真实地存在过啊！让我如何能像从梦中醒来一般彻底淡忘你？

13年前，在故宫里相随参观的我们，如何预见到这一幕？我第一次踏上你生活的这块热土，不仅相见无期，还阴阳两隔，你已经掩埋于这土地之下了！

那时的欢声笑语，如果收敛安静些，可否改写后来的一切路径，让故事有不同版本的结局？

当时威廉曾建议我考托福去美国读书。"你才30多岁，还是个孩子，不要给自己的人生太多限定。"

可是我一路奔波打拼，漂在北京如盲龟浮木，身不由己一直以来都是最佳借口。直到2011年才有机会初到美国。更加身不由己，因为工作限制，不方便私自探亲访友。从没敢动念头去看望他。况且，音信渐渺，我也不知道他的世界究竟诸事如何。

一切都不可能有答案了。他把一切与我有关的秘密和回忆都带走了。

感谢这个网络时代,我得以为他这日渐模糊的素描添加一些细节。

他自知大限将至,回顾一生,认为自己经历了一个精彩之旅。"He built well and he cared about people."意即,他干得不错,他关心人们。这是他希望刻在自己墓碑上的一行字。

最近的一张照片是他去世两年前的,为纪念他而建筑的铜像完成,他坐在长椅上微笑着与自己的铜像合影。着蓝色毛衣、卡其色裤子,外罩深色夹克,自信地侧身坐着,仍是美得高贵而有尊严,仍是笑得深情而挚爱。

他想把一切都处理得妥帖如意,甚至拟好了临终致辞。"There is much I cannot fathom about the afterlife. Will there be recognition? What part of me, if any, survives? Forever, or just until I am forgotten? A little reverent agnosticism seems to be in order, because 'now we see through a glass darkly'. More positively, 'we walk by faith and not by sight.'"意即,关于来世,我有许多不能释怀的东西。我们还会相认吗?如果有可能,我的哪一部分会继续存在?直到我彻底被忘记或永远被记住?不可知论在此似乎该被尊重,因为"我们现在是在幽暗中透视过玻璃"。乐观一点吧,"我们是靠信仰前行,而不是眼睛所看见。"

我真愿意相信，在他神志尚清醒的某个瞬间，北京那个春花夹道的三月，那个在他眼里永远害羞的中国女子，曾在他脑海里愉快闪现。

威廉，如果有来世，我会加倍努力一点去寻找你。不论你信不信，你就是我看得到的灯光，尽管你不懂我的语言。因为，知己就是soul mate！

回到洛杉矶

1

夜半时分。月光白纱般笼罩万物。廊下的风车茉莉悄悄地在拔节长新芽。我努力地清空大脑,奢望像个婴儿一般恬然入梦。再看表,已是凌晨两点。但凡往返飞过的人都会有同感:从北京飞到洛杉矶的时差,比从洛杉矶飞向北京的更难倒。

在这个全球水灾火灾不断的夏天,我又回到了洛杉矶。人脑对不愉快的记忆会有意识地选择遗忘吗?上次的逃离,于我,好像已经是前生的梦魇。

"你又要去美国?现在?"朋友听闻我在预订机票,都不解地发问。

我母亲更是以为我疯了。虽然她的记性越来越差,但难民一般回国的惊险历程让她如惊弓之鸟,一提到美国这俩字,她都似乎本能地恐惧。"什么采访那么重要?非去不可?安全第一,这年月在家待着比什么都重要。"我想说,那100多位刚刚长眠的迈阿密人一定不同意这话。他们可是哪儿也没去,只不过在卧室做着最寻常的梦,随着楼的轰然坍塌,彻底、永远地从这个世界消失了。

其实早在两年前史蒂夫就曾认真地问过我,是否对中国先民到达过美洲的话题感兴趣。他自从年轻时候起就开始搜集这方面的资料和研究成果。"我和一些考古学家都确信,在哥伦布之前,中国人是到过美洲大陆的。"而促成此次采访的美国作家协会主席道格拉斯·普莱斯顿除了是一位惊悚畅销书作家,本身也是一位探险迷。他早年为了重走二百年前西班牙殖民者在美国西南部的征服之路,曾雇了一位印第安向导一起在荒凉广袤、见不到人烟的大地上骑马走了三个月,由于天气干热且缺少食物和水,瘦了50磅已不成人形的他几乎倒毙于野。后来他很快又将这吓人的一幕迅速遗忘——为了写一个涉及黑社会的故事,前去意大利采风,被对方察觉后遭到追杀差点丧命。几年前,又冒着生命危险受史蒂夫之邀前往亚马孙丛林探寻失落的"猴神之城",临行前更是给妻子写好了遗书。虽然有着富有的家族根基,在缅因州海边也有一个世外桃源一般的家,而他的人生哲学似乎就是"在路上"。他一年中有一半时间住在新墨西哥州空寂的农场写作,累了就独自像个牛仔一般骑马在周边游走。他相信离家不远的岩洞石壁上那些黑色的象形文字就是中国的文字。"你是一位中国作家，又在美国生活工作过多年，对跨文化的话题更容易介入。我们一起探寻一些古迹遗踪吧。"他的邀请让本就对这话题感兴趣的我热血沸腾。

即使在逃离洛杉矶那些日子里，我依然为此心心念念。既然瘟疫不能让时钟停摆，如果眼睁睁看时光流逝而像被施了魔咒一般无所作为，如果和史蒂夫的邀请失之交臂，那感觉似乎比病毒更可怕。

"去吧。这是个很有意义的题材，甚至可以挖掘更深厚的题旨！"北京文学界的朋友们和我一样斗志昂扬。我却觉得心中陡然生出异样的悲壮。

我有时自忖，人活半世，难道还没走出少女的叛逆期吗？就中国人而言，或许，西方人的好奇心、探索欲，总透着生机勃勃的诱惑。而东方文明的典雅、悠久、神秘，乃至中庸、自律，又何尝不被西方的有识之士所迷恋？

重回洛杉矶，与其说是被某个事关中国的题材所吸引，不如说是一种人生哲学的邀约。

2

知道史蒂夫已经把在车库里封存多年的书和资料都找了出来，我仍在国内订购到了一些相关的书籍。已经报名修了五个月的中国画和书法课仍未结束，好在是网课，我可以在有时差的情况下看回放，但笔墨纸砚是要带上的。随身的双肩背已经压得我矮了一截，两个托运行李箱也都超重。幸运的是在办登机牌时，那年轻的工作人员只略带严肃地说了句"下次超重要交费啊"就开恩放行了。

很难判断得到的照顾是因为帅哥的职业素养还是对此时去国离家者的怜悯。到了那架波音大飞机上，我忽然自我怜悯起来，肃然感受到了"风萧萧兮易水寒"的苍凉——虽然机舱里也已经坐了百十人，仍显得空空荡荡的，每张脸上捂着严严实实的口罩，使人与人之间越发添了冷漠与隔膜。中间一排本是四人连坐，却往往只有一个人，左右两排各三人座，也是往往只有一人。我坐在中间排的过道座上，身后是一个只有九岁的小男孩，从前来关照他的空姐口中得知，他独自前往美国投奔父母，因为新学期马上开学了。

看了两部电影，我一觉醒来，忽然听到身后有些嘈杂，不用细听，从空姐那简单的责备里就明白发生了什么：和小男孩隔着过道而坐的那对老夫妻，看小孩一直在玩游戏不睡觉，就自作主张过去占了他旁边的座位——把三个空位的扶手推起来，那老头呼呼大睡全然不顾旁边紧挨着的小孩。"你们这样做是很自私的，不知道疫情期间要保持距离吗？你们两个是一家人，坐在一起，中间有一个空位，已经不挤了，还私自挪动到其他座位上,你们这是占小孩子的便宜……护照交给我。"

刚才上飞机放行李时,这对面相沧桑的老夫妻就曾令人侧目了。他们迫不及待地抢占并不紧张的行李架。有位小伙子提醒他们,不要把行李箱挤压了他的笔记本电脑,他们没听见般不理不睬。他们眼里没有表情更没有感情,莫不是栉风沐雨一辈子,以为只有蛮横和霸气,才能找到生存之道?

毫不客气地过来仗义执言的空姐,倒是给冷寂的飞行平添了一丝正气。

洛杉矶机场似乎比去年热闹了许多,虽然国际航班仍有限,但许多国内航班都开始满员,打了疫苗的美国人开始报复性出行,好把在家压抑了一年多的憋屈发泄一下。出了机场走到街上,灿烂的加州阳光一如既往,洒在高大的椰树和敦实的建筑上。杰伊穿着沙滩短裤和那件他最喜欢的老鹰乐队演唱会T恤,笑眯眯地迎上来,也没戴口罩。

"不需要戴了,我打过疫苗了。"他是美国典型的carefree(无忧无虑)乐观性格,但凡面临好坏皆有可能的情形,总毫不犹豫地往好处想。

后来去超市购物、去餐馆吃饭,我发现果然有许多人都不戴口罩。"我看到数据显示,昨天美国死于新冠病毒的人数是333人,其中有28人在加州。截至昨天,自瘟疫以来,美国死于新冠的总人数为624189人,其中十分之一在加州。加州仍是重灾区，900多万洛杉矶人只有不足一半接种了疫苗……"我的不安里甚至有些抱怨。

与疫苗接种不积极相比，物价飞涨似乎让我更有切身的体会。

"美国的物价已经开始疯涨！我和皮埃尔仍每周约见一次，吃个汉堡喝杯可乐，以前算上小费30多块钱就够了，现在得花50块。信不信由你，有些高档一点的餐馆甚至开始收疫情费！房子更是遭到抢购，多贵多破都有人哄抢。我邻居死掉了，半年前她女儿把房子卖了105万。对方雇人重新装修了一番，种了几棵树，几天前出手了，标价200万，最后208万成交！没错，加州生活成本高，可我那住在新墨西哥州的儿子为了买一套房，竞价了二十套房子，终于抢到了一套，一年前要买也不过30万，他最后付了50万才打败了另几个竞争者签了合同。疯了！"我回洛杉矶之前就听史蒂夫跟我诉过苦水，美国政府印钞票的结果就是让通货膨胀物价飞升，"开动印钞机给大家发钱，我们这是在给自己掘墓。贫富分化越来越严重，那些买不起房的人越来越买不起了。没错，房贷利息是很低，只有2.75%，可月供仍然是一大负担，毕竟房子总价在那儿摆着。而且，一套花100万买到手的房子，一年的房产税就得一万多。"史蒂夫喜欢自己动手，要么在后院搭个花架，要么给那条人工小溪砌些石块，可他发现木头、石头、沙子价格都涨了三分之一。

为了倒时差,我强迫自己白天再困也睁着眼。周日,更是迫不及待地去久违的露天旧货市场寻宝。我发现,就连这跳蚤市场都涨价了。门票由一块五涨到了两块一张。出摊的小贩们少了许多,一块块划分好的场地空着许多,在火辣辣的阳光下像长了癣的皮肤,很刺眼。以往一直卖五美元四斤的桃子李子卖三斤了。要价两美元都不好意思的旧陶盆,如今摊主大咧咧地卖五块钱了。

"什么都涨价,不卖高点怎么维持生计?所以你别跟他们还价了,都不容易。"杰伊一向不好意思看我在跳蚤市场跟人讨价还价,虽然许多美国人也乐于这么做,理由是"这就是那种的地方,讨价还价本身也是一种乐趣"。那个专卖邮票和金币银币的80岁的老人跟我很熟络了,我曾买过他几枚熊猫邮票。我知道他还是个孩子时就开始收集邮票,18岁从德国来这里实现美国梦,干瘪的行囊里就那几册邮票最宝贵。我不知道他是否曾有过工作,从衣着和相貌看似乎很落魄穷困,否则也不会把那些积攒多年的邮票卖掉糊口。他说他有一年没出摊了,上周刚来。我挑了六张印有希特勒头像的二战时期德国邮票。"30块!"他说。我没还价,递给他。他开心得连声道谢,似乎今天的饭钱终于有了着落。在另一个摊主那儿看到七个印有黑色插画的盘子,以为是一套,仔细看发现有两个是重复的,便挑出来放一边。摊主说七个一起买60美元,如果只要那五个，50美元。我本来想问45美元可否，也相信他会让步，可一想到去餐馆吃一顿饭也得45美元，便打消了念头，直接把钱给他了。

3

不仅许多美国人拒绝打疫苗，杰伊的猫——火球也是坚决的抗拒者，当然它打的是狂犬疫苗。

那天是个周六，说好十一点半到诊所。杰伊一早起来照例跑步、修剪草坪，可我知道，他心里和看到那个猫笼子的火球一样抓耳挠腮——把这散养于小区、闪展腾挪于檐上的猫关进笼子，绝非易事。

"我需要你的帮助。我去捉住它，你帮我打开笼门，然后关紧，拉上那道拉链。"

待他抱着那猫走近猫笼，原本安静的火球突然觉察到了等待它的是什么，剧烈地拧着身子挣扎反抗着，三下两下，它挣脱了跳到地上，然后飞快地奔向楼梯跑到了楼上。杰伊当然不肯轻易放弃，一路追上去。

"它躲在我床下了！我把它赶下去。你把所有门都关好，别让它跑到院里去。"这一招果然有效。几分钟后，无路可逃的小家伙就又在杰伊的大手里了。可这次它更急了，不仅扭曲着想挣脱，还绝望地嚎叫着左右拧着脑袋，亮出了尖尖的牙齿，几次作势要咬那夺取了它的自由的双手和双臂。可我分明看出它的犹豫，它知道那双手臂来自那个最疼爱它的人，它知道不该动用它的武器。无论如何拼命反抗，它真没下去嘴。我被这场面惊得心跳加剧，高声请杰伊放手。我到后院去找那双种仙人掌时才戴的厚磨砂皮手套，这手套已经完全看不出皮子的质感，倒像铁制的一般。"你戴上这个。"我递给已经满头大汗的杰伊，他的脖子和脸都已经急成了粉红色。

"戴这个干吗？"他一边焦躁地质疑着，一边接过去试探地戴上。火球见他伏下身来在桌子底下寻它，一溜烟地又往楼上跑，到了上面发现屋门紧闭，它又只好沿楼梯往下跑，被迎在楼梯一端的杰伊逮个正着。

我再次蹲在客厅那笼子前，心呼呼跳着准备配合这关押行动。没想到见到笼子越发歇斯底里嚎叫的火球像粘在了杰伊的手上一般，拼死不从。叫声更加凄厉绝望，还真的开始动用锋利的牙齿撕咬了。幸亏杰伊戴了手套，否则一定早就鲜血淋漓。

最后一次尝试着终于把猫像堆乱草似的强塞进了笼子，还没等我动手，它已经蹿了出来。地板上，已经湿了一片——它被吓尿了！

"放手吧！让它走吧，太可怕了！"我嚷着，心脏再也禁不起这杀人般的场面。杰伊手一松,火球立即弹簧般地跳起来,这次它没再往楼上跑,也没往桌子底下钻,而是逃进了厕所,缩进了它的便盆。看杰伊走过去,居然还从喉咙里发出怒吼以示不屈。

人猫大战的结局是杰伊抓起电话拨过去跟兽医解约。

"火球和许多美国人一样,拒绝打疫苗。"我笑道,希望缓和一下紧张的气氛。望一眼仍趴在猫沙盆中的火球,我不无好奇地问,"为什么那么多美国人就是坚决不打疫苗呢?免费不说,还有希望中奖(俄亥俄州就有好几个人账户中突然多了100万美元)。比如邻居加里,我直接问过他为什么不打,他说他不相信疫苗而相信自己的抗体,尤其是新闻报道说有人注射疫苗后死亡了,更让他以为找到了证据。"

"没错,有些人和加里一样,害怕这么短时间之内研发出来的疫苗不安全。有些一向就反科学的宗教信仰人士认为打疫苗是对上帝的背叛,当然坚决不打,只等着上帝的保佑。还有一些人完全是逆反心理在作怪,你越动员他打疫苗他越不打,因为那看起来好像违背了他的自由意志和人权。"自由、人权这两个词,本身是多么美好,可在这极端形势下,在某些人头脑中却变成了一道道冰冷的枷锁。为了彰显人权,他们上街游行捍卫不戴口罩的自由。为了体现自由意志,他们叫嚣不打疫苗,否则就是充当实验室的小白鼠。可铁的数据证明,自2020

年12月7日至2021年6月7日这半年时间，洛杉矶县未接种疫苗的人占该地区新冠感染者的99.6%、住院治疗的98.7%、死亡的99.8%。

有人相信猫是有神性的，任何极端的触怒都可能引起不幸的事发生。原本好心好意却让爱猫大受刺激的杰伊果然迎来了坏运气。他开了15年的车把他扔在路上不说，还彻底报废了。

打电话找了拖车把那拒绝再奔跑的灰色"老马"拖回家，唯一能做的就是去买辆新车。车行仍在，可展厅里没车。甚至销售人员也半天没见踪影，直到他去跟那一直歪坐着看手机的前台搭讪，才有一个穿制服的小伙子出现。"目前所有车型都缺货，你知道，芯片短缺。你提到的那款定价5.8万美金，要等六到九个月才可能到货。而且只是预估，我不能保证车到时一定能到。"

"这5.8万是最终费用吗？"我记得以前买车是有还价余地的。

"不是。除了约10%的税，还要额外加5000美元的浮动费用。这一项目前所有车行都一样。"

以前上门追着你给你各种优惠的车行，如今成了愿者上钩的坐收渔利者。如果不是亲眼所见，我真不敢相信。

今天，玛丽安上门来喝茶。有二分之一中国血统却不会说一句中文的她总是彬彬有礼，带来了一块我喜欢的西班牙干酪。我在国内时就得到她晋升的好消息,"Bigger office, bigger check"(大屋子,大票子),她的喜悦兴奋之情隔着太平洋我都能真切地感觉到。再次当面祝贺她职场风生水起,我问她27岁的儿子可好。"他已经许久没上班了,在家上网课修学分打算尽早大学毕业。你知道这里现在有一件很奇怪的现象:不去工作,领到的失业补助反倒比上班挣的还多。我儿子一周可以领到900美元,包括联邦补助和州里救济,一个月就3600美元。他女友也一样,两个人7000多块钱!我老公退休金都不足3000块。这个社会现在鼓励人们懒惰。"她边说边摇头,大眼睛里丝毫没有因为儿子的受益而喜悦,反倒充满担忧。

我看出玛丽安明显憔悴了不少,脸上的黄褐斑更明显了,眼角的细纹也深了不少,便问她升职后是否很累。"太累了!你知道吗,我们公司经营建筑材料,本来沾了疫情的光(人们在家办公,有了时间和精力装修),利润增加了两倍多,可问题是现在根本招不到人!没有人愿意上班,都在家里吃补助。我的职务是行政总监,可每天兼做着老总秘书、办公室主任甚至前台的活儿。"她揉着一侧的肩膀苦笑。

我在飞机上看到新闻说美国在过去的一年催生出了500万个百万富翁,便问她在瘟疫笼罩、全球经济衰退的时期这是如何产生的。"没错,许多中小公司倒闭了,因为没有生意,可还要付房租和税。那些没有倒闭的便少了竞争对手,挺过了最困难的萧条时期,反而有了比往常更多的生意和利润。你知道迈克的法务公司吧?虽然他不幸走了,可他太太现在真可以叫富婆了,网上办公就赚得盆满钵满,听说打算把公司和家都搬去德州,毕竟那里税比加州低多了。我听她说德州的房子和加州一样抢手,目前还没找到合适的房子。本来她看中了一套,可犹豫着没买,因为那几户邻居对加州人都极不友善,说不希望行事随意的加州民主党人把保守的德州风气带坏……"

拥抱道别,玛丽安说希望以后常聚,毕竟生命太脆弱,"我相信这场瘟疫不是人类最后的一场。我们想象不到的灾难无计其数,你看这天热的,昨天棕榈泉已经达到48摄氏度了!全球变暖,最直接的受害者就是人类自己。"都上车了,又探出脑袋叮嘱我没事尽量少出门,"你知道吧,上周,光是洛杉矶的枪击死亡人数就达到了150人。许多都无冤无仇,甚至只是开车在路上,一个开得快超了车,另一个不高兴,超过去开骂解恨,另一方也以牙还牙,结果,一方掏出枪来就射。死得多不值得!现在的人都特别容易失去理智,千万要低调。"我有些后怕,头天晚上还在久别重逢的两对美国夫妇怂恿下去了一个熙熙攘攘的餐馆。现场座无虚席,几百人坐在室内尽兴吃喝高声聊天,明明开着冷气,我却分明感受到人体组成的一锅热浪。坐在火车卡座，三人一排，对面是另外三个人，中间隔着窄长的桌子。我有两次分明感受到了谁的口水溅落在了我的脸上。那杯加了冰的柠檬水，不用细看我也相信那已经是一个汇集了多人口水的迷你泳池，吓得一口没敢喝。

7月16日半夜开始，洛杉矶再次强制要求民众室内佩戴口罩，原因实属迫不得已：变种德尔塔病毒已经成了该地区的主要新冠病毒，而最近一周新确诊人数达到一万人，平均每天都超过一千人确诊，这是三月份疫情缓解以来再次出现的感染高潮。

我决定把所有的必要出行都留给我的采访对象。那真是让我感觉时不我待的一群特殊的朋友——有一位已经于去年离世了。目前联系到的六位考古学家中最年轻的72岁，还患有多发性骨髓瘤，定期去医院接受检查治疗。最年长的89岁，颤颤巍巍行走不便，已经没有太多底气讲话。而每一位都有一部或两部著作在等着我细细读过并向他们讨教。我白天读书做笔记，准备采访提纲，晚上则把与他们谋面的细节记录下来。有时感觉自己像一个同时撑着三条船的船夫，哪个都不能放手不管，哪个都不能全力以赴，颇觉劳顿。可一想到自己正在做着一件有意思又有意义的事情，又顿觉两腋生风，似乎正超乎然轻翔于宇宙。

泉下有知的中国先人们，不管你们曾几何时登陆美洲，我来了。

做一只快乐的跳蚤

距洛杉矶30英里的这个山谷小城每周日都有露天的二手商品集市，美国人叫交换市场。小贩形形色色，物品花样百出——从印第安的织毯、非洲木雕到各种锈迹斑斑的农具，旧吉他旁边是一堆破鞋旧包，蒙着灰的吸尘器紧挨着只有一只眼可以眨的洋娃娃。逛市场的人也集中了各色人等，保养良好衣着时尚的瘦高老太太，擦肩而过挺胸叠肚只吃得起快餐的中年汉子……

那位我从没问过姓名的老人摆着全市场唯一的书摊，卖二手书兼唱片。是因为不希望斯文扫地吗？不像其他小贩摆的真正地摊——直接把东西散乱地放在地上，他的书和CD都摆在支起来的几张可折叠三合板桌上，且无论书还是唱片，都一一码放整齐，封面朝上。

老人有70多岁的样子，看不出他来自哪里，干过什么职业，有家还是单身，但即便是七八岁孩子都能判断出来一点，他是位穷人，虽然他那皱纹纵横的脸上总带着谦卑又满足的微笑。

我的房东杰伊是地道的美国人，他从不像我一样对老旧的东西感兴趣，可周末偶尔也去跳蚤市场逛逛，唯一最爱的去处就是老人的书摊。50岁的杰伊是理工男，爱读的文学书有限，无非是史蒂芬·金的恐怖小说，每出一本新书，他都必去书店买回来作为枕边书一部部地啃。洁癖的他并不怎么买旧书，尤其是疫情以来。"我怎么可能让那上面的病毒挨我的枕头？"可是他不介意买唱片，毕竟不用捧读在手，只是放在车的CD机里上下班路上听。他却特别鼓励我这爱淘旧货的人买上几本书，有时还抢着为我付钱———一块钱一本！

"他肯定是去旁边那个热狗摊买吃的去了。"某次我一口气选了五本书，接过那张五元纸币，老人道了谢，弯着腰缓缓地走向市场的餐饮区。杰伊望着他的背影轻声道。

最近我刚写完了关于毛姆的一篇文字，表达我对这位英国作家的欣赏与敬重——他1920年曾在贫弱战乱的中国游走，随笔集《在中国的屏风上》不吝笔墨地描写中国的苦力之可怜和可敬。是泉下有知的他感觉到了我的由衷赞美要回馈我吗？在经过老人书摊的时候，一瞥之间我竟然看到了那个熟悉的名字：威廉·萨默塞特·毛姆。驻足细看，却原来是《毛姆短篇小说全集》，上下两卷，出版于1952年。我激动地翻着书页，这两卷年龄和我母亲相同的书居然还和新的一样，甚至还有原装的硬壳封套。我虽然早就读完了毛姆的长篇小说和随笔集,一直心心念念着要读他的短篇小说,没想到,竟是在这样的场合得到这近乎天赐的礼物。我掏出五块钱,捧着那厚重的一套书走向老人。他正坐在小圆凳上听一个熟人神侃,扭头微笑着打量了一眼那书,开始找钱给我。一二三四,他递给我四块钱。可这明明是两本书啊?我提醒他,同时又递回他一块。"这不装在一个盒子里吗?"他慢悠悠地说,蓝色的眼睛里仍是那谦卑淡定的微笑。我没再说什么,只把那一块钱放在他的桌子上:"你不能卖太便宜了,否则这书的作者会不高兴。"与他聊天的那位汉子听了,用西班牙语跟老人说了句什么,老人只是抬头,望着我安静地微笑着。

"他那么穷,可是一点儿也不贪婪。"我边走边跟杰伊感叹。

"有些人没钱,可并不代表人家不快乐,更不意味着他们渴望更多钱,或者羡慕有钱人。他们也用不着别人同情。你发自内心地尊重他们就好。"善良的杰伊是年薪颇丰的软件工程师,一向乐于向陌生人伸出援手,却能如此清醒地看待金钱这货币符号。我有点为自己刚才的"慷慨"脸红。

我们继续在这旧货的沙海里穿行。我发现杰伊又穿着下摆处磨出了破洞的T恤。我早就留意到他有好几件T恤不是袖口就是下摆都有破洞,我猜与其说是穿破的,不如说是洗衣机洗破的——同一件衣服他从不连续穿两天,而是穿过当天就丢进洗衣机里。

"你为什么不扔掉它?反正你有那么多T恤可替换。"

"我喜欢这件。为什么有洞就扔掉?许多人不是穿破洞牛仔裤吗?"

"穿破洞牛仔裤是时尚。穷人或流浪者才穿破洞衣服。"

"如果有人看到我的T恤有洞就轻视我,那随他的便。我丝毫不在乎。"

我们正这样聊着走着,我的目光忽然停留在一个旧纸箱子上。里面用油纸包着的像书签一样的东西是什么?有几张散落出来,我俯身捡起来看,张张都印着精美抽象的图案,或是植物或是小动物,或是孩子,每张书签上还都有一层可以揭掉的蜡纸。我蹲下细看,直觉那是非常古老的工艺,却找不到更多线索究竟那是何物。有些遗憾地,我走开了。过了一会儿再折回来,还想细看一下那堆神秘书签,却见一位中年女子正蹲在那儿把那一箱子东西一件不落地往她的购物车里装,还跟旁边立着的另一位妇女嘀咕,又像是自言自语:"我知道我会有麻烦,又淘回家这么多自己都不知道是什么的东西。我不管,我就是喜欢它们!"看我上前打听究竟,立着的妇人指指自己挎着的书包说她也买了几包:"这是非常老的英国印花贴纸,人们用在家具或衣物上的图案。我买了几包,十块钱。剩下的她都要了,50块!"

"即便它们一钱不值，堆床底下也无所谓，谁让我喜欢呢。"我忽然看到那个女子的纯白色棉T恤上也有好多穿久了绽开的破洞，可她坦然淡然的神色让一切似乎都自然舒服。

望着这两位陌生的女人，我忽然很感动，像在荒无人烟的地方发现了同类——我也经常和她们一样，对自己一无所知的物件动了情，再旧再破再没任何实用价值都不在乎，只想带回家与之朝夕相伴。我曾买回家一个巴掌大的木雕——两只小猫偎依着中间的大猫，底部有两个笔迹认真又幼稚的签名和一行字：祝亲爱的妈妈露西生日快乐。时间是1959年的某天。当时我毫不犹豫地买下，就是因为那真挚的感情让我的心一下子柔软了。我不禁想，母亲露西还在世吗？如果某天我把这小木雕放在网上，可否让它再次回到曾经的主人手里？

我曾买过一本手工压制的干花标本，薄薄的十几页，每页都有一朵带着花茎与叶片的干花，旁边是手写的植物名称。那白线缝制装订的书脊参差不齐。我摩挲打量着它，想象那得是个多么痴迷于植物的人（也许只是个孩子），如此专注地完成了这本简单的册子。如今他（她）又在哪儿？

"你淘回来这些既不能吃也不能喝，没任何升值空间，花钱占地方。"我的邻居、来自巴西的蒂娜大妈就常笑我不切实际，也爱园艺的她不同于总爱种些稀奇古怪的多肉的我，她买植物只有两个标准：要么能结果实，要么能开花。

我立在跳蚤市场，望着那两个陌生女子，百感交集。她们不会知道我是何等被触动了——是她们，让我更有了勇气从物质价值的束缚中解放出来。我自己也不知道，从何时起，面对一件吸引我的物件，我也开始像某位只收集欧洲宫廷瓷器的华人女友一样，掂量它是否有升值空间，或像蒂娜大妈一样估量它是否划算。沉浸于更多的世俗逻辑，那些触动灵魂或情感的电光石火，已经被我硬起心肠疏离了。

在集市的尽头那棵大杨树下，我遇到了更奇葩的一幕：一位卖各种廉价牛仔衣物的长条桌上，居然摆着一件老子拄杖木雕。琥珀色的硬料实木，精湛又不俗的雕工，显然是有些年头的沧桑感一下吸引了我的注意。"多少钱？"我一边上前抚摸端详一边问摊主——一位身形敦实面容淳朴的墨西哥大叔。"这是非卖品。我自己的私人物品，不卖！"那木雕有半米高，分量不轻，大老远开车带来摆在桌上却不为了出售？！大概看我表情诧异，大叔又认真地补充上了一句："他就是我！"说着还把一顶牛仔帽扣在老子头上。我随即笑了，对这有趣的摊主说："没错，你的灵魂伙伴！"

旧货满坑满谷的跳蚤市场，竟让我意外邂逅了那么多独特可爱的人——值不值钱？我丝毫不在乎！只为了内心的欢喜而活，任性地做一只快乐的跳蚤，真好！

消逝的《花鼓歌》

一晃，那个让《花鼓歌》在百老汇唱响过十五年的剧作家、小说家黎锦扬先生已经离开我们四年了。我的手机里仍存着他留给我的最后一条语音信息：你下周会来看我吗？我等你。

时间显示：2018年9月21日。

而手机里另一条英文信息来自他不会说一句汉语的混血女儿安吉拉，意思是她父亲去世了，他的肾脏自夏天就没有恢复过来。

那天是2018年11月8日。

这几年里我不时看到他，有意或无意。在电脑里我有一个照片文件夹，里面全是他的照片——从95岁到103岁，都穿戴干净体面，透着老者的尊严感。长满老年斑的瘦脸，金丝眼镜，稀疏却总是服帖地梳理好的灰白头发，当然，还有那温和的微笑和温和的眼神。自到洛杉矶初次去看他起，每次见面，我都会给他拍些照片。最后一次拜访，是预感到他不久就要驾鹤西去吗？我请了获得过艾美奖的摄像师史蒂夫同行，希望征得黎先生同意，给他拍一些生活场景录像。没想到，他没等到那一天。

1

初次相识他就已经是95岁的老人。他永远穿着整齐，每次出现，却像是从历史书里走出来的，那领子尖尖的牙黄衬衫，那贴在瘦腿上的大方格裤子，贴在耳朵上像两块失水的牛肉般赭红的助听器，都显得好笑又古怪。

那是典型的犹太社区的洋楼，闹中取静地坐落在离好莱坞不远的富人街区。他家在一个小十字路口的把角，不大的门面，却因为被漆成了中国红，且门口有棵极粗壮的棕榈树，找起来并不难。敲了几次门仍不得入，我便开始拨打手机。电话里他大声嚷着应答，随即悄无声息地来开门。这位年过九旬的老人，清瘦，老迈，仿佛一阵洛杉矶的小风就能把他吹倒。

时光真是把无情剑，愣是把一个风流倜傥的俊逸才子黎锦扬雕刻成了如此形销骨立的一个老者。C.Y. Lee，这是他名噪百老汇的大名。他书房兼客厅墙上装饰不多，却无不与他的成就相关：《花鼓歌》的舞台剧照，因20世纪50年代的美国找不到好的中国演员，那妩媚的女主角是日本人；电影获奥斯卡的新闻剪报；他犹太后裔太太的黑白照，气质与美貌丝毫不输于英格利·褒曼的耶鲁大学才女；他家八兄弟"黎氏八骏"的气宇轩昂的合影，个个都如基因优良的种子，在历史的黑洞中熠熠闪光。

在洛杉矶的华裔文人中，要数在美国主流社会的成就，他可谓首屈一指。11部英文小说畅销美国多年，他的文学成就丝毫不输林语堂，一部《花鼓歌》曾改编成歌剧在百老汇连续上演15年，与《音乐之声》《国王与我》等齐列美国十大歌剧之一，后由好莱坞改编为电影，获三项奥斯卡金像奖。可几乎没有一本作品被翻译成中文出版，中国人知其名者并不多。

见面前，我曾读过黎锦扬的演讲英文稿，文采与口才俱佳，一眼就能感知真是聪明人所为。这是个自小在北京红庙小学读书的少爷式的人物，毕业于镜湖中学和西南联大，曾给缅中交界处一个土司当英文秘书，并陪土司妖娆的缅甸女人打球练英文。

"我有手表、打字机等不少在当时看来是奢侈品的东西……"那对他来说显然是段美妙的时光。可好景不长，日本打到缅甸了，为了保命，他只好跑到重庆，又从那儿坐飞虎队飞机到印度，再坐船漂到加州，就读东部哥伦比亚大学比较文学系，不久退学转至耶鲁读戏剧。毕业后为报社写些小文谋生，日子拮据，签证过期，移民局限期让他离境。好在上天庇佑，创作勤奋的他接到天上掉下的馅饼：一部短篇小说居然获得了头奖,他能以特殊人才身份得到长期居留证;在一位女经纪人劝说下他弃小说改写舞台剧本,在多次碰壁打算放弃之际,他的《花鼓歌》被最后那家出版社出版,并在百老汇上演引起轰动,改拍为电影又获五项提名三项金奖……娶了漂亮的美国太太,出入上流社会,至今在美70多年!已经年近百岁的他却称只过79岁生日。

他家弟兄八个没有一个不是名人。大哥锦熙曾任北师大文学院院长,年轻老乡毛泽东常去他家吃饭,钱玄同与他发明了现代拼音,提倡白话。

他二哥锦晖作为明月剧社的创建人,曾富可买下上海半条街,却因为不善于经营而将所有写歌所得都赔得精光。《桃花江》《毛毛雨》等让他成立的明月剧社吸引了周璇、聂耳等大批文艺名家。

四哥锦纡曾和邓小平同游学法国。

六哥锦明是左派作家,成名作《烈火》深得郭沫若欣赏。

对于许多华侨,我向来有些避之不及,但像他这样的宝贝,我还挺愿意近前一观的。

C.Y. Lee的汉语说得非常地道,带一丝湖南口音,毕竟在中国受了从私塾到大学的多年教育。不像一般老者车轱辘话来回倒,他的头脑非常清晰,镜片后的目光甚至是犀利的、审视的。为证明自己不老,他给我展示了他当天的劳动:整理得很清楚的旧稿、书信（我看到痖弦写给他的信），发表在发黄的旧报上的小文，都分门别类整理好了，封在不同的文件夹里。

我称他为黎先生，夸赞他有条理。他高兴地笑了："走，我请你去吃饭。我已经多年没出门和漂亮小姐吃饭了。"毕竟年事已高，讲话中气不足，他的声音有些轻飘像春风中的柳絮。

先去他说的古巴餐厅，却没有车位。"别着急，如果迷路了，我太太当年教我的秘诀是，往右转，往右转，因为往右比往左转安全。我的车开得不好，当年都是我太太开车。你知道找美国太太最大的好处是什么？她从不跟你记仇。我这个湖南人倔脾气，跟她吵架就往死里吵，可她却不计较，一会儿就端过咖啡来，主动要求和好。"他坐在后排，不急不慌地回顾这些对我来说都是新闻的旧事，有趣而生动，听着也不感觉非要急着去餐厅吃饭了。边走边找，开得慢，我后面的公交车多次催促鸣笛。

总算找到一家看起来不错的餐馆，停车很贵，15分钟2美元！停进去，把车钥匙交给那热情的保安，在他微笑注目下，我扶着老人慢慢走向那写字楼，穿过去，到了街上，隔门看那布置很豪华的餐厅，被告知今天休息。"这条街上的好餐馆一般周一都休息。"他很懂得这些规矩，"我们今天就碰运气，运气好就吃好点，差就凑合点。和你在一起，吃什么我都开心。"他握着我的手,像终于出来放风的犯人,满是开心的笑。我笑笑说他当年一定很讨女孩子喜欢。"才不是,我当年是个穷小子,很自卑内向,英语也不好。写了诗参加诗会,自己不敢读,一个美国女孩子站起来,说她来帮我朗诵。后来,她成了我太太。美国女孩子就是这样,喜欢你就很主动很直接表达。"

那值班的酒保善意地说往前走一条长街,左拐,有一家意大利菜馆,不错,不用开车……他说着看了看我身边的老人,似乎有些犹豫了。

我忙说我们就在近处找一家餐厅好了。紧挨着那写字楼大门台阶上挂着餐馆字样的牌子。结果拉着他上了台阶,推门进去,才发现比麦当劳还差,只点外卖,且只有汉堡和三明治。于是离开,决定回他家附近吃印度菜。

我们又一老一小手牵手挪回停车场。被告知收2美元。他赶紧掏出钱包付账,很绅士风度的做派。

最后,我们坐进一家亚洲菜馆,那店名很有意思,佛肚。

他点了一个豆腐蔬菜沙拉。"长寿的秘诀就是要吃清淡。我太太70多岁就走了。我跟她说过不要吃太油腻的东西,可她偏喜欢吃牛排,而且爱吃那种带点肥的,不健康。"他很想说话。我也很乐意听。毕竟,面前这位可以做我曾祖父的老人本身就是一个传奇。我点了一个虾球炒饭,与其说吃得津津有味,不如说听得有滋有味。

他很会讲故事,一段一段,有趣而新鲜。"我的女儿和儿子不会说一句中国话,他们也不知道我的价值。姐弟俩倒有不少共同点:都从事影视产业,都没稳定收入,都单身。我女儿曾经结婚,很快她离婚了,抱怨中了我小说的毒。因为读到我一部小说里面的爱尔兰男人太帅又完美,她年轻时真遇上了一位就迫不及待地嫁了,后来发现根本不是那么回事……"事实上儿女还是很敬重他这来自中国的父亲。"我为了写中国人的故事,跟太太商量好,专门跑到圣盖伯华人区租房子,每天看到的是中国人,吃中国菜,听中国话,进门回家和太太也说起了中国话,她直笑我,后来我的英语也有了中国腔调……我儿子?从没结婚,有一个同居多年差不多了,非要他买大钻戒不可,我说她是嫁你的钻戒还是嫁你?没成。"

我不久将回国休假,问他是否需要可以从中国捎回来的东西。他抬起头望着我,大方镜片后的目光不乏柔情。他幽幽地说:"什么我都不需要了,只需要爱。"我问:"老伴走了20多年,没想过再找一个?"因为我想就他的才情与多情,不难找到一个女人。"不是没有女人找上门来,可我搞不清有多少是冲着想办绿卡来的。你知道吗?"

回到他家楼下,已经三点。我不敢再耽误,说要去接孩子。"把他接来玩吧,你要走了,多来看我啊。"他的话让人心酸，可怜的老人！

2

再次见面，我约了一位华裔投资人杰克前往，听说C.Y. Lee如此传奇，杰克想试试运气看自己是否可以淘宝成功，说不定做医疗和地产投资的他可以上演一出娱乐投资大戏。

那次应门者是那一脸皱纹和无奈眼神的沙皮狗阿里，狗链的另一头是位漂亮西方女人，黎先生的混血女儿。和弟弟一样，不知是有意还是无奈地，从五官到灵魂都与中国元素截然划清着界限。比她更热情地招呼我们的是那狗，一个劲儿地闻着蹭着来客的腿。

这次再仔细打量，才发现这二层小楼，上面是儿女住，下面是老人的客厅兼卧室等。尤其让人喜欢的是那个客厅侧门外的小院，长着四株极粗壮高大的树，一些绿植点缀其间，沙发椅和小石桌上都有落叶婆娑坠下，树下的绿丛中，有观音佛祖石像透出东方的味道。

杰克先被老人清晰的头脑所折服，动不动就夸张地冲我们做鬼脸，句句带惊叹号："哎呀真了不得！到他这年纪我说不定在哪儿呢？"摸出相机要求合影，并说要回去给80多岁的老父亲看照片当楷模。

杰克来自上海，长相俊朗，说话靠谱，有经济实力，握着大把有钱人脉想投资。黎高兴坏了，明白我终于为他请来了真神。"这狗是个母狗，喜欢帅男人。"看到阿里几次摇着胖身子进来，直奔杰克打量，黎不忘了变相夸奖这可能的财神爷。他今天发挥得还真不错，凡有点的地方都在我的提醒下精彩地抖着包袱，甚至说到他故去的妻子也不忘幽默："我太太是个杂种，身上有英国德国等许多血统……"大家哈哈笑着，让他更来劲儿。

"如今国内动不动就派演出团来歌舞表演，什么也留不住，倒不如上演话剧，有情节有故事，糖衣包住信息，才能被别人接受，我们不能直接说自己好，得让别人说才行……"他在变相批评前些天来的某省的演出团。

聊起他最近看过的电影："张艺谋的《金陵十三钗》太恐怖了！也太血腥。《雪花秘扇》你没看？在我看来就是一对女同性恋，没什么意思。美国人看不明白里面中国人的生活，许多人半截就走掉了。好本子太重要了，他们应该用我的本子。"

《开路先锋》是他的一个剧本，写华工为美国修铁路所做的贡献，他很想能有人搬上舞台。成名作《花鼓歌》像一盏明灯，让他不甘心就让自己和那些文字在黑暗中无声无息滑入生命的终结。

临别合影时，他非常解风情地左拥右抱着几位笑靥如花的女士。一张苍黄的脸泛出了喜悦的光泽，似乎回到了50年前的鲜花与掌声中。

那次会见的结果是派拉蒙电影公司来人与他签了一个授权，支付他1000美金，保有他一部书稿一年的改编权，如果小说改拍了电影，要付他5万美金。

他第一时间打来电话给我报喜。我大声嚷着祝贺，他可能没戴助听器，我使足了劲儿，喊得几乎整层办公楼都听得见。

我是真心想让这株原产中国、移嫁美国的老树开新花。不久，我跟一家加利福尼亚大学洛杉矶分校的教授约书亚先生说及C.Y. Lee，他兴致勃勃要见面，说如果有价值，他们可以往《洛杉矶时报》等刊物上宣传他，说不定就有人愿意投资拍片。

穿着蓝衬衫的C.Y. Lee似乎又老迈了不少，头发也长了，像葛大爷演的黎叔。看得出来，每次见客，他都事先精心着装，收拾得尽量体面而有尊严。

仍是那摆着满满中式家具的客厅，错落有致的庭院和房间，或高大或逶迤的树木花草，有很暖和的阳光照耀进来，是因为居住的人过少且老迈吗？我总感觉有些阴冷。

巧的是，约书亚教授的好友麦克·凯利，居然是最早帮黎锦扬打造《花鼓歌》的音乐总监、百老汇巨星金·凯利的侄子！正越说越近乎，黎的女儿也牵着狗回来了，进来一起聊。她可能最近也发现了父亲的商业价值，不同于以往事不关己的样子，大有大权在握之势："你们只能等我这边的进展再决定是否让麦克介入……"

约书亚带来两本从图书馆借来的旧版书。其中一本《金山姑娘》，曾在60年前畅销一时，黎笑说当年自己不满意书商，因为那封面上的女郎不够漂亮。"这书的精装本在网上已经卖到1000美元了呢。他的书在市图书馆也不过只有三本，我借出来两本。"

他给我们看一册打印出来的剧本，是最近刚修改完成的。

我们夸他勤奋，虽然这是根据以前的旧本子改的，但仍是要一笔笔写出来才行啊。

"我的时间不多了，不像你们。"人老了，没了底气，那声音就有些不男不女。

"我打算请《洛杉矶时报》的记者来采访你，这样就可以得到更多人的关注，包括投资人，会对你的这些剧本有好处。"约书亚热情有加。

看表，不知不觉已经六点多。看我们要告辞，他提高嗓门说："我要请你们吃晚餐。"他说这次一定要去吃那家古巴菜。随后体贴地又拿出那张残障人专用的停车卡，说万一没车位了，可以用这个停在少有人停的残疾车位上。

到达并不太费周折，因为并不太远。

进去，并不很大的餐厅，已经有不少客人在吃着东西，餐盘和分量似乎都超大，多是大块鸡肉牛排配米饭薯条之类。而食客的块头也跟食物匹配极佳，都肥硕大块，无论男女。

黎点了鸡，足有半只那么大，油腻地放在自助餐式的托盘里，米饭和黑豆单放在盘子和碗里。我点的牛尾，味道还行，只是量太大，吃不了。里面的小香蕉，极黄极甜腻，像红薯，也吃不下几口。约书亚点了牛排，却是手撕过的一般，呈丝状。

边吃边聊。我因为第二天要出差去图桑，便问他年轻时曾否去过，没想到引出一段故事。

"图桑？那是我的伤心地呢！50年前，我一个朋友在那儿开农场，让我去玩。我当时还没结婚，就去了。看到那里种植着大量的大葱，人烟也少，物价便宜。在朋友的游说下就动了也买一些田产的念头。你知道我小时出生在湖南，那是中国最穷的省份，有田产一直是一个男人的梦想。于是就看报上的地产广告，找到一个中介去谈。接待我的一位小姐是个美国妞，很漂亮。一来二去，我们就互相喜欢上了，开始交往。我买了20英亩地，还没有什么进一步的计划，就出了事。那位小姐原来是有老公的，她先生的爸爸还是一位当地有势力的老板，让律师找我谈话。根据当时的法律，不仅没收了我20英亩地，还让我交罚金，理由是破坏了他儿子的婚姻……我后来想，这可能就是一个阴谋，但有什么办法，谁让在人家地盘上呢。只好照办了……"

我们听得瞪大眼睛不敢相信，这老爷子处处都是故事。包括他的家人。"我三哥喜欢上了一个叫徐来的女人，是个演员，非常美。后来不幸被一个副省长看中了，就被抢去，说如果不从就报复我三哥，她只好从了，跟了那人。我三哥就贫病交加住院了，遇到一个19岁的女孩同情他照顾他，于是两年后，他们结婚了，过得还挺好……"这，都是随口就流淌出来的故事，比小说还精彩。当然，当事人的爱恨苦痛，远不是这几句轻描淡写如漱口水一般就能吐掉的。

我要了热水。男侍者很客气地端上来，一瓷杯水，上面赫然有一粒黄豆大小的粉艳，那显然是口红印记。示意给黎看，他招手让侍者换掉。"要是我用这杯子就不用换了，哈哈。"他瘪着嘴乐。

老人显然很开心，开始聊女人："我喜欢丰满点儿的女人，现在时装书的女孩我不喜欢，那么细瘦的腿，像马腿一样，不好。我当然也不喜欢太胖的，要有线条凹凸……我太太就属于比较丰满型的。"95岁的男人，谈起女人，好像他仍只有59岁。

"一父一母所生的12个孩子的大家庭，真是难以想象，即使在那个时代。你父亲为什么没有纳妾？"约书亚难掩西方式的好奇。

"我父亲是个henpecked（怕老婆的）男人，我母亲很强势，他不敢纳。henpecked就是母鸡在不断地啄，公鸡躲藏，就成了怕老婆的专用词。"他笑着解释。

送他回家，下了车。他问我要不要去拿一本他的自传："看了这个，你就明白我是多么不好的一个人了，别不理我啊。"

3

工作一忙，便许久没有与他联系。某日回到办公室，听到他的电话留言。

"本周有空过来一趟吗？和你介绍的那位美国教授。我希望有在生之年在舞台或影院看到我的作品。我等不起了。"

回过去，说最近一个女作家和她的美国丈夫去看望他了："他们想把我的书全部再版，费用他们解决……我最看重的不是这些书们的出版了，太久了，等不及了，而是希望看到一些舞台或影视剧的制作完成，那要快一些……周六你能跟我去看一个舞台朗诵吗？我的一个舞台剧本，有人改编了在舞台上读。我的小舅子答应陪我去。"

他看到我们到了很兴奋，颤巍巍地找眼镜与耳机。我们分别帮他从沙发与茶几上找到它们,他武装上,与约书亚一起坐定在靠墙的那长沙发上,我坐另一个,开始聊他新改编的一个剧本。

其实真见了面,也不过是闲聊,并没什么要紧的事可谈。约书亚找的报社记者的回复很让我这做过多年媒体的人理解。"要有新闻事件才好推出报道某个人,否则有些唐突。"

老人有些失落和不服,但并没继续这个话题。

我发现只要是有人在场,在和他聊天,聊什么并不重要,他其实开心的是大家的陪伴。黎明显特别钟爱谈女人与性的话题,说那个刚去世的有争议的名女人海伦·格莉·布朗,《性与单身女人》一书让她一举成名,说他们夫妇当年都是他的好友:"我以前就一直奇怪,这个比你还瘦小的女人大谈单身女孩也可以得到性福,却找了一个男人结婚,且婚姻维持了50年,前几天去世,90多岁了。她确实非常有魅力。"

又到了饭点,这次约书亚提议他请客去一家意大利餐馆。都说中国人在公众场所嗓门大,其实太偏颇,美国人在餐厅里的声音一点儿也不低。加上桌椅距离太近,我们几乎没怎么聊天就各自把眼前本就不多的那点儿意大利面吃完了。

约书亚去开车,黎微笑着把一只胳膊搭在我肩上。"我占用你的肩膀了。"他还不忘自嘲。我笑笑说没问题啊。人老了真不容易,很难有力气保持基本的生活自理,更不要说尊严。

从我们的座位到餐厅门口,也就20步的距离,没了我的肩膀,他居然走不动了,中途半靠在过道的墙上停歇着,那一幕又好可怜。"我等不及了,已经这么老了,要上去或下去了。"在家里聊天时他曾笑着对我们说。手还指上指下比划着,约书亚大笑,似乎那是非常好笑的话,其实我知道,那是一个不忍心说谎的人面对这种谈话时的无措。我也不知说什么才好,只是本能地说"你看起来还年轻呢"。

黎说还要找邮局寄他新修定的一部书稿,已经请人打印出来了。我奇怪既然有电子版,为何还要费事打印并寄纸质的呢?但看他已经装好并写好信封了,不便多问。从餐厅出来约书亚四处找邮局,好不容易才找到那漆成红色门脸的很不起眼的邮局。

寄了东西,出来,他找不到家在哪儿了。

没想到很快老人就对约书亚有了芥蒂。"你介绍的这个朋友我看还是不要交往了。我把剧本给他,希望他帮我做推广宣传,可他介绍一位做文化公司的朋友给我,那人说要收费做推广。怎么这么短见呢?等将来找到投资人,有了收益我们可以分账嘛,现在就让我出钱做广告,我不这么傻。请你通知他把我上次给他的剧本复印件还给我。"

这一个电话让我无言以对。赶紧联系约书亚教授,他却也一肚子委屈:"他再是名人,现在已经没有多少电影人知道他了,当然需要宣传,可我朋友的公司也不能免费出人力啊。他以为像上次一样,你帮他牵个线,他白挣了1000块,就希望所有人都这样义务帮忙,不现实啊。"

于是,那次拉着他去邮局的经历,就成了他俩最后的会面。

"美国人就是这样,只看到眼前的小钱。比如你说这有个生意,一年后可以赚一万块,他们不要,宁可要当下赚100块。这一点,远不如欧洲人绅士……这样好了,你来和我一起改编我的小说《情人角》吧,冯小刚是个不错的导演,我看过他的电影,他有想法,可是剧本不行,你请他来导我的本子吧。王健林,我看报上说是中国首富,你能找到他让他投资吗?这样,我们就可以快点操作了。我不想再版我的书了,没有意义。我只想看到某个电影或舞台剧用上我的本子。你快点帮我联系他们好不好?"电话那头,可能戴着助听器,他讲话很有条理。看我不置可否,他又说,"你明天有空没有?可不可以过来看我?我特别想吃牛排,我们去找最好的牛排馆……"我知道他是在找借口,便说等我有空了联系他。

不久我离任回国,行程匆匆,打电话跟他道别,没人接听,便留了言,却一直到走也没接到他回复。

没想到,就此与他阴阳两隔。

去年夏天我又回到洛杉矶采访,似乎不能相信他已经离开。每次开车经过他家的街区,我都绕道而行。

邂逅毛姆

这事儿要从住在洛杉矶的老约翰说起。他是我儿子十年前初到美国读中学时的英语家教，年轻时学英美文学，当过海军，离异单身，无儿无女。开着一家只有他一个员工的小文化公司，承揽些宣传文案之类的活儿。据我观察，日子过得总是很拮据的他把挣来的钱都花在了两件事上：付房租，买书籍。前者是迫不得已，后者则是心甘情愿。他的家里只有一个再也插不进一本书的、顶到天花板的书架。可是地板、墙角、床头、所有桌面，满坑满沿儿都是书，摇摇欲坠。立在他家的书窝里，我总是既羡慕又自危，馋得步履难移，却又怕它们轰然坍塌。我戏称您这哪是家呀，用我们中国人的说法，您这叫"坐拥书城"呀！坐在那个破旧得已经变形的长沙发上，跟我聊曾读或正读的书，老人总是快乐得像个拥有城池万千的国王。墙上有他年轻时的照片，那风流倜傥的青年如今已衰退成一株秋天的树，那一袭风霜却透着威仪与尊严。如果正好，冰箱里有半瓶白葡萄酒，那一刻便成了他这天主教徒的天堂。有时和他就某个不同观点讨论乃至争论,他会不以为然地微笑着眨一下眼,极具权威感地说"不是那么回事",然后像个大学教授面对台下的学子,流畅地说出自己的理由,结束后仍是微笑地望向你,并不多想和你争执。那天我们聊到英国文学,听说我对毛姆情有独钟,他急切而准确地从茶几底下那堆书里抽出一本,兴奋地递给我,说是他刚从网上淘到的二手书,《在中国屏风上》。"一定告诉我你读后的感觉!"他热切期待的眼神让我不由得做了一个揣书逃跑的姿势,老约翰哈哈大笑:"可以再坐一会儿,我不管你的晚餐而已。"

最早读毛姆,始于《面纱》。刚读两页,便如饥饿者尝到美味一般舍不得一口气享尽。老想着,下一节得找个气定神闲的时机细嚼慢品。全书读完不由得掩卷叹息——看来天才的作家,绝非只靠囊萤映雪凿壁偷光的勤奋就可锻造。《面纱》既浪漫温情又残酷心碎,看似简单俗套的婚外偷情故事,却被他用手术刀和绣花针解剖再现得如此与众不同。

后来急迫贪婪地捧读《月亮与六便士》《刀锋》,这两部被某些评论家推崇备至的小说却令我有些微失望。并非故事不吸引人,而是那个贯穿始终的讲述者"我"显得过于拿捏。且在两本书中,"我"都有些近似的脸谱化——本想置身事外做个潇洒过客兼看客,最终,却因好心或好奇牵扯进主人公的生活,见证一种不见容于世的离奇人生。故事情节固然一如既往的曲折，读起来却有那么点疙里疙瘩，远不及行云流水的《面纱》使我陶醉。

无论如何，仍是发自肺腑地爱上了毛姆，这位有着一张典型英国绅士酷面孔的作家，这位出生于巴黎在德国受教育的法国人，可谓恣肆洒脱地度过了一生，浪漫不羁，传奇无数，是所谓把一生活成了几辈子的幸运儿。本是学医的他，23岁就发表了处女长篇小说《兰贝斯的丽莎》。"一战"爆发，他赴法国成了战地医生，大概是智商奇高机敏过人，被选派做了英国情报特工。然后又踏足政界斡旋俄国退出战争。简直是一个会写小说会拿手术刀的007詹姆斯·邦德！他被英法大学授予"荣誉团骑士"称号，更是英国女王钦点的"荣誉侍从"，却从不恃才傲物，认为自己不过是个"较好的二流作家"。

战后的他开始大量的旅行，从南太平洋到远东，甚至到了他眼中神秘至极的中国。学医的经历、法国文化的熏陶、世界各地的游走，让英国的毛姆成了世界的毛姆。从不感兴趣文学的所谓社会批判功能，曲折的故事、离奇的情节、离经叛道的人物才是他孜孜以求的写作目标。他认为真实的生活比任何虚构都更有魅力，"任何有理智有头脑的作家都写自己的经历，因为唯有写自己的经历他才最具权威"。

小说《面纱》和游记《在中国的屏风上》正是他在游历中国后完成的。

与年轻时就有缘邂逅《面纱》不同，这部《在中国的屏风上》却似在冥冥中故意潜伏在某处，直到我人到中年才在老约翰的书屋偶遇。

《在中国屏风上》，有人直译成《在中国的屏风上》，有的则引申为《毛姆看中国》。那是毛姆1919年至1920年在中国的游记。篇幅都不长，有些甚至不足一页，边读我边惊异地发现，作为一个生活优越声名鹊起的西方作家，对那个贫弱时代的中国劳动者，他竟持有那么真挚的同情和悲悯。

除了在城市漫步，毛姆喜欢去中国的乡野信步。远远走来几个做挑夫的苦力，他细细打量着他们身上那被统称为蓝色的衣服——那是多么外延宽泛的蓝色啊，从深色的靛蓝、松石的绿蓝，到淡得如牛乳一般的浅蓝，各不相同。即使刚好上衣与裤子同色，那磨破了的需要打块补丁的地方，绝不会是完全相同的颜色。不难想象，这个立在田边的洋人看新奇的同时，也被路过的男女老幼好奇又小心地打量着。高鼻深眼的他只微笑装作不知，看两个胖子威风十足地被轿子抬着走过，他估摸四个干瘦的轿夫加起来也不足一个胖子的分量。挑担的苦力们自动站定，低眉顺眼地侧着身子略弯着腰让路。有时路窄，还不得不迈进水田里以回避。轿子远去后，挑夫们相跟着继续走着，扁担在肩头有节奏地颤着。小路蜿蜒，畦垄如棋盘一般整齐，他们细瘦的身体、直长的扁担、绷紧的棕绳，像最不雕琢的艺术构图，加上倒映在水里的影子，那么简洁明快。他看得入了神！这劳动者用身体和大自然共同描绘的景象，远比在欧洲美术馆看到的名画更令他赞叹唏嘘。

中国的自然风光毫无疑问是美的。但他的眼睛似乎总下意识地被那些底层的劳动者所吸引。他知道，别说担起来，如果谁想试着拎一拎那些他们一口气挑了三十英里的担子，怕只能情不自禁地对挑夫们的耐力和精力佩服不已。听到他的赞美，有些阔绰的中国人完全不以为然，"他们是天生的贱种，世代就配干这个"。他确实看到有些七八岁的孩子就牵着比自己还高的牛驮运货物。

他去参访古寺，在破败的庙墙外的榕树下，他看到他们在歇脚，抽根劣质烟，舒口气聊会儿天。天气渐热，他们会把上衣脱下来光着膀子赶路，许多人肩膀上都有一块磨得红亮的茧疤，有些甚至还没有愈合，流着脓血，也没有任何包扎，就那么任木扁担在上面压迫磨蹭。他好奇，生存是否会导致身体的变异？有些茧疤，已经厚得高出身体，像驼峰一般鼓着包。他不知道他们是否早明白了活着就得逆来顺受，抱怨没丁点儿用，就连四平八稳坐下歇口气的工夫也是不敢奢望的。"他们会把货物放在地上，扁担仍横在肩上，半蹲在那儿停留片刻。你会看到那乏累的心脏紧贴在黄瘦的肋骨下跳动着，就像你在外科的心脏手术室看到的一样。那真是令人辛酸的一幕！"

他鹰般的眼睛打量着那陌生的土地,更用作家的敏感之心真诚地体味着那风一样偶尔与他擦肩而过的生命。他走过田间的低矮农舍,一路寻到城门,到了城里,映入眼帘的是一群瘦弱黧黑的孩子,正在追着一只瘸腿的狗向它扔泥块。两个身形敦实穿长袍马褂的绅士立在路边儿聊天,各自都架着鸟,他们一边给宠物放风,一边有滋有味地品评着爱鸟。那鸟儿不时伺机腾空而起,但只能飞到牵着的细绳的尽头,很快又落回到那木架上。"那两个男子微笑着,看着鸟儿的眼神是那么温柔。"

即使暮色四起,他仍在街头徜徉漫步,像个外星人好奇地望着身边经过的人、马和车。踏着沉稳的节奏,毛色光滑的骡子拉着车缓缓走了过来,亮蓝色的罩顶子,带着铆钉的大车轮。车夫的两条腿垂在车辕下。太阳下山了,把一道红晕投放在庙宇那奇异陡峭的黄色檐脊上……他不由自主地想象,车篷下,是谁两腿交叉着坐在那里?也许是一个满腹诗书的学问家,正在赴朋友之约,期待着纾解盛世不再的郁闷或沉浸于说古论今的慷慨;也许,会是一个着丝袍佩玉饰的云鬓雾鬟的歌女,正前往一个宴会,在那儿,她会美目顾盼吟唱一曲,坐定后就着香片茶,和有品位的同侪妙语畅谈。"骡车在渐浓的夜色中走远了,消失了,它好像驮负着东方所有的神秘。"

"天才固然可羡,一个有着发自肺腑悲天悯人情怀的人则可敬。"此书读完,和约翰交流心得,他和我击掌称快,说:"哈,遇见同道,真是开心!"

如果说,一个人一生所遇所获,全由天定,似乎有些宿命论,可有些机缘之巧合却还真是匪夷所思。

是泉下有知感应到我这中国女子的真心敬慕吗?时隔不久,毛姆再次与我在一家不起眼的旧货店邂逅。

我一向对旧物着迷。在我眼里,那旧画、破壶、老木椅,上面都笼罩着一层用手触摸得到的东西,那就是打败人类无敌手的光阴。旧物让来无影去无踪的时光看得见摸得着。或把玩摩挲,或相对无语,光阴那已经远去了百年千年的足迹,不觉间已被拉到了眼前。那天开车去郊外农场买刚下树的橙子,荒野路边,居然有一家古董店赫然映入眼帘,叫作谷仓里的古董。好奇地停车走进去,似乎集中了世界上所有风马牛不相及的破烂旧货的店里,一个放烈性酒的粗糙板条箱里横七竖八摆放着几十本书。我蹲在地上逐一翻检着,猛然看到那个熟悉的名字:威廉·萨默塞特·毛姆。那是一本大十六开的册子,绛红色的布壳封套已经褪了色,出版于1963年。封面是一幅毛姆的画像,跷着腿坐在那里的他,姿态放松,目光犀利,即使他并没望向你。再看那书名,让我不禁微笑起来:纯属自我取悦。书名下是一行简介:38幅全彩油画复制品,均来自毛姆多年收藏,同时配有他的画评和收藏故事。其中世界知名的艺术家包括毕加索、马蒂斯，雷诺阿、高更、莫奈、罗特列克。

我找到价格，原价50美元，五折处理。25美元！

回家迫不及待地开享这艺术大餐。不禁再次感谢上天眷顾——那些收藏背后的故事离奇得丝毫不逊色于他的小说。人尽皆知，《月亮与六便士》是以画家保罗·高更为原型创作的，可有谁知道，为了得到更多素材，上大溪地岛寻访高更生前认识的人竟让他意外获得宝贝。我有时想，是由于没有家室之累吗？（他曾在年轻时有过短暂的婚姻）毛姆一生都在路上，那说走就走的旅行让同时代的许多作家都羡慕不已。打听到大溪地岛某个树林中有个小木屋，高更病后曾在那儿休养过一段时间，毛姆上岛后便租了辆车约上一个朋友前往。待看到那小屋后，他下车沿一条小路快步走过去。远远看到门廊下有"半打"孩子在嬉戏。一个男人，貌似那群孩子的父亲，走了出来，听明来意后让陌生人走进去。毛姆的眼睛不由得亮了，他盯着那颓败的小屋上那三扇门呆住了：那门很普通，下半部分是木头，上半部分则是几块长条形的玻璃镶在木框上。其中一扇门的玻璃上有一幅画：裸着上身裹着牛乳色短裙的夏娃，侧立在一株开着白花的树下，手里握着一个苹果，目光恬静地打量着来者。他一眼认出，那正是高更的画！另两扇门的玻璃则一片斑驳，只有依稀的画痕。"我的孩子们刮掉了两个门上的这些东西，正打算刮掉第三扇门上的。"缓过神来的毛姆问他是否可以把这画卖给他。对方毫不在意地说可以啊，但他总得有个门才行。毛姆问他要多少钱买一扇新门，他说二百法郎。于是作家当场付钱成交，把那门卸下来带到车上运回了帕皮提（法属波利尼西亚首府）。

故事够意外的了，可是还没完。到了晚上，正在沙发上啜着红酒欣赏夏娃的毛姆听到有人敲门，却见一个陌生男人立在那儿，嗫嚅着说那门有他的一半，因此他也得要二百法郎，除此之外似乎没有更多理由。"我很愉快地给了他钱。请人把那门的木头部分锯掉，用尽心思小心翼翼地把那玻璃画包好，先运抵了纽约然后是法国。那画色彩很淡，但是那么迷人。我把它挂在了我的写作室。"

腹有才华，心怀悲悯，懂得艺术，走不凡人生路。毛姆这样的人，即使无缘相见，作为一个读者，想不爱都难。

毛姆活了91年。发现自己更钟情于同性后，与一位男友相伴至他永远闭上眼睛。那些画作也都留给了这位同性知己。与人们对同性恋日渐开明看待的今天不同，当年与众不同的性取向者要想活得坦然，需要拥有更多的勇气。毛姆的人生可谓与他书中许多主人公一样精彩传奇。我很好奇，是他的才华造就了他的勇敢，还是勇敢壮健了他的才情？

小个子将军荷马·李

1

从客居的山谷小城驾车前往洛杉矶的帕萨迪纳，刚进市界的134高速北侧，在随地势延绵起伏的树林与房舍间，不容错过地，我会看到那块巨石，有些突兀地立在碧树环绕的高坡上，如一枚硕大的寿桃。石头是浅棕色的砂岩，冲着公路一侧的凹痕赫然像一只振翅欲飞的苍鹰，因而这块巨石得名鹰岩。

我那83岁的美国老朋友彼埃尔在鹰岩住了半个世纪，却从没想到，在他后院就望得见的这块石头像一个小小的顿号，曾在中国浩繁悠长的历史上刻下过一笔。

那个把鹰岩和中国历史牵到一起的人叫荷马·李（Homer Lea）。我的探险家朋友史蒂夫的家也离鹰岩不远。某天，他兴奋地给我打电话："真没想到，一百多年前有个美国人曾为推翻中国的帝制奋斗过，他被称为李将军，披着自制的将军服为孙中山东奔西走，作为军事顾问，还在南京参加了孙的临时总统就职典礼，却不幸染病身亡，年仅35岁！你可以想象吗，帕萨迪纳1905年的玫瑰花车游行队伍中，就有120名着军服的中国人。他们不久前剪掉了辫子，观众误以为是日本人，冲他们大声用日语喊万岁！他们其实是荷马·李招募训练的军人。当时美国政府怀疑他有参加中国武装暴动的嫌疑，正在调查他和他的西方军事学校。为了掩人耳目，他故意让这些军校学生参加平民花车游行。"

被荷马·李震惊到的并非只是今天的我们。1941年10月，美国《时代》《财富》杂志大亨亨利·卢斯的妻子、记者克莱尔在马尼拉与几名美国军官共进晚餐。所有人都相信，菲律宾将成为日本战争机器的头号目标。在座的查尔斯上校是麦克阿瑟的重要参谋，他在桌布上画了一幅吕宋岛地图，并准确地标上箭头："主要的袭击会发生在这里。""你在泄露军事机密吗？"克莱尔问道。上校笑说他只是引用荷马·李的军事预言。

克莱尔不是那种轻易承认自己无知的女人，但她不得不问："荷马·李是谁？"上校说，他是一位自封的将军，曾在1909年写过一本书《无知的英勇》，预言美日之间会爆发一场战争，日本人将占领菲律宾、夏威夷甚至整个美国西海岸。

"我在西点军校读到过他这本书。那家伙确实令人信服!"另一位军官说。

回到纽约不久,已经忘了荷马·李的克莱尔听到炸弹落在珍珠港的消息,报纸开始印刷日本袭击菲律宾的地图——那邪恶的小箭头登陆地点与荷马·李预言的丝毫不差。克莱尔立即去了图书馆,发现《无知的英勇》自1909年出版以来,只被借阅过三次。

当她读完这本薄薄的书时,日本人已经占领了马尼拉,花了26天时间,比荷马·李书中预测的三周多了五天。而且他明确宣称:"即使用三倍驻军力量也不足以抵抗日本进攻。"事实上,麦克阿瑟的5.5万人很快被20万日本侵略者击溃。

震惊万分的克莱尔找到了另一本荷马·李的书——《撒克逊时代》。它不啻为世界格局的超前预言,预测大不列颠将走向灭亡——在和平主义的侵蚀下,它失去了建立自己帝国的战斗精神。英国的全球敌人德国、日本和俄罗斯会让她在一两场可怕的战争中变得平庸无能。德国和日本实力也不会持久,反倒是俄罗斯会让英语世界无法防备,这将成为他的第三本书——《蜂拥而至的斯拉夫人》。

可惜,军事预言家也许泄露天机太多,还未来得及写这第三本书,他就撒手尘寰。1912年11月2日,《泰晤士报》登了一则讣告:"那个推翻了破败的旧中华帝国的美国男孩可怜的、多病的小身体,静静地躺在他位于海洋公园的家中。荷马·李将军昨天去世了。"

四天后,大洋彼岸的孙中山致哀:"李先生身体残疾,但他有一个了不起的大脑。虽然他不是军人,但他是一位伟大的军事哲学家。他是一个无比真诚的人,他把全部精力都献给了中国革命。"

"这鹰岩就是荷马·李当年练兵的地方,而且他就读过的洛杉矶中学、西方学院都在我家附近。"两位老友的惊讶越发激起了我的好奇心。其实时间并未将一切掩埋,我发现在中国的网站上对他也不乏客观介绍:"红龙——中国计划"是辛亥革命爆发前夕中美革命志士联手秘密策划的旨在推翻清政府、建立民主共和政府的武装革命计划。该计划从1908年开始酝酿,一直持续到辛亥革命爆发。其核心成员包括,民国缔造者孙中山先生、中国著名的现代化先驱容闳和美国革命志士荷马·李以及美国银行家布思等人……

美国甚至有一个名为荷马·李研究中心的网站。站主劳伦斯·卡普兰博士是一位研究了一辈子荷马·李的学者,是其传记《荷马·李:美国幸运战士》的作者。"1979年,我在俄亥俄州立大学读历史研究生时,第一次发现了荷马·李,20世纪80年代中期,我在堪萨斯州立大学继续写关于他的博士论文。此后我一直在研究他。"

读罢他的传记我不禁对这位身有残疾却仗剑走天下的美国

人肃然起敬。他既非权力在手的美国政客，也不是因富而贵的精明商人，他甚至没有一个健康的身体——他四岁时就被发现脊椎畸形发育不良，直到成年身高只有1.5米，体重不过80斤，常年受头痛折磨，本就极差的视力几乎完全失明。正是这个人，不仅先后被康有为、孙中山视为军事奇才而委任为军事专家，且他出版的两本书《无知的英勇》《撒克逊时代》被列宁读后叹服不止："这本书总有一天会被成千上万的人研究……荷马·李比所有在任的内阁部长都更了解世界政治。"

我在亚马逊网站上很容易就找到了他的著作，在今天的读者中居然还有惊人的影响力。一位读者在《无知的英勇》后留言：真正的美国人必读！从所有高中学生到社会学、历史学和经济学专业的大学生，乃至国家领导人都会从这本书中学到一些东西！

我和史蒂夫、皮埃尔决定结伴做一趟怀旧之旅，去寻访与当年荷马·李有关的鹰岩、西方大学和孙中山当年来洛杉矶暂停地，当年荷马·李介绍他相识的另一个坚定支持者——南帕萨迪纳市长的家，70年前已经被那开明的市长捐给了国家成为教堂，虔诚的基督徒孙中山据说也曾在市长家那小教堂为革命祈祷。

2

那天是2022年的春日，我仍像往常一样，坐40分钟火车到格兰岱尔，与等候着我的二位友人会合。皮埃尔虽然半年前被查出患了白血病，又刚刚从新冠感染中恢复不久，浓密的银发仍像往常一样倔强如野草立在头上。

"这位荷马·李真是个哲人和智者。当时一些政客根本不了解他的才能和胸襟，反倒恶意揣测攻击他，说他是战争狂。其实他是个相当平和的人，虽然预感到袁世凯会窃取孙中山的革命果实，为了避免战争和流血，他冷眼旁观并没阻拦。只是警告孙中山和当时的'中华民国'政府：'和平只是战争之间短暂的喘息，这是一个不幸的真理……你们将面对许多来自外部的敌人，但你们面对的最可怕的敌人来自内部……我指的是那些潜伏的阴影、公众的无知和冷漠，那些个人或团伙必将在毁灭一个国家之前滋生道德腐败……'这话放在现在的美国，一点儿也不过时！"皮埃尔一直在为疫情以来的美国担心，特朗普虽然下台了，可疫情让美国人的生活压力陡增。

史蒂夫显然也和皮埃尔一样，已迫不及待地补了课。"如果他死得没那么早，我相信世界历史都会被改写。在不到20岁的时候他就意识到了75年后基辛格和尼克松所看到的一切。他相信，一个与美国友好的强大中国是平衡亚洲和世界力量的关键，也是阻止日本和俄罗斯扩张主义的希望。他非常有洞察力，虽然当时的清政府让中国在世人面前呈现为一个可怜的受害国，是英德日俄这些掠夺力量的猎物。但对中国历史的研究让他相信一味妥协姑息不可能让中国回到强大。中国漫长的历史证明，每个王朝的更替都通过战争和革命，每一个朝代的开路人都是一位骁勇战士，中国在清朝暮年的颓势呼唤另一名战士掀起一场复兴的革命。"

确实，带着近乎神秘的信念，荷马·李决定成为那个勇士，或者辅佐那个勇士的人。他幼年时家里有个中国厨师，长大后通过父母的中国教友又结识了更多中国朋友。他相信轮回，认为自己前生就是个中国人，甚至梦中他都是中国武僧。他读中国历史，学习粤语，甚至以传教士在中国的经历为背景创作了人生中第一本浪漫爱情小说——《朱红色的铅笔》。在旧金山的斯坦福大学读书期间，他结识了百日维新后流亡到美国的康有为，加入了保皇会。康由海外华人的支持，组织了中华帝国改革协会，筹集资金，以期恢复光绪的君主立宪地位。1900年春，康有为从新加坡发来急电，让荷马·李将募集到的6万美元带到广州，同时组织武装力量。据美国驻广州领事的报道，那里的革命者每天招募500人，惊慌失措的清总督为他的军队增加了1.5万人。当听说皇太后挟光绪逃离北京，这位年轻的美国人想出了一个大胆的计划：救出皇帝，让他登上王位。他动身前往汉口,希望在那里找到康的军队,好有足够的人手来完成这一壮举。在他到达后,看到的却是秘密组织头领挂在城墙上的人头。他找到并加入了孙中山的一支武装力量,参加了一场战役,缴获了一把清朝军官的剑作为战利品。

但是在1890年,清政府军事武装已经现代化,日本新政府违背了先前的弹药和补给承诺,局面危争,荷马·李伪装成法国传教士逃到香港。

回到加利福尼亚,他在《旧金山电话》上发表了一篇文章,标题是《我是如何在中国军队中成为将军的》。当清政府领事谴责他为骗子时,中华帝国改革协会则为他正名,说他确实被授予一个相当于中将的军衔,曾在中国各地视察并组织了3万人军队,这支军队如今总计40万人,会扶持皇帝重新登基。显然,这些纸面上的数字只是当时虚张声势的宣传。

接下来两年的大部分时间里,荷马都在从中国的冒险中恢复病弱的身体。当他再次露面时,他有了一个新的使命:培养一支领导中国改革军的干部队伍,成立西部军事学院。美国政府很快开始调查该学院是否可能违反中立法。1905年,荷马陪同康有为前往华盛顿与西奥多·罗斯福总统会面,获得了口头认可。

到得鹰岩山坡下,把车停在路边,我迫不及待地打量着这顶部光秃浑圆的小山丘,感觉它像一块经过上万年炙烤的面包。一侧有住户相依环绕，另一侧则是一条光洁的水泥小路，只有一个女人在遛狗。山丘下土质松软，东一丛西一丛地生着灌木和仙人掌。皮埃尔有自知之明，说他就在坡下走走，等着我和史蒂夫去攀爬那巨石："拍些照片给我看。"

"你能想象吗，当时那些怀着救国情怀的中国军校生坐电车到离山脚有一公里的车站，走着来到这鹰岩。没有枪，就扛着长把扫帚，在这山头上下攀爬训练体能。而不训练的时候，他们就在附近的农场帮人干活挣点钱糊口。一百年前，这里的草莓和大丽花是闻名遐迩的，尤其大丽花，因品种繁多出口到欧洲呢。"史蒂夫沿着那狭窄且已颓倾的台阶走在前面，不时停下来用手推开一侧挡住去路的橡树枝条。

这我曾遥望过许多次的鹰岩，第一次近得可以双手触摸，我有点激动。几次喘息着站定，怀着敬意望着摸着那夹着鹅卵石的砂岩和已经佝偻着腰的老橡树。是由于风化了，还是以前的农田太低矮？这山包比一百年前的黑白照片上的形象小了许多，离近了，那道凹进去的鹰的轮廓反倒面目全非。那岩石底部这一条那一团的彩色涂鸦很刺眼，给这历史符号抹上了粗鲁的现代痕迹。

台阶也就50米左右，由缓渐陡。到得顶部却赫然见到一个小铁栅栏门，挂着铁锁。

"栅栏那面就是山坡另一侧了，属于私人住宅。"史蒂夫说着扒着生锈的门往那边张望，阳光下只见到一片荒草地，虽然那栅栏上挂着警惕恶犬的牌子，看不到人或狗的影子。

我很庆幸此前读了劳伦斯那相当翔实的《荷马·李传》。知道他在16岁时，和家人从丹佛搬到了洛杉矶。一出生就与不幸相伴的他，很幸运地拥有一个开明的父亲。父亲为爱子赐名荷马，是因为喜爱希腊史诗，对《奥德赛》《伊里亚特》特别钟爱。

荷马3岁时母亲死于恶性丹毒。4岁时他嚷后背疼，无医可治，缩脖塌腰成了驼背，他被剥夺了玩耍的权力。好在上天给了他早慧为补偿，父亲的书房成了他安静读书的所在，他喜欢一切冒险与科幻的书，从《鲁滨孙漂流记》到《海底两万里》，偶尔和小伙伴们玩不消耗体力的游戏，他总是扮国王、骑士、军官，姐妹和小朋友们从没有人质疑他的权威。他苍白、瘦弱、矮小，却天生具有领袖才能和气质。

他又是那么善良。家里的狗死了，他为它安排了一个军人的葬礼，伙伴们抬着狗的小木棺，播放着军队哀乐，他自己腰间用绳子拴着一个木剑向狗致敬。家里的厨师不小心把外婆送他的鸡杀了，荷马从桌子边跑开，伤心痛哭。

身体的残疾让他不可避免地自卑。而父亲再婚的女人艾玛成了影响他一生的人。她对荷马说，如果他能做到她要求的20件事情，她就把古董店里那块金表买下来送给他。其中之一就是被别人叫外号时不气恼。"人们判断你不是根据你的身体，而是你的大脑。"自那以后，荷马逐渐泰然自若地接受了自己的缺陷，也更加学会彰显他独有的才能——他越发迷恋读书和思考，他的博学和辩论才华让他在伙伴中威信日增。

毕业于洛杉矶高中后他就读于家门口的西方学院。1898年，美西战争爆发，他报名想入西点军校，因为身体原因遭拒。他开始研读著名战役自学战略和战术，宿舍墙上挂满了他用来模拟世界各地假想战争的作战地图。

不久他前往斯坦福大学继续求学，知识精进的同时健康状况愈下，在大三时他辍学了。正是在那时他认识了康有为。

但在1905年，荷马·李已经不再对康梁抱有幻想，认为他们"太儒家"了，与他的武装革命改变社会政体的观点不符，导致他放弃的最后一根稻草是他怀疑康挪用了几十万美元筹款，那笔钱神秘地消失在墨西哥。

荷马·李曾在1900年的起义失败后在日本见到孙中山，那位视林肯为英雄的革命家与他理念相投。1905年，荷马·李的西方军事学校负责人奥巴宁将孙中山偷渡到美国，拜访政要和商人，希望得到资金和政治上的支持。1907年，荷马·李作为军事英文秘书随孙中山回到中国革命。经过一番艰苦的战斗，他们又一次耗尽了弹药被迫撤退，清军紧追不舍，在法国政府掩护下他们被驱逐到越南。

回到美国后，他开始写《无知的英勇》。1909年，当他再次见到孙时，这本书已经准备好出版了。在这本被人极褒或极贬的书中，他认为世界历史就是战争史，在人类过去的3000年里，只有234年的和平。只有最大限度的军事准备才能保证一个国家的生存。正如美国在1909年所做的那样，由于无知带来的勇气等于自杀。这一理念尽管遭到冰火两重天的对待，却深得孙中山的认可。前往加州的孙中山把草拟的革命计划备忘录交给荷马·李，共商大计，并表示需要300多万美元资金支持。除了四处募捐，荷马·李将《无知的英勇》的版权转让给了孙中山，并安排该书在日本翻译出版。不像在美国本土遭到的冷遇，该书果然深受日本人喜爱，销量很快达到8万多册。

3

站在鹰岩下，打量着不远处的现代城市，我不禁想，身形瘦小的荷马·李当年在此，是否曾仰望着那岩石上的苍鹰想象自己的功业？他留下的照片不多，正如克莱尔描述的那样："一个相貌普通的男孩，也不过二十出头，嘴巴线条宽而倔，眼睛睁得大大的，眉毛很宽，柔软的头发不均匀地中分。"而让我印象深刻的是他的目光，有点不食人间烟火的书生气，却又深邃高远，带着军人的果敢和诗人的梦幻，好像他在穿越红尘，打量着世界的未来。他那戴着肩章和胸徽的制服和他的过人军事才华一样令人瞠目。和军事学院的学员一样，那是美式军服，可上面的铜扣子上的美国鹰改成了中国龙。那把他从清军交战中缴获的佩剑与李将军的称谓一样，与其说有什么实际意义，更不如说是一个诗意的符号，与他瘦小的身子如影相随。不穿军服的时候，他喜欢中式打扮，清式的长袍和帽子。

走下坡去，我们和皮埃尔会合。他正两臂交叠打量着路边一根木桩。他没留意那上面顶着的带玻璃的小橱窗，里面张贴的唯一内容是教人识别毒橡树。他指给我们看木桩上贴着的一张白纸，打印的黑字很醒目：TOVAANGAR（托瓦安加尔）。大写字母的标题下写着：请不要忘记曾经住在这里的土著，他们曾是这里真正的主人。"不可思议吧，美国现在有500多个承认的原住民部落，而通瓦这个加州最有名的部落至今都没得到认可，现在他们仍分散着住在洛杉矶。"

我们沿着山脚往山的另一侧走，见有六七户人家沿山坡而居，房子都很不起眼，那巨大的龙舌兰如莲花在屋侧门前或立或卧，各种叫不出名字的多肉也都恣意野蛮生长，让本有些破败的老屋有了艺术气息和自然之美。134高速上的车辆往来噪音喧嚣，几步之内也要大声嚷才能被人听清。

我们得以看到鹰岩的另一侧，巨大的洞穴豁然在岩石中间凹陷，足有一间屋子大小，据说偶尔有流浪汉在里面过夜。

一位亚裔年轻女子不知从哪间屋子走出来搭话，有些不悦地提醒我们说这是私人领地。史蒂夫问她是否听说过荷马·李和当年曾在这里训练的中国军人。这位30来岁的女子是出生在洛杉矶的中国人，惊讶地说她从未听说过这人。说罢抬头望着她门前的山丘，矜持的脸上有了笑容："我从没回过中国，没想到竟住在一个和中国历史有关的地方。"

"如果你觉得我的职业生涯很奇怪，那对我来说就更奇怪、更不可思议了。"荷马·李的军事天才如果说让人惊奇，他为中国革命而奔波的行为同样令人不解。有人说他是一个雄心勃勃的浪漫主义者，但也有人说他是一个有远见的天才。

我曾问一位读书颇多的朋友是否知道荷马·李，对方的回答让我吃惊："听说过，他极准地预言了珍珠港事件。康有为和孙中山都极信任他的军事才能。可他做这一切图个什么？"

在我看来，如果说荷马·李有私心，那也是希望以剑为笔，通过施展自己的军事才华在历史上留下英名，毕竟，这位出生富足的年轻人自小崇尚身材同样瘦小的拿破仑。一脑子军事才能的他并不善于和富人打交道，为孙中山的筹款也屡屡受挫。摩根大通集团的创始人约翰·摩根明确表示："我准备与地球上任何已经建立的政府打交道，但我不能着手创造一个用来打交道的政府。"事后荷马·李总结美国资本界对支持中国革命冷淡的原因有二：首先，是"红龙计划"缺乏一位在中国有足够政治影响力和资源的合作者；其次，当时的美国商界，尤其是运输和包装业界正投入全力以控制南美、英国和欧洲大陆的市场，无暇顾及中国。

"那些在这儿练兵的中国军人都来自本地吗？"那位除了面孔还很中国，对中国一无所知的女子显然对脚下的历史产生了好奇。

西方军事学校的大多数学员是在美国出生的，但也有一些是通过墨西哥渔船从中国偷渡到美国的，其中包括250位秘密支持孙中山革命的中国官员的儿子。据说当西部军事学校开学典礼时，在洛杉矶唐人街有150多位知名商人在场观看了他们用手指蘸鸡血，效忠皇帝。从洛杉矶开始，西方军事学校很快在包括圣路易斯、芝加哥、纽约、旧金山和弗雷斯诺在内的21个城市建立了分支机构，1000多名年轻的美籍华人自愿参加。

然而，荷马·李很快看到，中国革命关键的需求不是军人，而是钱。他和孙中山募集资金的技能远不如康有为。许多华侨眼看着国内一场场革命被镇压，仍然抱着国家可以在不发生流血革命的情况下进行改革。

1910年8月，孙中山从马来西亚槟城写信给他，详细介绍了中国的军事形势：清政府摇摇欲坠，时机和资金都至关重要。时不我待，孙中山迫切需要筹集他们所需资金的十分之一。

在另一份备忘录中，孙中山指定荷马为其幕僚长，并授予他为与美国和英国政府谈判"盎格鲁—撒克逊联盟"的全权代表。

不幸的是,荷马·李的健康状况正在恶化。由于一阵阵失明,他几乎不可能继续写他的书《撒克逊时代》。一位熟人建议他前往德国就医。治病期间荷马前往英国试图说服那里的政客和银行家支持中国革命,却遭到嘲笑,因为他的书中一再呼吁他们为与德国的战争做好准备。孙中山赶到英国与他会合,发现他所能做的不过是消除英国人对他的运动的偏见。一封来自上海的紧急电报恳求孙回国团结各方力量,他请荷马·李同行。

无视医生"你会丢掉性命"的警告,荷马·李毅然和孙中山一起驶向上海。在船上他完成了《撒克逊时代》一书。

在香港,荷马与美国领事进行了磋商,并拟定了一份电报,经孙中山批准后发送至美国国务院。它描述了孙中山组建联合临时政府的计划——他们仍对得到美国政府的支持抱有一线希望,然而没有任何记录表明华盛顿回应了这个创造民主中国的独特机会。

4

建于1887年的西方学院静谧得如在假期。那敦实方正带着时光痕迹的淡黄色教学楼,很配得上象牙塔这个词,此一栋彼一座疏落分散在不大的校园里。荷马·李35岁的人生,曾在这里度过一年。我们漫步一圈,猜测着哪栋楼是他在读时就已经存在的了。我们看到的树比见到的人多,尤其是图书馆前面的树林,有许多粗大的两人搂抱不过来的老橡树。树林间,有一个菲佣带着两个幼童在玩耍。

我们走到图书馆,得知需要刷卡才能进去。正好一个学生走来,我们跟着他混了进去。里面除了前台一位无精打采的保安,也空荡荡地如生意冷落的宾馆。可大堂里站着的一个人让我们眼前一亮,居然是奥巴马!准确说,那是奥巴马的彩色打印相片,真人尺寸,西装革履,双臂交叉,立在那儿冲人微笑,居然,也被谁给戴上了一个口罩。

"荷马·李?我没听说过。"问了两位学生,都一脸茫然。

"我想除了那几株老树和旧楼,估计这里没人记得他那激动人心的演讲了。"皮埃尔迈着不灵便的腿脚往停车场走。

身体的限制更加激发了荷马·李对军事的浓厚兴趣。1894年,当他进入洛杉矶的西方学院时,他可以就汉尼拔、恺撒、亚历山大大帝和拿破仑的战役进行长达数小时的演讲。这种才能与嗜好,让他不可避免地对正在动荡中的中国产生了更强烈的参与欲望。他是如此崇尚伟大的军人,不惜为自己涂抹上英雄的基因,自称他是美国南北战争时南方将领罗伯特·李将军的后人。

他更加热切地与中国人交朋友。要知道当时的加州仍然对"黄祸"以及限制中日移民辩论激烈。中国人是不受欢迎的,可荷马·李却我行我素,从洛杉矶到旧金山,他一直在唐人街与中国人寻求友谊。

我们的下一站是当年南帕萨迪纳市长查理·布思的故居,孙中山曾住过两周,共同密谋革命事宜。荷马·李介绍布思先生与孙中山相识,二人一见如故,孙先生委派布思这位市长和银行家为美国唯一财务律师。1910年,孙中山在此小住,并手植一株木兰树为纪念。

我们到达早在70年前就改建成了基督教公理教会的布思故居时,正赶上教堂的副牧师林肯要离开。这位谦和礼貌的年轻人听到孙逸仙的名字,脸上露出笑容,热情地把我们引到那株仍挺拔健壮的老木兰树前。年代久远,象腿般的树皮下暗自隆起巨大包块,树冠仍繁茂碧绿,数百上千个花苞如紧实的种子点缀在叶片间。树下有一个纪念牌,写着:

念辛亥,怀逸仙,为中华,创新纪
1910年孙中山手植木兰树

这四英亩大的院子打理得极为精心,红砖建筑,上面是棕色木片当瓦,牙黄色的墙,处处点缀着热带植物,一切显得雅致圣洁,井然有序。院墙下两株紫色玉兰正端庄绽放,副牧师的母亲在对着空房间弹钢琴。一部黄色校车停在旁边幼儿园前的老橡树下。这一幕,是一百年前的孙中山和荷马·李都不曾想象的吧。

人生中有太多的意想不到,就像当年他们二人万里迢迢乘船回到上海,迎来的不是欢迎而是不满的咆哮和指责,因为他们没有从欧美国家带回金钱。

由于康有为仍在海外书斋扮演哈姆雷特或孔子,没有其他中国领导人拥有孙中山那样的威望,在南方各省宣布独立的代表会议上,孙中山被任命为中华临时总统。1912年元旦,荷马·李陪他前往南京就职。他是现场唯一倾听了孙中山宣誓就任临时总统的白人。

没钱没武装,临时大总统只能屈尊向袁世凯提出合作。尽管荷马·李丝毫不看好这个不得已之提议,但他知道自己的身份,也知道如果与袁世凯为敌只能意味着进一步的战争,他并没有反对。历史很快证明,袁唯一的目标是权力,而不是共和政府。

清政府瓦解的前一天,荷马·李在南京因中风而倒下,不仅瘫痪,且几乎完全失明。从总统职位退下来的孙中山,悲痛地在这位异族战友的床边度过了一个夜晚。1912年4月,奄奄一息的荷马·李回到加州;11月1日,也就是他36岁生日的前两周,他永远闭上了那双诗人般蒙眬的眼睛。

这个雅致的院子,曾留下他们的足迹,后人想记住的足迹。一个红砖砌成的台子,台面上有孙中山的小照片和当年这房子的旧照,几行中英文字注明:孙逸仙曾于1910年到洛杉矶为革命筹款,曾暂住在此,当时此为南帕萨迪纳市长的家。

而砖台侧面写着:孙中山(1866—1925),是亚洲最早提倡以革命推翻帝制的革命家。他自1894年投身革命事业,前后起义11次,1911年10月10日武昌起义成功推翻满清政府,建立了亚洲第一个民主共和国——中华民国。他提出的《三民主义》《建国方略》影响深远。他是中国国民党总理、第一任中华民国临时大总统。

历史像个决绝的人,执拗地往前大步走,义无反顾。但总有些什么,不管你愿不愿意,会永恒地留在时光里。

1969年春天,荷马·李终于得偿夙愿,他和妻子的骨灰被迁葬于中国台湾阳明山墓地,一批政要聚集在那里举行追悼会,并祈愿未来将之葬于南京中山陵,因为他临死时希望自己葬在中国。

无论如何,这个叫荷马·李的小个子已如愿"用剑刻下了名字"。也许,真正卓越的军人都具诗人气质,他手中的枪和诗人的笔,都不过是运筹帷幄、改天换地的载体,他们本质上都是梦想家,做着市井百姓油盐酱醋之外的梦。

文学百年 / 名家散文自选集

第一辑					
序号	作者	作品	序号	作者	作品
1	冰 心	一日的春光	17	沈从文	湘行散记
2	从维熙	朝花夕拾	18	铁 凝	会走路的梦
3	褚水敖	我负北大	19	闻一多	复古的空气
4	邓友梅	饮茶闲话	20	王巨才	退忧室漫笔
5	郭沫若	竹阴读画	21	徐志摩	翡冷翠山居闲话
6	葛水平	绣履追尘	22	萧 红	春意挂上了树梢
7	甘铁生	人生浪语	23	徐小斌	生如夏花
8	韩小蕙	新新中国	24	郁达夫	一个人在途上
9	蒋子龙	红豆树下	25	叶圣陶	没有秋虫的地方
10	鲁 迅	秋 夜	26	杨匡满	感恩的翅膀
11	老 舍	抬头见喜	27	袁 鹰	生正逢辰
12	林徽因	你是人间的四月天	28	朱自清	背 影
13	柳 萌	寒风吹哑琴音	29	张抗抗	北 方
14	李美皆	爱你备受摧残的容颜	30	周 明	写意凤凰
15	刘锡诚	芳草萋萋	31	赵 玫	陪伴着你在暮色里闲坐
16	茅 盾	白杨礼赞	32	朱 蕊	蛇发女妖
第二辑					
序号	作者	作品	序号	作者	作品
1	陈建功	我和父亲之间	17	束沛德	爱心连着童心
2	陈世旭	天南地北	18	王剑冰	古道秋风
3	陈喜儒	履痕碎影	19	吴泰昌	散文六十篇
4	陈善壎	你这人兽神杂处的地方	20	汪浙成	远 影
5	范小青	坐在山脚下看风景	21	肖复兴	昔日重现
6	黄文山	烟霞满衣	22	徐 迅	响水在溪
7	刘成章	安塞腰鼓	23	肖克凡	一个人的野史

8	梁晓声	我与橘皮的往事	24	徐 风	风生水岸
9	雷 达	黄河远上	25	叶延滨	前世是鸟
10	刘庆邦	野生鱼	26	阎 纲	散文是同亲人谈心
11	陆 梅	时间纷至沓来	27	赵丽宏	亲爱的母亲河
12	罗文华	将谓偷闲学少年	28	周大新	呼唤爱意
13	刘汉俊	刘汉俊评说历史人物	29	卓 然	天下黄河
14	林 希	平常人语	30	朱 鸿	退 出
15	刘兆林	牛化自己	31	查 干	红叶归处
16	秦 岭	眼观六路			

第三辑

序号	作者	作品	序号	作者	作品
1	杜卫东	陶人：远古之神	7	王泉根	往昔皆为序曲
2	高洪波	拔笔四顾	8	王必胜	我写故我在
3	郭保林	孤独者的绝唱	9	徐 刚	八卷·九章
4	韩小蕙	火与剑，还是康乃馨	10	杨晓升	人生的级别
5	简 默	活在尘世中	11	张庆和	漂泊的心灵
6	剑 钧	写给岁月的情书			

第四辑

序号	作者	作品	序号	作者	作品
1	白阿莹	高山之巅	10	邱华栋	地球是圆的
2	陈奕纯	生命，向美的境地漂流	11	素 素	乡 愁
3	淡巴菰	下次你路过	12	孙 郁	在时间深处
4	何向阳	无尽山河	13	王子君	一个人的纸屋
5	李 舫	不安的缪斯	14	许谋清	每次涨潮都换一波海水
6	陆春祥	柏拉图的斧子	15	叶 梅	江河之间
7	刘上洋	山河气象入梦来	16	朱以撒	两片落叶
8	陆建德	看得见风景的书房	17	朱小平	一担山河
9	马 力	江水之南			